新 潮 文 庫

神とさざなみの密室

市 川 憂 人 著

神とさざなみの密室　目次

神とさざなみの密室

プロローグ

東京メトロ千代田線を国会議事堂前駅で降り、迷路のような通路を経て、出口への階段を上る。右往左往しながら道路を歩いていると、開始前だというのに、歩道は信号の先の先まで、大勢の人々で溢《あふ》れ返っていた。

……来ちゃった。

凛《りん》の胸に不安が忍び寄った。私なんかが来て、本当に良かったのだろうか。

半数近くは、凛の父母、あるいは祖父母と年代の近い大人たち。けれど、二、三十代らしい青年も多い。まさに老若男女だ。凛と同年代——十代半ばの少女はさすがに珍しかったけれど。

縦長の旗が、歩道のそこかしこに立ち並んでいる。『※※労働組合』『安保法制反対！』『※※大学有志』——こちらも種類は様々だ。

どこで鳴らしているのだろうか、リズミカルなドラムの音が聞こえる。拍子に合わせて響く掛け声。何を叫んでいるのか、凛の位置からは聞き取れない。

歩道の人だかり、幟旗《のぼりばた》、鳴り物に掛け声。お正月の駅伝の応援みたいだ、と不謹慎な感想が一瞬、凛の頭をよぎる。

けれど今、歩道に集まる人々の表情は、駅伝の観客の興奮と歓喜とは似て非なるものだった。

談笑している大人たちもいることはいるが、多くの人々の顔つきは真剣だ。奥底に見え隠れするのは、静かな怒り、そして苛立《いらだ》ち。『和田は辞めろ』『ワダ政治を許さない』『WAR AGAINST WAR』……色鮮やかなプラカードの数々。

歩道と車道の間を、虎縞《とらじま》模様のポールや鉄柵《てっさく》が遮り――見える範囲だけで何十人もの警察官たちが、車道に立っている。

物々しい雰囲気だった。交通規制されているせいか、車道の交通量はかなり少ない。路肩の所々に、バスと似た形の大きな車両が停まっている。青地に白い帯柄の車体。護送車、だろうか。

警察官たちは、歩道に集まる人々を無表情に見つめ、誰かが車道へはみ出そうとするたびに、「車道へ出ないでください」と拡声器越しに声を浴びせる。

「車道を使わせろ。許可は取っているはずだ」

群衆のひとりが警察官に食ってかかっている。けれど警察官は無表情の仮面を崩さず、「出ないでください」と繰り返すだけだった。

『歩道が人で溢れ返っている』んじゃない――歩道の内側に、人々が無理やり押し込められているのだ。

その証拠に、歩道のさらに内側、木々に囲まれた公園と思《おぼ》しきスペースにも、やはり大勢の人たちが立っている。見えるだけで何十人、いや、百人以上。それほど広くない場所でこの状態だから……今、国会議事堂の近隣に集っている人々を全部合わせたらどれだけの数になるのか、凛には想像もつかなかった。

空は雲に覆《おお》われていた。幸い、まだ雨は降っていない。けれどこの人波では、折り畳み傘を広げる余裕もなさそうだった。

西暦二〇一五年八月三十日、日曜日。午後一時半。

安全保障関連法案に反対する国会前デモ。その開始予定時刻まで三十分を切っていた。

「一般の方々の通行の妨げになりますので、端の方を空けて下さい。ご協力お願いします」

拡声器越しに、女性の声の案内が聞こえる。

有志の誰かが交通整理を行っているのだろうか。車道側にいる警察官たちは、歩道に押し込まれたデモの参加者たちを、無表情に見つめるだけだ。

道を空けて、って言われても……。

歩道の端に、ひと一人が通れるくらいのスペースができてはいる。待機中の参加者たちが空けてくれているらしい。けれどその『通路スペース』も、他の参加者らしい人々の往来が多く、とてもスムーズに流れているとは言い難かった。

「――お願いします」

苦労して歩く凜の前にビラ《フライヤー》が差し出された。「あ……は、はい」思わず受け取る。配っていた三、四十代の女性が「ありがとうございます」と笑顔を返した。

フライヤーに目を落とす。講演会の案内らしい。『和田政権における安全保障政策の問題点』という題目に続いて、日時と場所、何名かの講演者とプロフィールが記されている。宗教の勧誘ではない、真面目《まじめ》な講演会のようだ。けれど開催日時は金曜日の午後。学校帰りでは間に合わない。

鞄《かばん》にフライヤーを入れる。実は駅を出た直後から、フライヤーの配布現場に何度も遭遇している。断れず受け取っているうちに、鞄の中はすっかり、チラシの溜《た》まった郵便受けのような状態になっていた。

人波をかき分け――というより流されながら歩道を進む。視界は大人たちの背に遮られ、どこを歩いているのか全く解《わか》らない。不安が頂点に達した頃、前を行く人々の密度が薄くなり、彼らの身体《からだ》の隙間《すきま》から、ようやく前方が見通せた。

横断歩道だ。

Ｔ字路の交差点。凛がいるのは横棒の左側だ。縦棒の道路を渡る横断歩道の手前まで、凛は辿《たど》り着いていた。

横断歩道は長かった。

歩行者用信号機——今は赤だ——が遠くに見える。右手には、片側だけで本道三車線と側道二車線、計十車線の広い道路。本道や側道は、計三列の太い分離帯——少し背の高いコンクリートブロックで囲まれた植え込み——で区切られている。車道には一台の通行車両も見えない。

横断歩道の向こう岸を、交差点の角から縦横の歩道に沿って延々と、無数のデモ参加者たちが埋め尽くしている。歩道と車道を遮る鉄柵。人々のざわめき。先程聞こえたドラムの音と掛け声が、より大きく響く。

そして——

横断歩道の左手、Ｔ字路の突き当たりに、ニュースで何度も見たことのある、四角錐《しかくすい》の屋根付きの灰色の建物が見えた。

国会議事堂だ。

……やっと着いた。ここだ。

少しの間放心していたらしい。「どちらに行かれますか」と太い声で突然呼びかけられ、凛は飛び上がった。

強面《こわもて》の警察官だ。私服の凛を見つめる視線に、奇異の色が浮かんでいる。

「あ、あの」

動揺しつつ、横断歩道の向こう岸を指差す。「あっちまで。迷っちゃって――」

嘘《うそ》だった。が、単に怖がっているだけと思ってくれたらしい。警察官は特に問い返すことなく、視線で凛を促した。いつの間にか歩行者信号は青になっていた。凛の前にいた人たちはすでに歩き出している。

後ろの人たちに押されるように、凛は横断歩道へ足を踏み出した。

両側には、カラーコーンと虎縞のポールで作られた仕切り。アスファルトの上の太い白縞を踏みながら、凛は左右を見渡した。

左手は、今しがた目にした国会議事堂。

入口は見えない。駅からの道のりで時折見かけた、バス型の警察車両が、バリケードのように何台もずらりと横並びして、議事堂の正面を完全に塞《ふさ》いでしまっている。議事堂側の歩道に、デモ参加者と思しき人影は見えない。追い出されてしまったのだろうか。代わりに警察官が、先程までの道すがら見かけたのとは比較にならないほど大勢立っている。

まるで……暴徒の突撃に身構えるような警戒ぶりだ。

一方、議事堂の真向かい――T字路の縦棒の車道は、がらりとした空間。

今日のデモは『議事堂の前』で行われる、と聞いていた。けれど参加者たちは、鉄柵に遮られ、歩道にぎゅうぎゅう詰めにされている。これではとても『前』になんて出られない。

どうしよう。これじゃ……

いや、違う。

車道の上に人がいる。

さっきは見えなかったが——歩道から車道へ出てきている人たちがいる。

人数は歩道より遥《はる》かに少ない。警察官の制止を振り切ったのか、あるいは自然に押し出されてしまったのかは解らない。けれど今、見える範囲で何十人かの人々が、車道の上を歩き回っていた。

警察官たちは「車道へ出ないでください」と大声で繰り返している。しかし、車道へ出てしまった人々を引きずり戻そうとはしなかった。

不意に、先程耳にした言葉が蘇《よみがえ》った。

——車道を使わせろ。許可は取っているはずだ。

もしかして……出ても、平気？

警察の人たちは、交通違反を取り締まってるんじゃなくて——本当は出てもいいのに、「出るな」と言ってるだけ？

横断歩道の脇《わき》の、虎縞のポールへ目を落とす。高さは凛の膝《ひざ》ほどしかない。

振り返る。先程の警察官は凛に背中を向けている。

鼓動が急激に速まった。

実時間では恐らくほんの数秒だったろう、けれど十分にも二十分にも思えた躊躇《ちゅうちょ》の後

凛はポールをまたいだ。

衝動に突き動かされるまま車道を進む。

警察官たちは追って来なかった。車道には目をくれず、歩道の参加者たちを制止し続けている。表情はよく見えなかったが、今はもう、車道へ出てしまった人々に気を払う余裕が無くなっているようだった。

……出ちゃった。

門限破りに似た罪悪感が、徐々に、歩行者天国を歩くような高揚感へ塗り替わる。

——広い。

自動車が全く通らない、幅広の道路が延々と続いている。対向車線を仕切る植え込みの幅だけでも、ちょっとした裏道くらいはありそうだ。

車道の両側に視線を向ける。歩道を埋め尽くす参加者たち。湧《わ》き上がるざわめき。激しいドラムの音と掛け声。

と、ざわめきが大きくなった。

「和田は辞めろ！」「和田は辞めろ！」「憲法守れ！」「憲法守れ！」

ドラムに合わせた掛け声が、今度こそはっきり聞こえ――凜の鼓動が跳ね上がった。

歩道の一角。

押し込まれていた参加者たちの一部が、ドラムの響きとともに少しずつ、車道にせり出し始めた。

「出ないでください――出ないでください！」

数名の警察官たちが、ポールを横に持ち、参加者たちを押し留める。

けれど、明らかに多勢に無勢だった。参加者たちは横数十人の隊列を組み、ドラムと掛け声を響かせながら、ゆっくりと、しかし着実に歩みを進める。警察官たちがじりじりと車道の内側へ後退し――

堤防が決壊した。

隊列の後方から、参加者たちが一斉に溢れ出した。

たくさんの人々が、車道へ次々に流れ込む。三十代くらいの男の人が中央分離帯を通り越し、対向車線へ出て大きく手招きしている。

見ると、反対側の歩道でも決壊が始まっていた。人々の圧力が鉄柵を突き動かし、隙間をこじ開け、警察官たちの横を抜けて車道へなだれ込む。

あっという間の出来事だった。

無人に等しかった計十車線の車道を、デモ参加者たちが瞬《また》く間に埋め尽くしていった。人波に呑《の》まれそうになり、凜は慌《あわ》てて、中央分離帯の上に登った。Uターン用に設けられた分離帯の切れ目、コンクリートブロックが半円弧を描いている辺りだ。切れ目のアスファルト上はもう人でいっぱい。向かいの分離帯のさらに向こう側に、国会議事堂の屋根が見えた。本当は上がっちゃいけないのかもしれないけれど、コンクリートブロックは厚く、内側の植え込みを踏まずに済んでいる。ぎりぎり大丈夫、ということにする。

高い場所に立ったおかげで、周囲の様子がよく見える。

凜の全身を、震えが走り抜けた。

広い車道が、議事堂の正面辺りからずっと先まで、大勢の人波ですし詰めになっている。

年齢も性別もばらばら。服装だって違う。『ANTI FASCISM』『¡NO PASARAN!』などと記されたTシャツ姿の人たち。偉い人らしい背広の男性。散歩帰りにふらりと立ち寄ったような、普段着の夫婦――

こんなに……こんなに、たくさんの人たちがいたんだ。

腕時計を見る――午後二時ちょうど。車道のあちこちではもう、たくさんの掛け声が響き渡っていた。

「和田は辞めろ！」「和田は辞めろ！」

「憲法守れ！」「憲法守れ！」

「集団的自衛権は要らない！」「集団的自衛権は要らない！」

「国民なめんな！」「国民なめんな！」

「民主主義って何だ！」「これだ！」

『PUBLIC ENEMY WADA』『バカはお前だ』『NO！　和田政権』『WAR IS OVER』

——綺麗《きれい》にデザインされたものから段ボールに手書きされたものまで、様々なプラカードが掲げられる。ついさっきまで参加者たちを遮っていた警察官たちが、今は諦《あきら》めた様子で車道を眺めている。

凛も、鞄からプラカードを取り出した。

有志の人たちが作成したデザインのひとつを、コンビニのネットワークプリントサービスでA4サイズにカラー印刷し、クリアファイルに挟んだだけの、ささやかなプラカードだ。こんな簡単に作れるんだ、と感動した記憶が蘇る。

——『LOVE PEACE』。

平凡でありきたりかもしれない。けれど、だからこそ今、一番大事だと思った言葉。

……と言えば聞こえはいいけれど、本当は、『辞めろ』とか『FASCISM』とかいう過激な言葉の入ったプラカードを掲げる勇気がなかっただけだ。少しだけ後ろめたさを覚える。

特定の場所に集まり、プラカードを掲げて声を張り上げる。全体としてはさておき、個々の参加者がデモで行うのは基本的にそれだけだ。それだけのことを、終了時間までひたすら続ける。いつまで続けるかはデモによってまちまちらしいけれど、少なくとも今日は、十分や二十分で終わる規模ではなかった。

大丈夫かな……最後までできるかな。

不安に駆られていると、「お嬢ちゃん」と声をかけられた。六、七十代らしい白髪の女性が、コンクリートブロックのすぐ外側、凛の左斜め前から見上げている。

「踏み外したら怪我《けが》するわよ。ここ、空けられるから。降りてきなさい」

女性が自分の足元の横を指差す。古びたバッグが置いてある。

咎《とが》める声色ではなかった。純粋に心配してくれているらしい。女性はバッグを拾い上げ、肩にかけた。凛が立って入れるくらいの隙間が空いた。

人の流れはほぼ落ち着いて、車道は場所取り合戦の様相を呈し始めていた。「あ……す、すみません」凛はお辞儀し、プラカードをコンクリートブロックに置いてそろそろと分離帯から降りた。

「偉いわねぇ。若い人は政治に関心がないってよく言うけど、そうでない子もちゃんといるのね。ひとりで来たの？」

「は、はい」

笑顔で褒められ、後ろめたさが強まる。

政治のことをよく解っているわけでも、高尚な信念を持っているわけでもない。ただ、自分でもどうしようもない衝動に駆られただけだ。

今日の行き先は両親にも伝えていない。友達になどなおさらだった。

「おばさんも、ですか」

「おばあさん、でいいわよ。あなたと同じくらいの孫もいるし」

女性は笑った。「私は主人と一緒……だったんだけど、この人混みでしょ。迷子になっちゃって――」

と、女性のバッグから着信音のメロディが鳴り響いた。「ごめんなさいね」女性が凛に詫《わ》び、携帯電話を取り出す。「もしもし。……え？　私は植え込みの間のところよ。そう、道路の真ん中の……どこのって？　前の方よ前の方。早くいらっしゃい」通話を切り、凛に苦笑を向ける。「ごめんなさいねぇ、あの人ったらそそっかしくて」

「い、いえ……お構いなく」

穏やかな見かけによらず、陽気でくだけたひとのようだ。対して凛は、初対面の、それも祖母ほどの年の女性と世間話に花を咲かせられる話術はない。どうしようかと思ったが、女性は凛の心情を察してくれたのか、それ以上話を膨らませることなく、親しみのこもった笑みをひとつ返すと、議事堂の方へ向き直って「和田はー辞めろー！」と大声で叫び始めた。

何だか申し訳ない気持ちになり、凛はプラカードを再び手に取った。ぎゅっと目をつぶり、大きく息を吸い、

「わ、わだはーやめろー」

初めて出した掛け声は、情けないほどか細く裏返っていた。

そうこうするうちに、帽子をかぶった老年の男性が、息を切らしながら女性の横にやって来た。「まったく、お前は年甲斐《としがい》もなく先走りおって」「あなたがのろすぎるのよ」親しげな憎まれ口を交わし合う。この人が女性の夫らしい。男性は凛の視線に気付くと、帽子を取って会釈《えしゃく》した。凛も慌ててお辞儀した。

と、後ろの方からどよめきが湧き上がった。何だろう、と凛は振り返り、目を見張った。

巨大な横断幕が宙に浮かんでいた。

『和田

辞めろ！』

ゴシック文字を大きく記した、正方形に近い幕が、大河を進む帆船のように、後方からゆっくり近付いてくる。

何十個もの風船が、横断幕の上端に結わえられている。あれで宙に浮かせているらしい。横断幕は、車道のデモ参加者たちの頭を撫《な》でるように、少しずつ議事堂へ――凛の方へ迫りつつあった。

参加者たちは一様に驚きの表情を浮かべ、続いて喝采《かっさい》を放った。

凛の隣の老夫婦も、「はぁ、こいつは――」「よく考えたわねぇ」と、童心に帰ったような笑顔を浮かべている。

参加者たちは、横断幕が植え込みに引っかからないよう、背伸びして下端を持ち上げつつ、リレーのバトンよろしく順番に引き、前方へ押し流している。

巨大な影が落ちた。横断幕がすぐ近くまでやって来た。

無意識だった。凛は再び中央分離帯に上り、横断幕に触れた。

ごわごわした感触が指先に伝わる。凛は横断幕の下端を前方へ押し――横断幕が先頭に到着するのを、じっと見送った。

ほんの一瞬の、けれど、決して忘れられない接触だった。

後に、主催者発表で十万人規模と言われる安保法制反対デモの、ハイライトのひとつだった。

高揚感が凛の全身を包んだ。生まれて初めての感覚だった。

何かが――何かが変わるかもしれない。そう信じられた。

※

けれど――

※

……凛は瞼《まぶた》を開いた。

爽快《そうかい》とは程遠い目覚めだった。頭が重い。身体の節々が痛い。

夢を見ていた気がする。数年前の、決して忘れることのない鮮烈な体験の記憶。

視界が霞《かす》む。目を擦《こす》ろうとして――しかし右腕を動かそうとした瞬間、痛みと反発力が手首に走り、瞼に指が届くことはなかった。

縛られていた。

――え!?

眠気が吹き飛んだ。

右だけじゃない。左手首もまとめて縄のようなもので拘束されている――ようだ。

重力感覚が戻る。自分がベッドや床に横たわっているのでないと、凛はようやく気付いた。

上半身が、両腕もろとも引っ張り上げられている。左右の手を重ねて大きく伸びをした格好だ。両の二の腕の間に頭が挟まっている。

背中に冷たい感触。壁だ。両脚はほぼ横座り。やはり冷たい感触が、右の太ももやお尻《しり》に伝わる。埃《ほこり》っぽく饐《す》えた空気。かすかな焦《こ》げ臭さが鼻をかすめる。

周囲は暗い。ほのかな光すらなく、自分の身体さえ闇《やみ》に埋もれてよく見えない。が、ここが自分の部屋でも、友人の部屋でも、そもそも人が寝泊まりする場所でもないことは明白だった。

どこかも解らない場所で両手首を拘束され、座り込むように眠っていたのだ……と理解するのに、たっぷり数十秒を必要とした。

混乱が襲いかかった。

ここはどこ。

どうして。私はなぜ、こんなところで縛られているの。

恐慌《きょうこう》の波に呑まれながら、凛は必死で記憶を辿《たど》った。

私は誰？——三廻部《みくるべ》凜。A学院大学法学部二回生。今は親元を離れてひとり暮らし。『コスモス』のメンバーで……。

一通りのことは覚えている。じゃあ、今はいつ？

……解らない。

最後に覚えている日付は……西暦二〇一九年六月十六日。いつもの時間に起きて、朝ご飯を食べて、午前中はバイト。午後から『コスモス』のミーティングで大学を訪れて、ちょっと珍しい光景に出くわして……ミーティングの後、寮の部屋で横になっていたら神崎《かんざき》先輩に呼び出されて。

それから——

思い出せない。

呼び出された後の記憶が、フェイドアウトするように曖昧《あいまい》に消えている。頭の中をどれほどかき回しても、十六日の夕刻以降の記憶を見つけ出すことができなかった。

あれからどれだけ過ぎたのか。解らない。暗がりに目が慣れ、衣服に包まれた自分の身体が薄ぼんやりと見える。記憶の無くなる直前まで着ていたのと同じ服だ。

空腹感を覚えたが、我慢できないほどではない。一週間も一ヶ月も過ぎてしまったわけではなさそうだ。半日か一日くらいだろうか。

が——

自分の置かれた状況を理解するにつれて、凛の恐怖はむしろ増していった。

監禁されている。

誰に？……解らない。自分がどうやって連れ去られたかさえ覚えていない。

どこに？……それも解らない。淀《よど》んだ空気が肌を撫でる。人が頻繁に出入りする場所でないのは確かなようだ。

何のために？……やっぱり解らない。誘拐？　『コスモス』への妨害？　動画サイトのスピーチ映像で顔を覚えられたのだろうか。けれど、どうして。

それに。

神崎先輩は――私を呼び出したはずの彼は、どこで何をしているのか？

答えの出ない問いが、脳裏を延々と駆け巡る。はっきりしているのは、自分が今、極めて危うい状態に置かれていることだけだ。

早く逃げないと。

左右の腕に力を込める。長めのロープで吊《つ》るされているらしく、腕をある程度左右に振る余裕がある。けれどいくら引っ張っても、凛の細腕では拘束を外せなかった。

どうしよう……どうすれば。

暗がりの中、視線を走らせる。目がさらに慣れ、周囲の様子が徐々に浮かび上がる。

部屋のようだ。広い。六畳一間の自室の三、四倍はあるだろうか。

凛は闇に目を凝らし——それに気付いた。

何かが床に転がっている。

背筋が粟立《あわだ》った。

部屋の中央からやや左手寄り。床の上に横たわるものがある。

見てはいけない——理性の警告を無視し、凛はそれを凝視した。

大きさは二メートルもないだろうか。丸い出っ張りがひとつ、それを挟むようにやや曲がった細長い部分が二つ。それらの反対側に、ほぼ真っ直《す》ぐ伸びた部分が二つ。

——人間の形だった。

震えが全身を駆け抜けた。

「誰——」

沈黙に耐えられず呼びかける。「誰なの。ねえ、誰なの」

返事はない。

それは動く気配すらなかった。凛の問いに、ただ不気味な沈黙を投げ返す。耳に響くのは、どこで動いているのか、換気扇に似た低い唸《うな》りと——獣の呻《うめ》きのような声。

声？

この、部屋だけじゃない。壁の外側で、何者かの蠢《うごめ》く気配がする。

「誰かいるの⁉」

叫んだ瞬間――天井から強い光が降り注いだ。

眩《まぶ》しさに思わず目を閉じる。

物音が響く。凛のいる位置の斜め向かい、部屋の左手奥から、重い板を引きずるような、物同士の擦れる音が聞こえる。

やがて、

「お前――⁉」

聞き慣れない声を投げつけられた。薄目を開け、声の方へ顔を向けると、見知らぬ男が唖然《あぜん》とした顔で凛を凝視していた。

若い男だ。見た目は二十代前半。少なくとも凛より年下ではなさそうだ。身長は百七十センチくらい。色白の肌と、全体的に肉付きのいい体形が、童謡のハンプティ・ダンプティを思わせる。左右に軽く分けただけの、長くも短くもない髪。水色無地のYシャツ、カーキ色のチノパン。

助けに来てくれたのだろうか。それとも――この男が自分をこんな目に遭わせたのか。

けれど、それにしては様子が変だった。凛に近付くでも話しかけるでもない。見知らぬ場所で予想外の相手に出くわしたように、ぽかんと口を開けて立ち尽くしている。

不意に、男の視線が動いた。壁際《かべぎわ》の凜から部屋の中央の床へ。「ひいっ」情けなく引きつった叫びを上げ、男が膝から崩れ落ちる。

男の視線につられるように、凜もそれへ目を戻し――

悲鳴を上げた。

死体だった。

両手を身体のやや上方に投げ出し、顔を凜の方へ向けた格好で、うつぶせに倒れている。

身体の方向は、左手奥と凜のいる位置を結ぶ線にほぼ沿っている。両脚は、部屋の扉――男の方を向いていた。左奥の扉から凜の方へ向かい、途中で倒れ伏した……ような格好だ。

触れたわけでも間近で確認したわけでもない。が、それがもはや呼吸をしていないことを、凜は否応《いやおう》なしに直感した。

死体の顔は焼かれていた。

髪に隠れている箇所もあるが、少なくとも凜から見える顔の皮膚はほぼ全《すべ》て、赤黒く爛《ただ》れている。

そして――死体の服装に、背格好に、何より、左手首に巻かれた腕時計に、凜は見覚えがあった。

『コスモス』の創立者にして、誰より敬愛する先輩。
神崎京一郎《きょういちろう》のそれだった。

第1章　邂逅《かいこう》について

　彼女たちが歌い終えた瞬間、鼓膜が破れそうになるほどの歓声が轟《とどろ》いた。

　照明に煌《きら》めく舞台。ステージ背面の巨大スクリーンに映る彼女たちの姿。観客席一面を埋め尽くす七色の光。

　渕大輝《ふちたいき》は、声援用の電飾棒《サイリウム》を握りしめ、ステージに立つ彼女たちへ——正確にはそのひとりへ、二階の観客席から「花月《かづき》ぃ！」と声を張り上げた。

　計九人の彼女たちが、中世ファンタジー風の色鮮やかな衣装を揺らめかせ、横一列に整列する。足元には、ステージ演出用のドライアイスと思《おぼ》しきスモークが白く漂っている。天使が雲の上に並んでいるかのようだ。

　中央に立つ二十歳前後の少女——鷲水《わしみず》花月がマイクを握り、柔らかく透き通る声で挨《あい》拶《さつ》した。

「アンコールありがとうございます。今回初披露の新曲、『Forward』を聴いていただきました！」

再び巻き起こる歓声。「ありがとうー」花月と他のメンバーが観客席へ手を振る。大輝もサイリウムを振り返す。

――さいたまスーパーアリーナ、通称ＳＳＡ。最大収容人数三万七千人を誇る巨大イベント施設だ。

西暦二〇一九年六月九日、二十時。『Diamond Feathers』結成二周年記念ライブツアーが、いよいよ終幕を迎えようとしていた。

短いトークの後、向かって左端のひとりが一歩進み出る。公演終了前の挨拶だ。開演から二十曲強の歌を披露し、一旦《いったん》締めを入れた後、アンコール一曲目、演者の挨拶を経て最後の一曲で終えるのが、『Diamond Feathers』の定番のライブ構成となっている。

『Diamond Feathers』のメンバーは、厳密にはアイドルではない。同名のスマートフォン《スマホ》用ゲームアプリで主要キャラクターを演じる声優たちだ。最近の声優は、アニメや洋画の吹き替えだけでなく、本家アイドル顔負けのライブをこなすことも珍しくない。今日の公演も、三万席以上の客席は満員だった。

八人目のメンバーが挨拶を終え、最後に花月が一歩進み出た。客席のあちこちで水色のサイリウムが光り、「かづきーん！」と声が響き渡る。

「『千里眼のクレア』役の鷲水花月です。今日はたくさんの応援、本当にありがとうございました！」

大きな声援と拍手が響く。大輝も、サイリウムを握る右の手首を左手で叩《たた》く。額に汗を浮かべつつ微笑《ほほえ》む花月の顔が、スクリーンに大写しになった。

カフェの優しい店員さんといった雰囲気の、柔らかく整った顔立ち。背中まで届く長い黒髪。透明感の中に温かさのこもった声と、豊かな表現力で、デビュー当時から密《ひそ》かに注目を集めていた花月だが、『Diamond Feathers』の主役に抜擢《ばってき》されて以来、知名度と人気が一気に高まっている。若手声優の注目株のひとりだ。大輝が今、一番の「推し」――贔屓《ひいき》にしている声優でもある。

いかにも柔らかな印象の彼女だが、プロフィールに『趣味：ディープラーニング』とあったり、ＳＮＳに『マザボ新調しました。Ryzen 速い！』『水冷設置。クロック限界越えたれ！』と投稿したりと、実は相当なコンピュータマニアでもあるらしい。そんな、容姿と趣味嗜好《しこう》のギャップもまた、人気の理由のひとつになっていた。

挨拶が終わった。オーラスだ。周囲の観客が椅子《いす》から立ち上がる。大輝も腰を上げた。

「それでは、いよいよ最後の曲になります。聴いてください」

メンバー全員が一斉にマイクを構え、曲名を叫ぶ。

「『Diamond Angels』！」

歓声が轟音《ごうおん》となって響く。会場が七色の光に満たされる。耳に馴染《なじ》んだイントロが流れ、最後の曲が始まった。

「『たとえ　脆《もろ》く小さな光でも』――」

「光でも！」

「『胸に輝くこの想《おも》いは　私だけのダイヤモンド』――」

「ダイヤモンド！」

大輝は合いの手《コール》を張り上げた。両隣、前後、そして全《すべ》ての客席から、同じタイミングでコールが轟いた。


『DF2ndSSA終了。神。控えめに言って神』

大輝はスマホの画面に指を走らせた。ボタンをタップし、表のＳＮＳアカウントへ書き込みを終える。心地よい疲労感と興奮が、今なお全身を包み込んでいる。フォロワー同士の打ち上げを終え、今は帰りの電車の中だった。

今回のライブツアーは全公演、現地会場やライブビューイングで制覇した。どの公演も素晴らしかったが、今日は大会場でのツアー最終日だけあって、盛り上がりの度合いは格別なものがあった。

ＳＮＳを検索し、他の観客たちの感想を辿《たど》っているうちに、電車が自宅の最寄り駅へ着いた。大輝はスマホをポケットへ入れ、グッズの詰まった鞄《かばん》を担《かつ》ぎ、ホームへ出た。

改札を通り抜け、暗い夜道をひとり歩く。二十三時。路線バスはもう走っていない。

公演中はほぼ立ちっぱなしだったこともあってか、膝《ひざ》がかなり痛む。

二十分ほどの道行きの後、小ぢんまりとした二階建ての一軒家が見えた。嫌というほど見慣れた自宅。大輝はポケットから鍵《かぎ》を取り出し、玄関の扉を開けた。

廊下の灯りは消えていた。リビングにも人の気配はない。この時間、一階に家族がいることは滅多にない。

後ろ手に玄関の鍵を閉め、靴を脱いで廊下を歩く。階段の一段目に足をかけたところで、不意に電灯が灯《とも》った。

Tシャツとショートパンツ姿の少女が、踊り場に現れる。階段を降りるしなやかな動作が、大輝と対面した瞬間、ぴたりと止まった。

高校一年生らしく瑞々《みずみず》しさに溢《あふ》れた肌。やや小柄な身体《からだ》は、運動部らしく引き締まっている。一応は可愛《かわい》らしいと呼べないこともない顔立ち。

しかし今、少女が大輝へ向ける表情は、本来の潑剌《はつらつ》さとかけ離れた、ひどく険しいものだった。

ライブの余熱が掻《か》き消え、暗く重い感覚が大輝の全身を冷やす。よりによって一番会いたくない相手だった。

「どこ行ってたの」

低い声で、少女――藍里《あいり》が呟《つぶや》く。実の兄に向かって「お帰りなさい」の挨拶もない。

汚物を見る目、という陳腐な表現そのままの視線だった。

「……お前には関係ない」

「あ、そう」

藍里の視線が、大輝の肩の鞄へ移る。表面に留められた『Diamond Feathers』の缶バッジの数々。ライブ前に買い込んだグッズの一部が、収まりきらず鞄からはみ出ている。藍里はあからさまに顔を歪《ゆが》め、「どいて。シャワー浴びるから」と冷ややかな声を発した。

気圧《けお》されつつも、大輝は藍里を睨《にら》み返し、階段を上がった。兄の自分がなぜ、七つも年下の妹の命令に従わねばならないのか。

藍里が踊り場の隅へ身体を寄せた。兄の威厳に屈したというより、腐った卵が飛んでくるのを避けるような振る舞いだった。

頭に血が上るのを覚えつつ、大輝は無言で藍里とすれ違った。そのまま二階へ向かう。嫌悪《けんお》に満ちた藍里の視線を後頭部に感じる。大輝は気付かないふりをし、自分の部屋へ入った。

灯《つ》りを点け、扉を閉めて鞄を床に下ろす。漫画や文庫本の散乱した、整理整頓《せいとん》という言葉には縁遠い部屋だ。床に散らばる本を避けながら窓際《まどぎわ》の机へ向かう。椅子に座り、マウスを軽く動かす。ディスプレイに光が灯る。パソコンは点けっ放しにしている。

ライブの余韻に浸れる気分ではなかった。藍里《あいつ》のせいで台無しだ。

こんなときは仕事で気を紛らすに限る。ブラウザを立ち上げ、ＳＮＳのログイン画面を開く。十数個割り当てられたＩＤのひとつを入力し、テキストファイルにメモしたパスワードを入れてログイン。検索欄から標的のひとりのアカウントを辿る。

『リン＠コスモス』——捻《ひね》りのないユーザー名だ。タイムラインの一番上に、彼らの活動報告らしき書き込みが表示されていた。

『国民投票法改悪反対デモ＠渋谷、無事終了しました。集まっていただいた大勢の皆さん、本当にありがとうございます。皆さんの怒りを肌で感じました。憲法と民主主義を破壊する大悪法にＮＯを。和田政権にＮＯを！』

優等生然とした、虫唾《むしず》の走る文章だ。大輝はコメント欄に書き込んだ。

『多数決は民主主義の基本です。気に入らないことをデモで否定しようとする方こそ、民主主義の破壊行為』

ログアウトし、今度は別のＩＤで再ログイン。再び書き込む。

『大勢って？　明らかに数少ないじゃん。人数も公表できないの？　プププｗｗｗ』

ＩＤごとに文体を変えるのがコツだ。語尾の『ｗ』はネット上の俗語《ネットスラング》のひとつで

『(笑)』の省略形、ここでは嘲笑《ちょうしょう》の意味合いだ。一目で挑発と解《わか》る文章も、効く相手には呪《のろ》いのように効く。たとえ、目に触れるのが一瞬だとしても。

……そのことを、自分は嫌というほど知っている。

他にもいくつかのＩＤを使い、批判のコメントを書き込む。各々《おのおの》のＩＤで、対象の書き込みへの規約違反通報を行うことも忘れない。実際には規約違反に当たる部分などないのだが、こういうことは数と繰り返しが物を言う。今は受理されなくとも、続けていればいずれ当たるはずだ。

『コスモス』は、かつて安保法制に反対した『クローバー』という団体の元メンバーが中心となって立ち上げた集団だ。当時、中国の領海侵犯などで近隣国との関係が緊迫する中、現実も見ず『戦争反対』だの『九条を守れ』だのと騒いでいた連中。結局、法案は与党の賛成多数で可決し、『クローバー』は目的を果たせぬまま無様に解散した。

そんな連中が、また性懲《しょうこ》りもなく集まって『憲法の破壊』などと喚《わめ》いている。現政権が国民の圧倒的支持を得ているという事実を頑《かたく》なに認めず、国に万一の事態が生じても「戦争に行きたくない」と自分勝手な駄々をこねる反日馬鹿左翼《パヨク》どもには、相応の報いを与えてやらねばならない。キーボードを叩く指の動きが自然と速まった。

ＳＮＳやネットニュースのコメント欄へ、野党や左派団体に批判的な書き込みを行い、ネット世論を高揚させる。国民黎明党《れいめい》の——非公式の支援団体を介した——ネットサポートの仕事だ。

単価はそれほど高くないが、ネットに思うがままを書き込むだけで収入を得られるのだ。過去に経験したどんな仕事より肌に合った。

熱心な政党支持者の家庭に生まれたわけでもなく、むしろ学校とか体制といったものを忌《い》み嫌っていたはずの自分が、いつから与党支持者に――正確には野党嫌いに――なったのか。明確なきっかけはない。大小様々な出来事や知見が、自分を今の位置まで連れてきた、と言った方が正確かもしれない。

十年前、黎明党が政権の座を追われたことがあった。

党内や省庁で不祥事が相次ぎ、黎明党への不満が噴出していた頃だった。野党は耳に心地よい公約《マニフェスト》を掲げて選挙に勝ち、マスコミは「政権交代」とはやし立てた。

しかし蓋《ふた》を開けてみれば、公約はほぼ何ひとつ実現されなかった。目玉のひとつだったはずの消費税増税の凍結さえ反故《ほご》にした挙句、野党政権はわずか数年で崩壊した。

野党が政権交代で残したのは「幻滅」の一言だった。――野党はしょせん口先の綺麗《きれい》事《ごと》だけ。多少の不祥事があろうとも、実績と実行力のある黎明党の方がよほどいい。そう考えるようになった国民は少なくないはずだ。

「憲法を守れ」「平和を守れ」「民主主義を守れ」――守れ守れと偉そうに文句を言うだけの無力な学級委員。それが今の野党だ。

和田政権は違う。効果的な経済政策を掲げ、外交にも汗を流している。株価も高値安定だ。

与党議員の問題発言や行動、官僚の不正行為がネットニュースなどで流れるたび、パヨクの一部が鬼の首を取ったように責め立てるが、そう言うお前たちは何をしたのか。ただ騒ぐだけのお前たちは、日本のためになることをひとつでも実現できたのか。政治は綺麗事じゃない。

大体、不祥事なら野党も大差ない。与党に浴びせた非難の数々が、ブーメランとなって自分たちに返って来たことが何度あったことか。そんなとき、野党の支持者は大概だんまりを決め込むか、内輪揉め《うちわも》に走る。現実を見ず清廉《せいれん》潔白なふりをするだけの連中に誰も耳など貸さない。

一通りの書き込みを終え、大輝はログアウトした。今日使ったＩＤのほとんどは相手に閲覧拒否《ブロック》されるだろうが、どうせ使い捨てだ。代わりのＩＤなどいくらでも手に入る。ディスプレイから目を外し、息を吐く。妹に味わわされた暗い感情は薄らぎ、代わりに軽い高揚感が身を包む。

大輝はディスプレイに向き直り、今度は自分のＩＤでログインした。

ユーザー名『Ｄ·ｉ·Ｆ』。アイコンには『Diamond Feathers』のキャラクターのひとり、『クレア』の画像を使っている。傍目には、人気コンテンツからＩＤを剽窃《ひょうせつ》した軟派なアニメオタクとしか映らないだろう。このアカウントでは、アニメ・ゲーム関係の書き込みや転載しか行っていない。フォロワーやフォロイーも、ほとんどがいわゆるオタク界隈《かいわい》のユーザーだ。身元の露見に繋《つな》がる情報はどこにもない。

タイムラインを辿る。今日はライブで潰《つぶ》れたが、来週も重要な予定がある。フォロイーのひとり――ユーザー名『鏑木圭《かぶらきけい》@AFPU代表』の書き込みを、大輝は再度確認した。

『在日外国人の不法行為に反対する一斉街宣6/16（日）14：00~@JR川崎駅前』

※

翌週の『一斉街宣』は、開始前から騒然とした雰囲気だった。

JR川崎駅東口、地下街へ下りる階段の南側の一角。普段は多くの通行人が行き交うであろうバスロータリーの一部が、今は鉄柵《てっさく》で塞《ふさ》がれている。

背後を駅ビルの壁、左右と前方を鉄柵で囲まれた、十数メートル四方の空間。その内側に大輝は立っていた。川崎で街宣を行うときは、大抵この場所が集会スペースになる。手には『在日外国人の不法行為に反対する一斉街宣』の幟旗《のぼりばた》。

鉄柵のすぐ外側に、何十人もの警察官がずらりと並んでいる。彼らの視線は大輝たちでなく、集会スペースを取り囲む群衆に向けられていた。

「ヘイトは帰れ！」「ヘイトは帰れ！」

やかましい声が群衆から湧《わ》き上がる。『ヘイトスピーチを許さない』『KAWASAKI AGAINST RACISM』『差別を許すな』――目障《めざわ》りなプラカードの数々。

『カウンター』だ。

在日外国人による違法行為を指摘・糾弾しているだけの自分たちを、差別だのヘイトだのと中傷し、事あるごとに妨害にかかる集団。『コスモス』とは出自も主導メンバーも違うが、忌々しいパヨクの一団であることに変わりはない。差別反対の美名のもとに、言論の自由を圧殺する連中だ。今日集まっているのは、ざっと百人前後か。

対してこちらは三十名弱。連中の三分の一にも満たない。焦《あせ》りに似た表情が、多くの集会参加者に浮かんでいる。

が、大輝は気にしなかった。カウンターたちに、集会そのものを力ずくで止める権限はない。

集会スペースの前方に階段状の踏み台が設置されている。その上に、予定時刻より十数分早く、スーツ姿のひとりの男が立った。

――鏑木圭。『Anti Foreigners' Privilege Union』、略称『ＡＦＰＵ』の代表だ。

癖の強い巻き毛。顔には薄茶色のサングラス。左手首に茶色のベルトの腕時計。背丈は大輝よりやや高め――百七十センチ強。スーツに包まれた身体は、贅肉《ぜいにく》の付いた大輝の身体より明らかに細く引き締まっている。

　全身から漂う雰囲気が、他の集会参加者とは明らかに違っていた。見るたびに畏敬《いけい》の念を感じずにいられない姿だった。

「皆様、本日はお集まりいただきまことにありがとうございます。ＡＦＰＵ代表の鏑木です」

　カウンターたちを意に介する様子もなく、鏑木はマイクを手に、重みのある低い声で悠然と演説を開始した。「皆さん！　日本では今なお、在日外国人による犯罪行為、不法行為が後を絶ちません――」

「ふざけるな！」「ヘイトは帰れ！」

　すぐさまカウンターの罵声《ばせい》が響く。ロータリーや階段から、人々が好奇の視線を投げる。足を止める者もいるが、多くは何事もなかったように再び歩き去る。そもそも、目を向けさえしない通行人が大半だ。あの様子では、鏑木の演説が聞こえているかどうかも怪しい。カウンターの大声が邪魔しているのだろう。忌々しいことこの上ない。

　まあいい。今は聞こえなくても、演説の様子は後で動画配信される。大勢の人々が通る場所で、外国人による犯罪を糾弾した、という事実が重要なのだ。

　それに――正義は自分たちにある。

集会スペースを囲む警察官たちは、自分たちに背を向け、カウンターの方を向いている。

警察が監視しているのは自分たちではない。カウンターなのだ。

その証拠に、私服の刑事と思しき強面《こわもて》の男が、プラカードを持つ群衆へビデオカメラを向けている。

もちろん、AFPUも独自に、威嚇《いかく》を兼ねてカウンター連中を撮影しているが――警察が彼らを撮影するということは、警察がAFPUでなくカウンターの側を危険分子と見なしている証左だ。

十数分の演説を終え、鏑木が一礼とともに踏み台を降りた。堂々たるものだった。集会参加者から拍手が上がる。大輝も、幟旗を持つ右手の拳《こぶし》を左手で叩いた。

その後も、カウンターたちの罵声の中、参加者によるスピーチが交代で行われた。が、やはりというか、覇気や弁舌の滑らかさは鏑木に及ばない。明らかに腰が引けている者もいた。

何を怖気《おじけ》づいているのか。あんな、言論の自由を圧し潰そうとする連中に、なぜ隙《すき》を見せるのか。

あんな――上から目線で綺麗事ばかりを並べ立てる連中に。

大輝の番が来た。戻ったばかりの参加者に旗を預け、マイクを手に踏み台へ上がる。

ＡＦＰＵの集会でスピーチを行うのはこれが初めてではない。最初に壇上に登ったときは足も声も震え通しだったが、何とか最後まで語り通した後、拍手を浴び、「いやぁ、良かったわ。立派立派」と褒められたときの充足感は、今も鮮烈に記憶に焼き付いている。当時の感覚を思い出しながら、大輝はマイクを口元に運んだ。

「ご通行中の皆さん。我々の周りには今、我々の演説を圧殺しようとしている人々がいます。このような言論の自由の弾圧を、決して許してはなりません！」

「何が圧殺だ！」「人の尊厳を傷つける言論の自由などない！」

カウンターたちが声を張り上げる。

あからさまな敵意の視線を感じた。最前列で叫ぶカウンターたちの怒りの目。彼らの背中に隠れ、姿を見せず隙間から睨みつける目。

怖くなどなかった。自分の前には、鉄柵と、何十人もの警察官が立ち並んでいる。それらを破って入る勇気もない連中の戯言《たわごと》など、しょせん虫の羽音だ。

罵声まみれの中、大輝はスピーチを終えた。参加者たちの拍手に迎えられながら踏み台を降り、元の場所に戻る。

「凄《すご》いですね、ディフさん。あんなに堂々として」

先程旗を預けた参加者が、小声でおずおずと話しかけてきた。「私なんて……声、裏返っちゃって」

濃い色のサングラスをかけ、口にはマスク、頭に野球帽を被《かぶ》っている。背丈は大輝より二、三センチ低い。場所が場所なら銀行強盗と間違われかねない風貌《ふうぼう》だが、胸元の丸みと声の高さから、女性であることは解る。男だらけの参加者にあって、ほぼ紅一点と呼べる存在だった。

名前は富田《とみた》と言った。最初に名乗り合ってから随分経《た》つが、下の名前は未《いま》だに知らない。ＡＦＰＵでは、他のメンバーの素性に踏み入らないのが不文律となっている。もっとも、何度も参加していれば顔見知りは自然と生まれるし、それなりに世間話もする。

もちろん、各人の詳細な家庭環境が話題に上ることはない。が、広く浅く会話を交わすうちに、大輝は自分を含め大半のメンバーが、多かれ少なかれ「居場所がない」という思いを抱いていることを知った。

富田は、大輝と似た境遇だったらしい。就職に失敗し、半ば引きこもり状態となっていたときにＡＦＰＵを知った、と断片的に聞いている。正規メンバー――といっても、ＡＦＰＵの多くはネット会員だが――に登録したのは数年前らしい。大輝が集会に初めて参加した二年前には、すでに彼女の姿があった。

他は何も知らない。そもそも大輝は、サングラスとマスクを外した富田を見たことがない。今も、長い睫毛《まつげ》に飾られた瞼《まぶた》と瞳《ひとみ》が、サングラスの横から覗《のぞ》けるだけだ。まなじりの形から察するに、顔立ちはそれなりのようだが、化粧が明らかに濃い。二十代から三十代辺りだろうか。

素性のよく解らない相手ではあったが、異性に褒められるなど、ＡＦＰＵに参加するまではほとんどないことだった。気持ちが浮き立つのを覚えつつ、大輝は富田から旗を受け取った。

「いやぁ、その……俺もまだまだですって。良かったじゃないですか、富田さんも」

実際の富田のスピーチは、彼女自身が評した通り、ほぼ裏声で叫んでいるだけだったが、声を出せるだけでも立派なものだ。大輝のぎこちないお世辞に富田は俯《うつむ》いた。彼女のまなじりが心なしか緩んだ――ように見えた。

開始から数十分後、参加者たちのスピーチが一通り終わった。

踏み台が片付けられる。これにて終了――ではない。メインイベントはここからだ。

「ただいまよりウォーキングを開始します。ご整列願います」

鏑木の指示に合わせ、参加者たちが列を作る。大輝も富田の隣に並ぶ。

警察官たちが、カウンターの割り込みを防ぎながら、主人の通り道を開ける従者のように、集会スペースの周囲の鉄柵の一部を外した。

鏑木が拡声器を構え、息を吸い、号令をかけるように叫んだ。

「在日犯罪者は帰れ！」

「帰れ！」

参加者たちが一斉に絶叫する。大輝も声を張り上げる。隣の富田も、先程のおどおどした態度から人が変わったように、「帰れぇ！」と奇声を発していた。

「在日犯罪者から日本を守れ！」「守れ！」

参加者の列が動き始めた。警察の開けた鉄柵の隙間から集会スペースを出て、ロータリーから道路へ。「犯罪者は帰れ！」「日本を守れ！」シュプレヒコールを上げながら、車道の端を行進する。

「ヘイトはやめろ！」「お前らこそ帰れ！」

追いかけてきたのか待ち構えていたのか、カウンターたちが『KAWASAKI AGAINST RACISM』などのプラカードを高く掲げ、歩道から叫び返す。

が、行進は止まらない。

護衛の警察官が百名近くに増え、行進の列の前後左右を囲み、カウンターの侵入を防いでいる。警察官の幾人かが「ご通行はご遠慮ください」と歩道に立ち塞がる。行く手を阻《はば》まれたカウンターたちが悔しげな表情を浮かべる。

現実を見ろ。危険分子扱いされているのはお前らの方だ。

「在日特権を許すな！」「許すな！」

鏑木の声に合わせて叫びながら、大輝の脳裏を、先週のライブの光景がよぎった。

——たとえ　脆く小さな光でも——

――光でも――

震えるほどの興奮が蘇《よみがえ》る。

同じだ。

互いの出身も職業も、フルネームさえも知らない人々が、同じ目的を持って同じ場所に集い、思いを同じくして、声を揃《そろ》えて同じフレーズを叫ぶ。

人数こそ先週には遥《はる》かに及ばないが――今、自分が味わっている高揚感は、ライブのそれと全く変わるところがなかった。

「在日犯罪者は帰れ！」

「帰れ！」

幟旗を握り締めながら、大輝は一層声を張り上げた。

※

「デフ君、お疲れさん。今日はよう頑張ってくれたな」

鏑木が大輝のグラスにビールを注いだ。「あ――い、いえ、ありがとうございます」

大輝は緊張に身を縮ませつつ、満杯になったグラスを口に運んだ。集会の最中は、代表から直に名を――ハンドルネームが微妙に間違っているとはいえ――呼んでもらえる機会などない。

――川崎街宣を終えたその夜。

ＪＲ秋葉原駅前の一角にある居酒屋で、大輝はＡＦＰＵのメンバーと盃《さかずき》を酌《く》み交わしていた。

集会の打ち上げだ。出席者は十人足らず。半数以上は幹部の面々だ。一般会員は大輝を含め二、三人といったところだった。

十七時半頃から始まった宴会も小一時間が過ぎ、皆の顔に酔いが見え始めていた。富田はいない。行進を終えた後、逃げるように川崎駅の改札へと消えてしまった。残念だがいつものことだ。こういった呑《の》み会に富田が参加するところを、大輝は見た覚えがない。

集会が終われば、各々の参加者にはそれぞれの日常が待っている。富田ほどではないにしても、眼鏡やマスクで面割れ対策を施している参加者は多かった。かく言う大輝も、集会の間はサングラスと付け髭《ひげ》だった。今はさすがに鞄へしまい込んでいたが。

ともあれ、各人の事情を考慮してか、鏑木は打ち上げへの参加を強制したことがない。メールで簡単な案内を出すだけだ。幹部に交じって打ち上げに参加する一般会員はむしろ例外と言ってよかった。

大輝が「例外」のひとりになったのは、初めて集会に参加した当日からだ。上下関係を押し付けない居心地の良さもさることながら、創立者の鏑木と直に対面できるのが何より大きかった。

――初めてであのスピーチは大したもんや。これからもよろしく頼むで。

他者から、それも集団のトップに立つ人間から、そんな言葉をかけられたことなど一度もなかった。

自分を認めてくれる人がここにいる。自分の居場所が、目標とすべき人物が見つかったような気がした。

「しかし、すっかりやりにくくなったわな」

幹部のひとりがぼやいた。「カウンターどもといい、あのクソ法といい」

差別扇動行為何とか法、だったか。正式名称をいちいち覚える気にもなれない。

外国出身者への差別的な発言を行ってはならない、と定めた法律が施行されたのは三年前だ。罰則規定こそないものの、これまでAFPUが在日外国人を叩き出すために用いてきたシュプレヒコールは、差別発言と見なされる恐れが出たため、ほとんど使い物にならなくなってしまったという。

今日の集会でも、鏑木は参加者たちへ、直截《ちょくせつ》的な表現を控えるよう念を押していた。集会の目的はあくまで、罪を犯した在日外国人や、彼らへの不当な法的配慮――税金の優遇措置や特別永住許可など――を非難することであって、「在日外国人は犯罪者」といった言い回しは、全ての在日外国人へ向けた差別発言と受け取られかねない——と。

日本人が汗水垂らして納めた税金を不当にかすめ取る在日外国人に、なぜ遠慮しなければならないのか。歯痒《はがゆ》い思いを禁じえなかったが、同時に感心もした。表現の自由を規制する忌々しい法律を、言い回しひとつでかわせるなら楽なものだ。

にもかかわらず、カウンターたちはAFPUが差別発言者《ヘイター》の集まりだという決めつけをやめようとしない。自身がやっていることこそ差別なのだと、連中は解っているのだろうか。

「今日の演説、通行人にはほとんど聞こえなかったかもしれん」

別の幹部が、心なしか沈んだ呟きを漏らす。宴席に沈黙が漂う。

集会の参加者は三十名足らず。対してカウンターは目算で百名前後。どこから集まったか知らないが、彼らが頭数でこちらを上回っていたのは厳然たる事実だ。後で動画配信されるとはいえ、いわゆる一般の聴衆は事実上皆無に等しかった。演説を直に聞いたのは、AFPUの参加者と、周辺にいたカウンターたちくらいだったのではないか。

「何言ってるんですか」

大輝は声を上げた。酔いの勢いも手伝ってか、自分でも驚くほど強い声だった。「外国人の増加が治安の悪化を招くのは、海外の事例を見ても明らかだ。そう教えてくれたのは皆さんじゃないですか」

中東で生じた紛争や政治的混乱は、ヨーロッパへの移民や難民の流入をもたらした。ドイツをはじめとした各国政府は当初、受け入れに積極的だったが、異国人の大量流入はヨーロッパ全土で軋轢《あつれき》を引き起こし、今では締め出しへと方針転換した国が増えたという。

——リベラル連中は、したり顔で『人道的配慮』と言う。

いつだったか、鏑木は打ち上げの席で語った。

——だが奴《やつ》らは、『配慮』によってもたらされる負の事象を、自ら引き受けようとは決してせん。移民が増えたとして、そいつらを養うための負担を背負わされるのは誰や？　郷に入って郷に従わん連中の面倒事によって、真っ先に被害を受けるのは誰や？　一万人の移民に職を用意するとして、そいつらに働き口を奪われるのは誰や？

——『人道的配慮』をぬかすインテリやない。俺たち庶民や。

——リベラルの奴らは要するに、『教室を綺麗にしましょう』と言いながら掃除当番を他の生徒に押し付ける学級委員みたいなもんや。自分らは『委員の仕事があるから』などと言うて逃げる。こんなことが許される思うか？

鏑木への敬意が決定的に深まったのは、このときだったと思う。

心の底に溜《た》まったまま上手《うま》く表現できずにいた感情を、的確に言語化してくれた——そんな思いがした。

「それに、今日だって警察が大勢協力してくれたじゃないですか。俺たちの理を国が認めてくれているんです。弱気になってどうするんですか」

「――せやな」

鏑木が口元を緩めた。グラスを何杯も空にしながら、彼の顔には全く赤みが差していない。酔いが顔に出ないタイプらしかった。「しょぼくれる理由など全然あらへん。デフ君、よう言うてくれた」

「確かにな」「若いのに肝据わっとるのう。大したもんだ、デーブ君」

「『ディフ』です。嫌味ですか、俺の体形に対する嫌味ですか？」

どっと笑い声が上がる。沈みかけた雰囲気が霧散し、祝宴らしい騒がしさが戻る。

「おおきに、デフ君」鏑木から肩を叩かれ、大輝は「あ、いえ」と身を縮ませた。


打ち上げは二時間ほどで終わり、大輝は鏑木らと別れ、アニメショップへ足を運んだ。鏑木は幹部たちを引き連れて去っていった。二次会兼方針会議を行うらしい。大輝もついていきたかったがさすがに気が引けた。何より、長居するとショップの閉店時間に食い込んでしまう。鏑木は特に気を悪くした様子もなく大輝を送り出してくれた。こうした心遣いも鏑木の魅力のひとつだった。

コミック、ＣＤ＆ＤＶＤ、同人誌、ライトノベル、グッズの各コーナーを巡り、チェ

ック し損ねていた新刊と新譜を入手。ショップを出る頃には二十時半を過ぎていた。

人通りは少なかった。世界に誇る電気街も、この時間になると一気に寂しさを増す。開いているのはいわゆるサブカルチャー系のショップか、全国チェーンの大型量販店、駅周辺の再開発で新設された飲食店くらいのものだ。

とはいえ、全てのショップが閉店するまでには若干の余裕があった。そういえばキーボードの調子が最近よろしくない。品揃えを確認する程度の時間はあるだろう。大輝は横断歩道を渡り、昭和通り口を目指して歩き出した。

途中、道路が線路下へ潜り込んでいる。ここの坂が微妙にきついんだよな——と、酔いの抜けきらない頭でぼんやり考えていた、そのときだった。

視界の端に、見知った顔を捉《とら》えた。

鏑木だ。

大輝から見て斜向《はすむ》かい。車道を挟んで反対側の歩道を、鏑木が大輝と逆方向に歩いてくる。

打ち合わせが終わったのだろうか。声をかけようとして——大輝は硬直した。

女がいた。

左肩にトートバッグをかけ、右腕を鏑木の左腕に絡《から》ませながら、仲睦《なかむつ》まじげに連れ添い歩く女。

白いブラウスにロングスカート。上着を脱いだＹシャツ姿の鏑木と並んで歩く様子は、休日出勤後の遅いデートを楽しむカップルのようだった。

鏑木と連れの女は、反対側の歩道で立ち尽くす大輝の前を通り過ぎ、電気街方面へと歩いていった。

……心臓が暴れていた。

自分が動揺していると悟るのに、しばらくの時間が必要だった。

そんな——

鏑木が女連れだったから、だけではない。女の横顔に既視感があった。

はっきりとは確認できなかったが……鏑木に向かって微笑む女のまなじりは、富田のそれに似ていた。

※

「和田政権はこれまで、私たちからたくさんのものを奪い、壊し、踏みにじってきました」

左手のスマホに表示されたメモへ目を落とし、三廻部凛は再び視線を上げた。「行政情報漏洩《ろうえい》防止法で、政府に都合の悪い情報を隠せるようにし、防衛機器法や安保法制で、日本を戦争のできる国に変え、通信取扱法や団体犯罪計画罪で、私たちを好き勝手に逮捕できる手段を作り上げました。

皆さん、まさか忘れていませんよね？」

「忘れるか！」

聴衆のあちこちから叫び声が上がる。

――ＪＲ渋谷駅、ハチ公前広場の一角。

駅舎寄りに設けられたステージの上で、凛はマイクを握り締める。

ステージのバックには『ＮＯ！　国民投票法改悪』の垂れ幕。古臭い手書きではなく、かといって無味乾燥な明朝体《みんちょうたい》でもない。シンプルで整然とした、しかし力強いゴシック体。赤青緑をはじめとした色とりどりの風船が、垂れ幕に結わえられている。

ステージの前方には、目算で千人近くの聴衆がひしめいている。彼らの背後に、巨大なスクランブル交差点が見える。行き交う人々の一部が時折足を止め、こちらに目を向けている。

手に汗が滲《にじ》む。マイクもスマホも滑り落ちそうだ。こういう場所で何度もスピーチを行ってきたが、緊張せずに喋《しゃべ》り切れたことは一度もなかった。

私は今、どう映っているだろう。引きつった顔をしていないだろうか――

「それだけじゃありません。この二十年、消費税増税や労働基準法改悪、社会保障費の削減などで、日本で働く人たちの生活はどんどん苦しくなって、年収三百万で生きるどころか、必死に働いても三百万さえもらえないことも珍しくなくなってしまいました。かつて日本には、高度経済成長とかバブルとか呼ばれる時代があったそうですね。……あ、す、すみません。ご年配の方々を馬鹿《ばか》にしてるわけじゃないんです！」

どっと笑い声が響く。ステージ前の聴衆の中から、男性が両手をメガホンに「年配じゃないぞー！」と明るいヤジを飛ばす。

やっちゃった……軽く落ち込みつつ、凜は顔を引き締めた。

「でも――私はその時代を知りません。

私にとって、未来とは、暗くて深い穴へ転げ落ちていくようなイメージしかなくて……明るく希望に満ち溢れたものだという実感を持てたことがないんです。似た思いを抱える同世代の子たちは、きっと少なくないと思います」

聴衆から笑顔が消えた。

「一方で、大企業の一部の偉い人たちの報酬は、どんどん増え続けています。大多数の人たちはますます貧しくなって、ほんの一握りの人たちだけがますます大きな富を手に入れる。そんなことが世界のあちこちで起きています。

世界の半数、三十六億の人たちを合わせたのと同じだけの財産を、たった八人の超大富豪が持つ。そんな世界になっているんです。

日本もそうです。消費税を増やして、規制緩和と言ってたくさんの人たちを収入の不安定な立場に追いやって、社会保障を削って……その一方で法人税を減らして、労働生産性改善の名の下に『働かせ放題』を可能とする仕組みを法律に組み込みました。社会的地位の高い人々が、そうでない人たちを虐《しいた》げ、裏で租税回避地《タックスヘイブン》や不正な手段まで使って富を得る。一握りの人たちのために大勢の人たちの幸せが奪い取られる――そんな仕組みが出来上がってきているんです。

和田政権はまた、そうした政策を推し進めるためなら、私たちを欺《あざむ》くことさえ厭《いと》いません。特定のお友達に肩入れした罪をごまかすため、あるいは経済政策の失敗をごまかすため、官僚に忖度《そんたく》させて公文書を捏造《ねつぞう》して、統計さえ偽装して……行政のモラルを徹底的に破壊してしまいました。

そして」

言葉を切り、呼吸を整える。

「そして――和田政権は今、私たちに残された大切な権利のひとつ……国民投票権をも奪い取ろうとしています」

与党、国民黎明党の党首である和田要吾《ようご》が政権に就いて延べ八年。数々の悪法を成立させてきた和田政権の最大の悲願が、日本国憲法の改定だった。

『改正』とはとても表現できない。国民黎明党の公表した改憲草案は、「法が国家を縛る」という立憲主義の原則を破壊し、「国家が法で国民を縛る」思想があらわな代物《しろもの》だ。

改憲には、衆参両院で三分の二以上の賛成を得た後、国民投票で過半数の賛成を得る必要がある。二年前の衆議院選挙では、野党が自滅する形で、連立与党を含む改憲勢力が両院三分の二以上の議席を占めてしまった。現状では国民投票が、和田政権による改憲を阻止する最後の砦《とりで》だ。

しかし和田政権は、その砦をも無力化しようとしていた。

——全都道府県での投票実施が困難となる非常事態等が発生した場合、国民投票は、衆参両院での過半数の賛成をもってこれに代えることができる。

この一文を盛り込んだ国民投票法の改定案が、国会に提出されようとしていた。

国民投票の前提となる「国会での三分の二以上の賛成」が得られた時点で、「過半数の賛成」という条件は自動的に満たされているわけだから、それを国民投票の代わりにすることは、国民投票を経ずして無条件に改憲を承認してしまうことに等しい。

法案の文言も、いいように解釈できるものばかりだ。

「全都道府県での投票実施が困難」とは、全国の全投票所で投票ができなくなることなのか。それともある都道府県のある投票所が機能しなくなることなのか。

「非常事態等」と記述された事態とは、具体的にはどんな事態か。

仮にそんな非常事態が発生したとして、誰が、どのような手続きを踏んで「非常事態」と認定するのか。

与党からは説明らしい説明がない。「国民の皆様にご理解いただけるよう丁寧に説明していく」といった答弁を繰り返すばかりで、肝心の「丁寧な説明」は皆無だった。

災害大国日本では――何より、安保法制を強引に成立させてのけた和田政権下では――「非常事態」など簡単にでっち上げられる。

本来行われるべき、全国の有権者による国民投票を、台風や地震などの災害にかこつけて国会の採決だけで済ませてしまう。

憲法第九十六条の無効化。それが、今回の国民投票法改定案の実態だった。

この法案が可決されてしまえば、和田政権は事実上、フリーハンドの改憲権を得ることになる。国会議員の任期を操り、国民の投票権を奪って、衆参三分の二以上の状態を恒久的に維持することも不可能ではなくなる。

現状では、与党・国民黎明党の改憲草案――国会での発議条件を衆参過半数に緩和する――より、遥かに危険で致命的な法案だった。

「この法案はまさに、和田政権による独裁化への最後の一歩です。私たちの権利を破壊する最後の一手です。そんなことを断じてさせるわけにはいきません！」

「そうだ！」「その通り！」

聴衆が口々に賛同の声を上げる。

「私は、国民投票法の大改悪に反対し、和田政権の即時退陣を要求します！

――二〇一九年六月九日、三廻部凛。ご清聴ありがとうございました」

凛の一礼とともに、大きな拍手が渋谷駅前に響き渡った。

※

「大変なのはこれからだ。けど今は、堅苦しい話は抜きにしよう。

皆、今日はお疲れさま」

神崎京一郎が、労《ねぎら》いの声とともにグラスを掲げる。二十数名のメンバーが一斉に「お疲れさまでした！」とグラスを合わせた。

――反対集会を滞りなく終えた夜、渋谷駅から歩いて十数分の小さな店。

凛はオレンジジュースを半分だけ飲み、グラスを手に持ったまま天井をぼんやり見上げた。

……疲れた……。

今日の集会は凛だけでなく、数名の野党議員もゲストに招いてスピーチを行ってもらった。彼らとの折衝や日程調整に始まり、駅前広場の使用許可申請手続き、ネットやフライヤーでの宣伝、ステージのセットアップ、自分のスピーチの原稿作成に至るまで、目の回るような忙しさだった。

さらにスピーチの後は、渋谷の街をデモ行進。京一郎の伝手《つて》でサウンドカーを先頭に走らせ、集会に来てくれた参加者とともに、『和田は辞めろ！』『投票法改悪は要らない！』などのコールを行いながら一時間以上歩き詰めた。

むろん、全《すべ》ての準備を自分ひとりでこなしたわけではない。のだが……メンバーの多くは事あるごとに『あ、俺その時間バイトだわ』『そこの週末は家族旅行で――』といった調子で、個々の作業の実動員数は思いのほか限られていた。まったく、講義のサボりの口実じゃあるまいし。

そんな中、凛はなぜか、メンバー内でもネット上でも『コスモスの顔』と見なされている。いつの間にそうなってしまったのか自分でも解《わか》らない。怠け者ばかりのクラスメイトを見かねてゴミ箱を片付けているうちに、学級委員へ祭り上げられてしまった感じだ。こうなると自分が本番当日に休むわけにはいかず――と、精神的なプレッシャーも並大抵ではなかった。

……『顔』なんて柄じゃないのに。私なんて。

向かいの窓に映る自分の顔は、二十歳を迎えた成人女性とは思えないほど子供っぽい。

肉感的とはおよそ言い難い身体《からだ》つき。少し長めのボブカットが、見た目の幼さをむしろ引き立ててしまっている。

服装も、今日はスピーチのためにブラウスとパンツスーツで精一杯着飾ったが、メンバーからは「似合わねぇ」「七五三みたい」と言われ放題だった。

だったらスピーチなんてやらせないでよ、と心の内でぼやいていると、

「何しんみりしてるの、みくリン」

加納由梨乃《かのうゆりの》が、隣の席から陽気な声を投げた。「縁側に座って亡《な》き夫を懐《なつ》かしむおばあちゃんみたいな顔してないで。今日の主役なんだから、ほらほら、呑んだ呑んだ」

「主役って……それに、私お酒呑めないですし」

おばあちゃんどころか中学生に間違われることもあるくらいなのに。

「細かいことは気にしない、気にしない」

けらけら笑いながら、由梨乃はカクテル入りのグラスを揺らす。紫色の液体の中で氷が揺れ、グラスとぶつかって涼しげな音を響かせる。

彫りの深い顔。長いポニーテール。すらりとした長身。豊かな胸を覆《おお》う黒のタンクトップ。さらけ出された二の腕は意外と筋肉質だ。下半身を包むジーンズには、そこかしこに塗料や顔料と思《おぼ》しき汚れや染《し》みがついていた。

年齢は凛より二つ上。都内の美術大学に通いながら、下北沢で小劇団のポスターデザ

インや大道具製作のアルバイトもしているという。今回、垂れ幕の作製やステージ全体のイメージ作り、フライヤーのデザインといった美術面を手掛けたのが由梨乃だった。

塗装業者のような格好で渋谷に繰り出してお酒を呑み、しかも様になっている。万人が振り向く美人ではないが、単なる容姿の美醜をねじ伏せる、強い雰囲気を纏《まと》った人だ。『コスモス』の女性陣にも、由梨乃に匹敵するスタイルの持ち主はいない。オレンジジュースしか飲めないお子様の自分とはまるで正反対。「アタシなんて普通な方よ、うちの大学じゃ」と謙遜《けんそん》するが、ならば美大の他の学生はどれほど凄いのか。

かように凛とは異質の世界に住む由梨乃が、どういう経緯で『コスモス』の活動に関わるようになったのか。当人曰《いわ》く「熱烈なスカウトを受けた」ためらしい。演劇鑑賞を趣味とするメンバーが、由梨乃の作ったポスターに一目惚《ひとめぼ》れしたのだとか。創立当初の『コスモス』は、デザイン関連の人材が見つからず苦労していたという。誰に誘われたのかは教えてもらえなかった。「アタシには惚れてくれなかったのよねえ、そいつ」と、以前の呑み会で由梨乃は冗談めかして笑っていた。

「で、真面目《まじめ》な話だけどどうしたの。やっぱ疲れた?」

「それはあります。……前に話したかもしれませんけど、メンバーの集まりがあまり良くないかなぁ、って」

『コスモス』のメンバーは百名近くいるはずだが、今日のようなイベント本番でさえ、集まったのは半分に満たない。不参加の理由の大半は「バイト」だ。皆、事前準備のどこかしらで実務を手伝ってくれているので、彼らに文句を言う気はないのだが……凛を含め、一部のメンバーに負担が偏《かたよ》り気味なのは否《いな》めなかった。

わかるわ、と由梨乃が頷《うなず》いた。

「美術担当の連中だってちっとも動きやしないもの。アタシも週末はほぼバイトだってのにさ」

「いや」

テーブルを挟んで凛の斜向かい、由梨乃の正面の席から、京一郎が会話に加わった。

「俺たち──『クローバー』のときも同じだったよ」

つい先程、乾杯の音頭を取った青年だ。眉《まゆ》にかかる柔らかな前髪、すらりとした体軀《たいく》。左の頰にほくろ。左手首には、掠《かす》れの入った茶色い革ベルトの腕時計を巻いている。

『コスモス』の発起人のひとりであり、事実上のリーダーとも言える青年だ。メンバーの中では年長の二十五歳、凛の通う大学の博士課程に籍を置いていた。

「みんな『面倒くせぇ』とか『やりたくねぇ』とか言いながら、自分なりに時間を見つけて活動に参加していたんだ。

強制はしない。自分の時間を一番に考える。それが『クローバー』のモットーだった。バイトで休みなんてザラだった。それでもどうにかやって来れたんだ。集まりが悪いなんて気にするな。出席率はむしろ『クローバー』の頃より良いくらいだ」

「……すみません。ありがとうございます」

『クローバー』は、四年前、安保法制の阻止を目的に結成された大学生主体の団体だ。それまで政治運動といえば、ヘルメットを被って角材を振り回すか、スピーカーを積んだ大型車で軍歌を流すか、あるいは手書きの幟旗《のぼりばた》を握ってシュプレヒコールを上げるか……といった泥臭いものばかりだった中、洒落《しゃれ》たデザインのプラカードやフライヤー、鳴り物を使ったリズム感あるコール&レスポンス、ＳＮＳを駆使した宣伝戦略など、若者らしいセンスに溢《あふ》れた彼らの活動は大きな話題を呼んだ。

結局、彼らの尽力空《むな》しく安保法制は成立し、『クローバー』は解散した。

元々、阻止の成否にかかわらず、解散すること自体は結成当初からの了解事項だったらしい。「僕らの活動は期間限定だ」という発言を、凛も聞いたことがある。

解散後、『クローバー』の元メンバーはそれぞれの道を進んだ。多くは普通に就職したり大学院に進んだりと、政治活動の第一線から離れた日々を過ごしているという。

数少ない例外のひとりが京一郎だった。

『クローバー』解散から二年後――二〇一七年、彼は新しいメンバーとともに『コスモス』を立ち上げた。国民投票法改定の動きが報じられた頃だった。

――ノスタルジーだよ。楽しいサ！クル活動をもう一度味わいたかっただけさ。

再結成の理由を凛が尋ねたとき、京一郎はそう語った。悔恨と未練の滲むような笑顔だった。

「みんなを責めてるわけじゃないんです。ただ、何というか……もどかしくて」

今日来なかったメンバーだって、アルバイトの方が楽しいから休んだわけじゃない。彼らは彼らで文字通り生活が懸かっている。仕送りゼロどころか、学費も自力で稼がねばならない、という級友を凛は何人か知っている。

「自分の頃もそうだった、甘えるな」と無責任に言い放つ年配者は多い。しかし彼らは、昔と比べて学費が高騰《こうとう》し、賃金水準も下がっているという事実を認識していない。かく言う凛自身も「仕送りゼロ」のひとりだ。もっとも、自分の場合は事情が少々特殊なのだが――それでも学業とアルバイトと『コスモス』の活動をどうにかこなせているのは、運良く学費免除枠に滑り込めたからでしかない。

日本という国そのものが根本的に変わってしまいかねないのに、それに反対する自分たちが思うように動けない。

何より……世間の大多数の人々が、危機感さえ抱いていないように見える。

今日は大勢の聴衆が集まってくれた。けれど、全国の有権者に対する比率で言えば、恐らく〇・〇一パーセントにも満たない。

立ち止まって聞き入ってくれる人もいた。けれどほとんどの人々は、まるで凛たちの声が聞こえていないかのように、一瞥《いちべつ》さえくれず交差点を通り過ぎていった。危機感を抱いている人々はほんの一部。いや――その「一部の人々」さえ、安保法制反対デモの頃より減ってしまっているのではないか、と感じることがある。

自分たちの声は、人々に届いているのか。

本当に、和田政権の暴政を阻止する力になっているのだろうか……？

「――え？　無理よ今からなんて。こっちは別の呑み会なの。明日にして明日」

我に返る。由梨乃が、洒落たデザインの銀色のスマホを耳に当て、大声で誰かと――バイト仲間だろうか――話している。凛の視線に気付くと、由梨乃はあっさり通話を切り、流れるような手つきでスマホをお尻《しり》のポケットに突っ込んだ。拳銃《けんじゅう》をホルスターに収める西部劇のガンマンにも似た、いつ見ても鮮やかな動作だった。

「ほらほら、またおばあちゃんの顔になってるわよ？」

腕を伸ばし、凛の頰を指で突く。……まったく、こっちは真面目な考え事をしているのに。

「加納の言う通りだな」

京一郎が苦笑した。「思うところはあるだろうが、今は脇《わき》に置いて心を休めろ。こんなときまで思いつめていたら身がもたないぞ」

「そう、ですね」

凛は頭を振り、どうにか笑顔を返した。

打ち上げは二次会まで続いた。

バイトや電車の都合から、一次会で離脱するメンバーも多く、次の店で席に着いたのは、自分と京一郎、由梨乃を含めた十名足らずだった。

大半のメンバーは気分よく酔いに浸っているようだった。特に由梨乃は、一次会の分と合わせて両手の指に余る数のグラスを空にし、陽気に笑い、男女問わず片っ端からメンバーに抱き着いていた。凛も彼女の胸元に顔を埋めさせられ、赤面する思いを味わった。

普段と変わらない様子を保っているのは、酔いの表情を全く見せない京一郎だけだ。「ねえ京ちゃぁん、来週デートしようよぉ」と絡む由梨乃を、京一郎は「来週はミーティングだ」と適当にあしらっていた。

その二次会も散会となり、由梨乃は「それじゃまたねぇ。みくリン、京ちゃん」と手を振りながら、数名のメンバーを引き連れて繁華街の奥へ消えていった。有志で三次会を行う気らしい。元気だなぁ、としみじみ思う。

由梨乃の背を見送った後、凛はスマホを覗いた。二十二時。渋谷の街はまだ明るい。残りのメンバーとともに帰り道を歩く。ひとりは交差点で別れ、ひとりは地下鉄入口の階段を降りていき……気付けば、凛と京一郎の二人だけになっていた。

鼓動がかすかに速まる。なまじ酔っていない分、要らぬ考えが頭を巡ってしまう。

と、不意に京一郎が声をかけた。

「三廻部。時間はあるか」

「え」

声が裏返る。慌《あわ》てるな、と京一郎は口元を緩めた。

「送り狼《おおかみ》になるつもりはないさ。……真面目な話だ。悩みがあるんじゃないのか」

京一郎に連れて来られたのは、道玄坂の脇にある喫茶店だった。

眠らない街にふさわしく、二十二時を回ったこの時間帯でも、サラリーマンらしき背広姿の大人たちや、凛と同年代の若者たちが、店の一角を埋めている。凛は京一郎とともに、二人掛けのボックス席へ向かい合わせに腰を下ろした。

注文を済ませ、店員が去ってから、凛はようやく口を開いた。

「あの、先輩。私の悩みって」

「態度で解るさ。今ひとつ吹っ切れなかったようだからな、二次会の後も。

遠慮は要らない。抱え込んでいるものがあるならここで俺にぶつけてみろ。解消できるかどうかは解らないが、『王様の耳はロバの耳』の穴役くらいにはなれる」

「……すみません」

身を縮ませながら、凛は心の奥底の淀《よど》みを吐き出した。

自分たちの声は世の中に届いているのか。『コスモス』の活動は、和田政権の暴政を阻止する力になっているのか——

昼間の演説より遥かにたどたどしい言葉の羅列を、京一郎はしかし、口を挟むことなく聞いていた。

店員がやって来て、アイスコーヒーとオレンジジュースと伝票を置く。凛と京一郎の関係をどう捉えたのか、店員は「ごゆっくりどうぞ」とにこやかな笑顔とともに去った。居心地が悪い。

「——お前の不安は解る」

京一郎はアイスコーヒーにガムシロップを垂らした。

「俺も『クローバー』の頃は、同じ不安に何度も襲われたからな。応援してくれる人たちもいたが、バッシングの声はそれ以上にひどかった。『たかがCランク大学風情《ふぜい》が偉そうに』『民主主義は投票だ、デモで主張を押し通そうなど論外だ』……実際、心労で入院した娘《こ》もいた。

ま、ネット右翼連中のバッシングは今も大して変わっちゃいない。お前はよく耐えているると思う」

「いえ、そんな」

褒められるほど、自分が強いという思いはない。ＳＮＳの書き込みへのコメントも、怖くてまともに読めないくらいだ。「もっと、たくさんの人に解ってもらえるようにしなくちゃ、と思ってはいるんですけど」

「民主主義を誤解している人間は少なくないからな。デモも民主主義の一形態、と公民の教科書に書いてあるんだが。

特に『民主主義＝多数決＝投票』という捉え方は根強い。『投票で決められた結果なのだから従うべきだ、それが民主主義だ』という主張はそこかしこで耳にする。――しかし」

京一郎が前髪を掻《か》き上げた。

真面目な話をするときの彼の癖だ。『コスモス』では、メンバー同士の打合せや雑談が、政治談議――憲法論や和田政権の政策の問題点など――にシフトすることも珍しくない。そんな中、京一郎はいつも落ち着いた口調で、筋の通った持論を展開した。

今、それが始まろうとしている。凛は無意識に居住まいを正した。

「投票とは、人々の意見を集約して、どの意見が多いか少ないかを確認する作業だ。それ以上でもそれ以下でもない。

だが、そもそもなぜ、多数派の意見に少数派が従わなければならないのか？」

意表を突かれた。

投票だけが民主主義ではない、という議論は、『コスモス』のメンバーの間でもよく語られる。けれど、多数決そのものに、よりによって京一郎が疑問を投げかけるなど凛は聞いたことがなかった。

「民主主義とは『一握りの支配層でなく、市民全員が統治者になる』ことだ。多数決や代議制はあくまで、『市民による統治』を具現化する手段のひとつに過ぎない。全会一致制や直接投票のように、民主主義を具現化する方法は他にも無数にある。

そして『統治する』とは、議員や法律や政策をただ選ぶだけの行為じゃない。選ぶだけなら投票など要らない。くじ引きやサイコロでいい。社会を良い方向へ進ませてこその統治だ。でなければ、社会は迷走し、取り返しのつかない過《あやま》ちを犯して破綻《はたん》してしまう。

だから、『多数決こそ民主主義だ』と言い張るなら、多数決は必ず『良い』結果をもたらすのだと説明できなければならない。

しかし、だ。

多数の賛同を得た意見が実は間違いで、少数派の方が正しかった、というのはよくあることだ。ガリレオ・ガリレイが地動説を提唱して異端審問にかけられたように」

静かな緊張が凛の身体を包む。

自分は今、とても大切なことを聞こうとしている。そんな予感があった。

「それでも『人々が選んだ結果なら、たとえ誤りでも責任を持って皆で受け入れるべきだ』という考えもあるだろう。俺の好きな小説にこんな一節がある――『人民を害する権利は、人民自身にしかない』。

だが、多数派の誤りによって少数派が傷付けられることの、どこに正当性がある？

『正しい少数派は、誤った多数派を説き伏せ鞍替《くらが》えさせる義務がある、それを果たせなかったのは少数派の責任だ』か？　なら多数派も同様に、少数派を説き伏せ鞍替えさせる義務があるはずだ。

しかし多数派は、少数派を鞍替えさせる必要がない。片方にだけ義務を背負わせる制度のどこが正当と言える？

三廻部。マンションのエレベータの費用負担に関する話はお前も知っているだろう」

頷く。ネットでも広まった有名な話だ。

あるマンションの住民総会で、一階の住人たちがこう主張した。

――一階の住人はエレベータを使わない。だから、エレベータの運転費用は二階から上の住人だけで負担すべきだ。

二階から上の住人たちは激怒し、逆にこんな自治会則案を提出した。

――エレベータの運転費用は、一階の住人だけで負担すべし。

案は投票にかけられ、二階から上の住人たちの圧倒的多数で可決された。……

「あるいはこんな例はどうだ。

　人口の六割がA民族、残りの四割がB民族で構成された国がある。その国で、『A民族の兵役を免除する』――要するにB民族にだけ戦争へ行かせる――法案が提出され、六対四の賛成多数で可決された。

　さて、これらの投票結果に正当性は存在するだろうか。『正しい』と胸を張って言えるだろうか。

　お前が一階の住人やB民族なら、『多数決の結果だから』と素直に従えるか?」

「……マンションの例は、一階の人たちの自業《じごう》自得なところがあるかもしれませんけど」

「では、味を占めた住人が、エレベータだけでなく、廊下の蛍光灯の交換や外壁の修繕といった、マンション全体の維持費用を全部一階の住人に押し付ける会則を通してしまったらどうだ。一階の住人は、投票で決まったことだからと素直に従わなければならないのか?」

　頷けなかった。

　いじめられっ子に、他のクラスメイト全員がトイレ掃除を押し付けるのと同じだ。どう考えても、多数決に名を借りた暴力でしかない。

だな、と京一郎は笑みを浮かべ、再び表情を引き締めた。

「それでもなお『正当な手続きに則《のっと》って投票が行われたのだから正しい。多数決がルールなのだから従うべきだ』と言う者もいるだろう。

が、『ルールだから正しい』というのは因果関係が逆だ。

どんなルールにも、それを必要とする根拠や理念が先に存在する。飲酒運転を行ってはならないのは、道路交通法で定められているからじゃない。アルコールによって運転者の判断能力が鈍り、重大な事故を引き起こす危険があるからだ。なぜ事故を起こしてはならないのか。罪のない人々の心身を傷付け、時に生命をも奪ってしまうからだ」

凛の生まれるずっと前、日本では飲酒運転が日常茶飯事だったと聞いている。

だが二十年前、ひとりの飲酒運転者が高速道路で事故を起こし、幼い子供二人を死に至らしめた。事件を契機に飲酒運転の厳罰化を求める機運が高まり、法改正が行われ、飲酒運転による死亡事故は激減した。

事故が減ったのは、厳罰化による萎縮《いしゅく》効果だろう。しかしその厳罰化を促したのは、罪のない命が理不尽に奪われるのが許せないという、人々の想《おも》いだ。

『ルールだから飲酒運転を行ってはいけない』のではない。『事故で命が奪われてはならないから、飲酒運転に厳罰を下すルールが作られた』のだ。

なら。

『多数派の意見に従う』というルールの根拠はどこにあるのか。

罪のない特定の人々に、時として謂《いわ》れのない多大な犠牲を強いる。そんなルールのどこに、『正しい』と胸を張って言える根拠があるのか――?

凛がよほど難しい顔をしていたのだろう。京一郎が苦笑した。

「心配するな。根拠はちゃんとあるさ。

ある法案の賛否が問われたとしよう。今回の国民投票法改定案のようなものじゃない。例えば、ある種の社会政策のような、長期的な影響を含めた成否が簡単には判断できない法案だ。

賛成すべきか、反対すべきか。長期的に見てどちらが正しいかは、神ならざる人間には解らない。解るのはそれこそ神か予知能力者だけだ。しかし――

それぞれの投票者が、自分の信条や損得を抜きにして、情報収集や議論を重ねつつ『皆にとって何が最善か』を純粋に突き詰めていけば、百パーセントとまではいかなくとも、コイン投げよりは高い確率で『正しい答え』を見出《みいだ》せるはずだ」

静かな沈黙が訪れた。

「……一所懸命勉強して、話し合って考えれば、ただの人でも神様に一歩近付ける、ってことですか？」

「お前らしい表現だな。その通りだ。

　さて、この前提の下で、個々の投票者がそれぞれ確率pで正しい判断を下せるとしよう。人は神になれないから百パーセントではないが、一歩近付けたのだから2分の1よりは大きい。数学的に書けば0・5＜p＜1だな。

　例えば『賛成』に一票を投じたら、それが正しい確率はp、間違いである確率は1からpを引いて1－pだ。あるいは『賛成』を神の答えとした場合、個々の投票者が『賛成』に投じる確率がp、『反対』に投じる確率が1－p、と言い換えてもいい。

　投票者がひとりきり——いわゆる『独裁』だ——なら、結果が正しい確率はそのままpになる。

　では問題だ。投票者が3人に増えた場合、投票結果が神の答えに行き着く確率を求めよ。『賛成』『反対』のうち、過半数——2人以上の票を得た方が選ばれるとして、だ」

「え!?」

　いきなり数学のテストになった。

「ええと、賛成票が3人なら……p×p×p、ですか？　あれ？　でも2人だと——」

「高校数学の範囲だぞ？」

　京一郎が笑う。顔が熱くなった。

「まあ、気にするな。見かけほど簡単な問題じゃないからな。

神の答え――『賛成』を○、そうでない『反対』を×とすれば、投票結果が多数決で神の答えと一致するのは次の４パターンだ」

京一郎が手帳を取り出し、白紙のページに表を走り書きする。

	ＡＢＣ	確率
（１）	○○○	p×p×p
（２）	×○○	(1−p)×p×p
（３）	○×○	p×(1−p)×p
（４）	○○×	p×p×(1−p)

「最終的な確率は、これら４パターンの生じる確率を足し合わせることで得られる。
一般化すれば、投票者が２ｍ＋１人の場合、投票結果が神の答えに行き着く確率Ｓ
――仮に『正当性確率』とでも言おうか――は、

$$S = \sum_{i=0}^{m} {}_{2m+1}C_{2m+1-i}\, p^{2m+1-i}(1-p)^{i}$$

で表せる」

表の下に数式が追記される。……見ているだけで頭が痛くなってきた。

「実際に数字を入れた方が早いな。各々《おのおの》の投票者が6割の確率で神の答えに辿《たど》り着くとする。p＝0・6だ。

さっき言ったように、投票者がひとりだけの場合、正当性確率Sはそのまま0・6だ。

が——」

京一郎がスマホの関数電卓アプリを呼び出し、画面を指で叩《たた》いた。

「投票者が3人に増えると、Sは0・648に上昇する」

「え?」

「差は5パーセント弱だが、3人の方がさらに一歩、神の答えに近付くわけだな。ちなみにこの正当性確率Sは、pが0・5より大きい場合、mに対して単調増加になる。投票者が増えれば増えるほど、投票結果が神の答えに近付くんだ。p＝0・6なら、41人もいればSは90パーセントを超える」

京一郎の説明を完全に理解できたわけじゃない。けど——

「それが……『多数派の意見に従う』ルールの根拠、なんですね。

その、上手《うま》く言えないですけど——真剣に考えて投票する人がたくさんいれば、投票結果は『神様の答え』と見なしていい。少数派の人は数で負けたんじゃなくて、ただ『神様の答え』を選べなかっただけ……」

「そういうことだ。

独裁制より民主制の方が良いと言える根拠のひとつがここにある。ひとりで決めるより大勢で決めた方が、より正しい答えに近付けるわけだからな。まさに『三人寄れば文《もん》殊《じゅ》の知恵』だ。

ちなみに、この考えを陪審員になぞらえて提唱したのは十八世紀の社会学者コンドルセだが、その思想の源流は、ルソーの『社会契約論』に遡《さかのぼ》ることができる」

……凄《すご》い。

倫理や哲学の領域だと思っていた問題が、数学で……論理で証明できてしまうなんて。

名探偵の謎《なぞ》解《と》きを読むような興奮が、凛の身体を包み——しかしその熱は徐々に、氷の冷気へと転化していった。

京一郎の説明は理にかなっている。けれど、それは。

「そうだ」

凛の表情の変化を察したように、京一郎は続けた。

「ここまでの議論は、極めて危うい前提の上に成り立っている。

仮にABC全員が、デマやプロパガンダ、誤った知識やフェイクニュースといった虚構に惑わされ、神の答えから一歩遠ざかってしまったとする。数式で言えば、p＜0・5のケースだ。

　この場合、正当性確率Sはコイントスを決して上回らない。それどころか、投票者数に対して単調減少に転じてしまう。p＝0・4で投票者が41人の場合、先程の例とは鏡写しのように、投票結果が誤りである確率の方が9割を超える。

　虚構に踊らされた投票者が増えれば増えるほど、投票結果は神の答えとは正反対の方向に行き着いてしまうんだ」

　京一郎が、ページの空白にグラフの略図を書き込む。

　横軸は『投票者数』、縦軸は『正当性確率S』。縦軸0・5の位置に横一本の直線が引かれ、その上下に、線対称となる二本の曲線が描かれる。上の曲線には『p＞0・5：神の答えに近付く』の但《ただ》し書き。横軸の右側――『投票者数』の多い側へ行くほど、縦軸の値が1に近付く。真ん中の直線には『p＝0・5：コイントス』、下の曲線には『p＜0・5：神の答えから遠ざかる』と追記されている。下の曲線は上とは逆に、横軸の右側へ進むほど0へ近付いていた。

　……背筋が凍った。

「問題はこれだけじゃない。

　仮に、3人のうち2人、BとCが結託していたとする。両者の賛否が必ず等しくなる

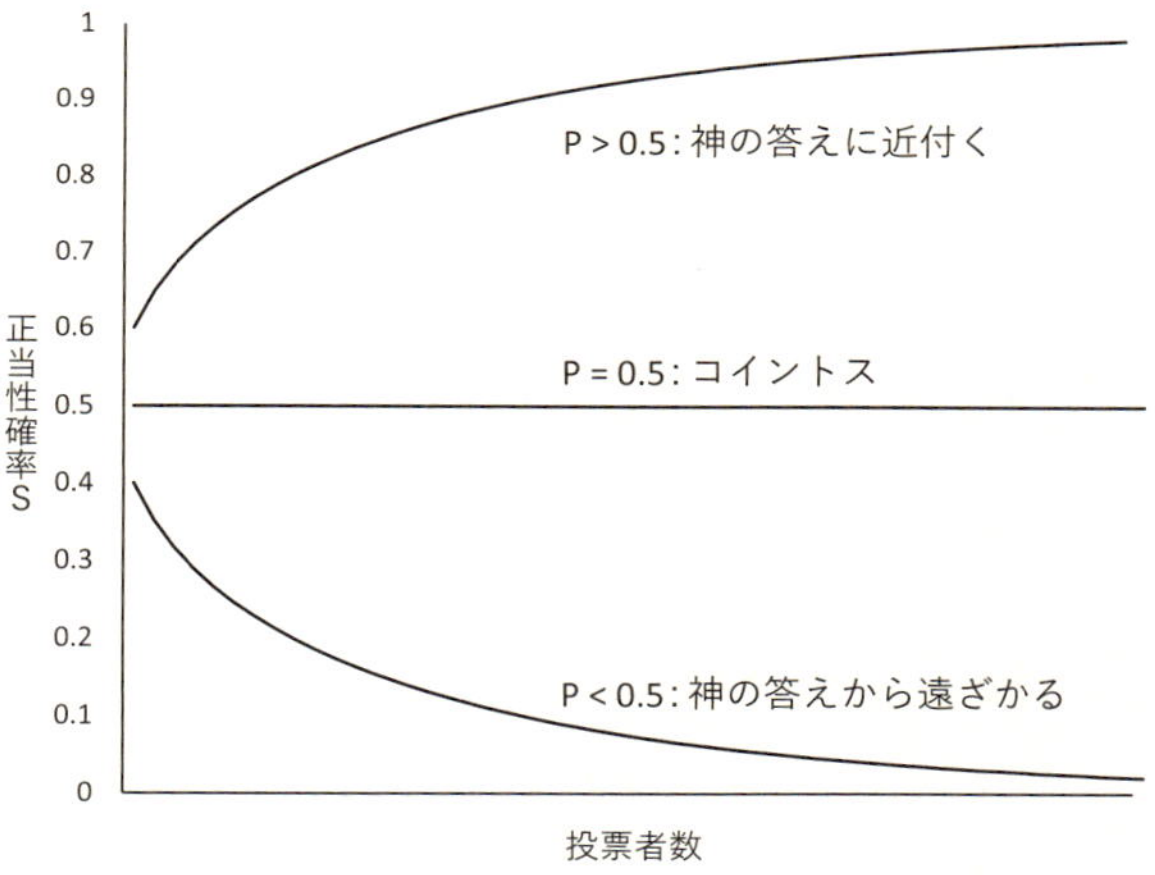

と言い換えてもいい。この場合、投票結果が神の答えに一致するパターンは、

	A	B&C	確率
①	○	○	p×p
②	×	○	(1−p)×p

の二つしかなくなってしまう。足し合わせればS＝pのままだ。要はAの判断に関係なく、多数派を握るBとCの判断ひとつで全てが決まってしまうんだ。

　あるいはこう言い換えられる。多数派の結託した投票は、独裁制と数学的に何ら変わりがない」

　投票という行為の中から、独裁制が生まれてしまう……!?

「さらに――もし仮に、BとCが私利私欲

のために『反対』へ回ったとしたら。

投票結果が神の答えと同じになるパターンは存在しない。正当性確率Sは0パーセントだ」

言葉が出なかった。

「解っただろう。『多数派の意見に従う』のが正当化できるのは、あくまでp＞0・5、かつ、個々の投票者が結託していない場合だけだ。投票者ひとりひとりが、私利私欲や虚構にとらわれることなく、正しい知識を基に真剣に考えて正しい答えに近付き、他人や私情に流されず自分自身の理性で投票したときだけなんだ。

それ以外のいかなる場合も、多数決は正当性を保証されない。いや、明確に誤りであるとさえ言っていいかもしれない」

沈黙が訪れた。凛がようやく声を絞り出せたのは、一分近く過ぎた後だった。

「……なら、どうやって。

どうやって、多数決の結果が正当かどうかを確かめればいいんですか。

条件がちょっと変わっただけで、投票結果の意味が正反対になっちゃうなんて、こんなの」

「俺たちは投票者の心を読むことができない。『自分は真剣に考えた。文句があるのか』と言われれば反証のしようがない。

が、状況証拠から判断することは可能だ。マンションのエレベータの例で言えば、一階の住人に負担を押し付けるという会則案自体が、その正当性の無さを雄弁に物語っている。どう言い繕ったところで、実態は一階以外の住人の私利私欲と搾取《さくしゅ》でしかないからな。

ＡＢ民族の国の話も同じだ。少数派のＢ民族にだけ生命の危険を負わせるのは、Ａ民族の傲岸《ごうがん》不遜な自己保身に過ぎない。命を賭《と》した仕事を負わせるのなら志願制に限るべきだし、充分な兵を集められないなら、ＡＢ両民族の兵士の比率を、人口比の六対四に調整すべきだ。

そもそも、人命尊重の観点に立てば、兵役という制度自体が愚行の極みだ。国家間の揉《も》め事はまず外交で解決すべきだし、外交で決着がつかないなら、それこそ『国家間の紛争はテトリスの勝敗をもって決着を図る』とでも国際法を作って、ゲームで勝負すれば済む話だ」

『テトリス』はさすがに古いような、と思ったが口には出さなかった。国家間の勝った負けたがそんなに重要なら、血を流さない勝負の方法などいくらでもある――京一郎の持論を、凛は何度も聞かされてきた。

「さて。以上の論点を踏まえて現在の国会を眺めたとき、そこに見えるのは本来あるべき議論の場だろうか。議員全員が、正しい知識をもとに真剣に考えて議論し、党利や地元票にとらわれず判断する。そんな議会になっているだろうか」

なっていない。

ここ数年の重要法案に限って言えば——野党が法案の欠陥を問い質《ただ》しても、与党側はまともに答えられず、言を右往左往させ、論点をすり替え、資料を捏造《ねつぞう》さえして、最後は議席数に物を言わせて強行採決する。その繰り返しだ。昨年末の異国籍者入国法に至っては「法案が通ってから具体的な内容を検討する」と放言する有様だった。

しかし、そういった国会での議論の実態が、人々に周知されることはない。テレビで流れるのは、和田首相や与党議員が喋《しゃべ》る場面ばかりだ。野党議員が追及する部分も、大抵は「検討する」「理解が得られるよう努めていく」と、いかにも上手くかわしたかのように編集されている。野党議員が中心となって映るのは、強行採決の際に必死で抵抗する場面だけだと言ってもいい。

そうやって採決された法案が、『多数決＝民主主義』の箔付《はくづ》けをされ、人々に送り付けられる。

「『多数派は常に間違っている。自分が多数派だと知ったら、行いを改めるときだ』——『トム・ソーヤの冒険』の作者、マーク・トウェインの至言だが……ここまでの話を踏まえれば、実に本質を突いた皮肉と言わざるをえないな」

「なら……それなら。

多数決より独裁制の方がよっぽどましだ、ってことになってしまいませんか」

「そういう意見を持つ人々もいる。だがそれは、独裁者がp＝1に近い能力を持っている場合だけだ。現実にはそんな例は稀《まれ》だ。独裁制は独裁者の誤りを正すことができない。大抵の場合、権力を持った独裁者は遅かれ早かれ堕落する。『絶対的権力は絶対的に腐敗する』だな」

「……どうして、こうなっちゃったんでしょう」

巨大な重石《おもし》を心に乗せられた気分だ。「そもそも黎明党は、決して多数派というわけでもないのに」

現在、野党各党の支持率は軒並み低い。だが与党・国民黎明党の支持率も四割台に過ぎない。今の日本の最大党派は『無党派』だ。前回の衆議院議員総選挙も、選挙区における黎明党の総得票数は、有権者全体の三割に満たなかった。

にもかかわらず、連立与党は今、衆参両院で三分の二以上の議席を占めてしまっている。原因のひとつは明白だった。小選挙区制の中、野党共闘が崩れてしまったことによる票割れだ。

以前、京一郎が語ってくれた話を思い出す。

西暦二〇〇〇年のアメリカ大統領選。民主党の候補が、対抗政党・共和党の候補に対し優位に立っていた。しかしそこへ、民主党候補と似た主張を掲げる第三の候補が現れ、民主党候補の票の一部を奪ってしまった。結果、漁夫の利を得る形で共和党候補が勝利し――後にイラク戦争を引き起こした。

　民主党候補の総得票数は、共和党候補のそれより多かった。共和党候補は大統領にふさわしくない、と考える有権者の方が多かったのだ。にもかかわらず、票割れにより選挙人獲得数が逆転し、過半数に『ふさわしくない』と判断された共和党候補が大統領になってしまった。

　数年前、二〇一六年のアメリカ大統領選でも、似たような事態が発生した。今度は第三の候補こそ出なかったものの、総得票数で上回ったはずの民主党候補が、またも共和党候補に敗れ去った。

　多数派が正しいとは限らない、と京一郎は語った。しかし、百歩譲って『多数派が正しい』としても――これらアメリカ大統領選挙の結果は、果たして本当に『多数派』の意見を正確に反映したものだと言えるだろうか？

「選挙制度の欠陥だな」

　京一郎は断じた。

「さっきも言ったが、投票とはあくまで、どの意見が多いか少ないかを集計する手段に過ぎない。そして、その『手段』は決して一通りではない。

　日本に限っても、『候補者の中から一名だけに投票し、最多票を集めた順に特定の人数だけ選ぶ』方式、『政党に投票し、得票数に応じて議席を配分する』方式、そして『名簿に記載されたひとりひとりを無記入か×で採点する』方式——最高裁判所裁判官の国民審査——の三種類がある。

もし前回の衆議院選挙で、全議席比例代表方式や国民審査方式が採用されていたら、与党が議席の六割以上を占める結果にはならなかったはずだ」

頷く。最多得票者総取りの小選挙区制でなく、かつての中選挙区制に戻すべきだ——と評する識者は多い。

「ルールには、その根拠となる理念が存在する。理念がまず先にあり、ルールとは理念を具現化する手段に過ぎない。

だが実際には、理念ではなくルールの方が現実のありようを決定してしまう。

ルールや法とは、それに従って物事が動く点において、アプリのソースコードと同じだ。しかしアプリはあくまで、書かれたソースコード通りにしか機能しない。

パスワードを四桁《けた》の数字しか入力できないソースコードになっているなら、ユーザーは〇〇〇〇から九九九九までの一万通りしかパスワードを設定できない。コンマとピリオドが一箇所置き換わっただけでロケットが飛ばなかったという逸話のように、一文字のバグがとんでもない事態を引き起こすこともある。

それと同じだ。ルールや法を機能させるのは、元になった理念ではなく、そこに記された条文なんだ。

三廻部。ラグビーとアメリカンフットボールでは、何がどう違うか解《わか》るか」

「え⁉」

今度はスポーツの話になった。「……ごめんなさい、あんまり詳しくは。アメリカンフットボールはヘルメットみたいなのを被《かぶ》って——あ、それと、ラグビーは後ろにしかパスできない、ということくらいしか」

両者とも、楕円形《だえんけい》のボールを相手の陣地の一番奥へ運ぶか、ゴールポストの間に蹴《け》り入れて点を取り合うスポーツだということは、スポーツニュースなどを観《み》て何となく知っている。が、ユニフォームとパスの仕方以外の違いまでは解らない。

「知らない人間からすれば、確かにそう見えるかもな」

京一郎は笑った。

「だが、アメリカンフットボールには、ラグビーにない大きな特徴がある。自由交代制だ。試合の合間に、選手を一度に何人も、無制限に入れ替えられるんだ。

これによって何が生じたか。選手の極端な分業化だ。ある技能だけに特化した選手が大勢生まれるようになったんだ。

ラグビーの場合、フォワードとバックスの区別こそあるものの、基本的に攻撃も守備も同じ選手が行う。だがアメリカンフットボールは、攻守が切り替わるたびに、攻撃専門の選手と守備専門の選手を丸ごと入れ替えられる。野球で喩《たと》えれば、バットを振るだけの選手とグローブを持つだけの選手が、回の表裏でそっくりチェンジするイメージだな。

さらに、例えば攻撃専門メンバーの中でも、ボール投げ専門、キャッチ専門、ラン専門、キック専門……と細かい分業がなされている。

ラグビーにここまで極端な分業はない。同じ『楕円形のボールを叩き込み合う』スポーツでも、『自由交代制』というルールの有無で、ゲームの内実は似て非なるものになっているんだ。

ここまではスポーツの話だから、ルールの違いも試合の枠内に留まる。が――これが国家の法令となると、影響の及ぶ範囲は試合場の比じゃない。

投票制度がひとつ違うだけで、国政や世界情勢そのものががらりと変わりうるし、条文の文言に『等』や『その他』がひとつ付け加えられるだけで、適用範囲が無制限に拡大し、法そのものが骨抜きになる事態にも繋《つな》がりかねない。

そして、法やルールというものは、ほとんどの場合、ありうる可能性の中で最悪の働き方しかしない」

「……今回の、国民投票法改定案のように、ですか。

けど、法律が改正されて、飲酒運転の事故が減った例もあるわけですよね。なら」

「確かに減少したが、ゼロにはなっていないだろう。

　飲酒運転厳罰化の理念は何だ？　罪のない人々が理不尽に傷付き命を奪われる——そんな悲劇を二度と起こさないようにすることだ。

『飲酒運転事故ゼロ』という理念に立てば、現在の法はむしろ、飲酒運転死亡事故を二百件近くも招いてしまっている、とも言える。ゼロ件にはほど遠い。想定されうる限りで最悪の機能しか果たしていないんだ。

　投票制度も同じだ。全有権者の三割からしか票を得られない政党が、議会で三分の二の議席を占める。過半数に拒絶された候補者が、強国の大統領の座に上り詰める。

　繰り返すが、民主主義の理念は、市民自身による統治だ。しかし『多数の票を集めた方が選ばれる』と条文に書かれた瞬間、条文が理念に取って代わり、組織票やネガティブキャンペーンを駆使した票取りゲームと化してしまう」

　反論できなかった。唇からこぼれ落ちたのは、二度目の弱々しい問いだった。

「どうして、なんでしょう」

「法が理念を忠実に再現できていないからだ。

　飲酒運転を例に取れば、厳罰を科されるのは飲酒運転を行った者じゃない。逮捕された者だ。『逮捕されなければ罰せられない』『取り締まりや実際の事故でしか飲酒運転者を逮捕できない』——この現実が、一部の人間を『バレなければいい』という誘惑に駆り立て、悲劇を引き起こす」

「なら、どうすれば」

「『法をさらに洗練させ、理念をより忠実に再現できるようにする』ことだな。

飲酒運転なら、例えば運転席にアルコール検知器を設置し、検知したら物理的にクルマが動かないような機能を持たせるべし――といった案が考えられる。あるいは将来的に、全《すべ》ての乗用車を自動運転とすべし、という方向性もある。

投票制度では、ひとりの候補者にだけ一票を投じる形式ではなく、一位の候補者に三点、二位の候補者に二点、三位の候補者に一点……と等間隔に順位付けする『ボルダルール』という形式が最適だと提唱されている。このルールでは、第三の候補者へ一位の点が流れても、大統領に一番したくない候補者へは最低点しかつかないから、票割れによる漁夫の利は生じない。改善の余地はいくらでもある、ということだな。

――しかし、だ」

京一郎の口から、何度目かの逆接の接続詞が紡《つむ》がれた。

「仮にそうやって、法が理念を忠実に再現できたとしても――人々がその理念を理解し、行動できなければ何の意味もない。

飲酒運転対策を自動車メーカーへ課したとして、メーカーがそれに反発、あるいは無視すれば事故は続く。数年前、大手自動車メーカーの排ガス試験不正が話題になっただろう。あれと同じことが起こらない保証はない。

投票も同じだ。票割れの問題を『ボルダルール』などで回避できたとしても……投票者が『正しい知識をベースに真剣に考え議論し、自分自身の考えで投じる』ことができず、私利私欲やしがらみや虚構に動かされれば、投票結果は結局、神の答えから程遠いものになる」

「結託やプロパガンダ、ですか」

「それだけとも限らないがな。——三廻部。バーゲンセールに行ったことはあるか」

また話が飛んだ。今度は買い物だ。

「もちろん、ありますけど」

「お前が商品Aを買いに行ったとしよう。単品で千円だ。

別の棚には、今すぐ必要というわけではないがそれなりに興味のある商品Bがある。こちらは七百円。

と、バーゲンセールのチラシに『AB同時購入で千三百円』とあった。財布には充分な軍資金がある。さて、お前はどうする？」

「両方買います。そっちの方が、ばらばらに買うより四百円安いですから」

安く買えるチャンスは逃せない。「だろうな」と京一郎が笑みを浮かべ——不意に表情を引き締めた。

「だが三廻部。お前の目的は商品Aだけだったはずだ。緊急に必要ではない商品Bを、三百円も余分に出して買わされたことにならないか？」

喉《のど》が詰まった。

「気にするな。似たような質問をすると、最も多くの人々がABセットを選ぶという研究結果がある。

同じように、レストランで敢《あ》えて高価《たか》いメニューを載せると、それより安いメニューの注文が増えるとか、レジの床に足跡マークをつけると、客が自然と並ぶようになる、といった事例がある。

人々のこういった経済的挙動は近年、『行動経済学』という一大テーマを形成し、数多くの事例研究がなされているんだが――」

「それが、どうかしたんですか」

声に棘《とげ》が交じってしまう。「解らないか」京一郎は静かに返した。

「商品Aだけを買うはずが、『AB同時購入で千三百円』という選択肢を見せられて、いい、いい、最も多くの人々が商品Bも一緒に買ってしまうんだ。

ABセットやレストランの高額メニュー、床の足跡マークといった、『人々に選択の余地を残しつつ特定の行動へ誘導する仕掛け』を、行動経済学では『ナッジ』と呼ぶ。

さて問題だ。こうしたナッジが、もし選挙活動に使われたら？」

返答の声は、自分でもはっきり解るほど震えていた。

「知らず知らずのうちに……本来の望みでない選択肢へ投票してしまう……？」

「その通りだ。

これは別に新しい話じゃない。雨が降ると投票率が下がる、というのも、いわゆる天然のナッジ――『雨』が人々の面倒くさがりを誘発した結果だ。

投票行為に限らない。テレビのニュースで野党の追及場面が切り落とされ、和田や与党議員の答弁だけが都合よく流されるとき、俺たちは『また政権に忖度《そんたく》しやがって』と愚痴を言う。だが実は、こういう『放映時間の偏《かたよ》り』こそ最も危険なナッジのひとつなんだ。

俺たちのように政治運動に携わる人間はつい忘れがちだが、世の大半の人々は、国会で実際にどんな答弁が行われたかなど知らないし、国会中継を観ようとも思わない。彼らにとって国会の議論とは、テレビで放映された場面が全てなんだ。

そこで流れているのは『法案の問題点や閣僚の疑惑を野党に追及され、答弁不能に陥る和田や与党議員』じゃない。『何だかよく解らないことを責め立てる野党へ、やはりよく解らないが見た目は毅然《きぜん》と返す和田や与党議員』だ。こうした印象操作がボディーブローのように積み重なり、『何かやっている和田と、ただ反対するだけの野党』というイメージを作り上げる。……この恐ろしさを、俺たちはもっと肌で認識しなければいけない」

「でも——でも」

声の震えが止まらないまま、凛は必死に反論した。「今はネットだってあります。国会中継も動画サイトとかで見られますし」

「残念だが、世論形成に最も影響を与えるメディアは、今なおテレビだ。

自力でページをめくって読む新聞や本、クリックやタップが逐一必要なネットと違って、テレビは一回電源を入れてチャンネルボタンを押せば、後は何もしなくても勝手に映像が流れる。街角や病院の待合室に置いてあるテレビなら、そもそも電源やチャンネルボタンさえ押せない場合がほとんどだ。映像が流れていたら、手持無沙汰《ぶさた》な人はつい観てしまう。

『情報を得るのに必要な動作の回数』において、テレビは圧倒的にハードルが低いんだ。これも一種のナッジだな。『何もしなくても勝手に情報がインプットされる』と言い換えてもいい。

元号が変わって二〇二〇年代を迎えようというご時世だが、テレビの影響力は未《いま》だネットを凌《しの》いでいるのが実情だ」

京一郎は一旦《いったん》言葉を切り、アイスコーヒーを口に運んだ。

「……もっとも、テレビでなくスマホで情報を得る人々の割合は、若年層を中心に増えつつある。いずれネットがテレビを駆逐する日が来て、現在はその過渡期というだけなのかもしれない。

だが、そのネットでさえ、デマやフェイクニュースで溢《あふ》れ返っている。

『捏造の容易さ』や『虚偽の情報が駆け回るスピード』で言えば、むしろネットの方がたちが悪い。ファクトチェックも盛んになってきたが、一度拡散した虚構は簡単に拭《ぬぐ》い去れるものじゃない」

サンドバッグにされたような思いだった。視線が下に向くのを自覚しながら、凜は小声で呟《つぶや》いた。

「ネットワークでは、偉い人もそうでない人も平等に発信できて、フラットな議論ができる……そんな話を聞いたことがあるんです。

そうじゃなかった、ってことですか。逆に、人々を悪い方向へ向かわせてしまった、って」

「いや、ネットやIT技術の問題じゃない。

『もし私にその国の迷信を作らせてくれるなら、誰がどんな法律を作ろうとも平気だ』

『真実が靴を履く間に、嘘《うそ》は世界を半周する』――これもマーク・トウェインの名言だ。今から百数十年も前の」

よほどマーク・トウェインがお気に入りらしい。

「人が虚構に流されるのは、何も今に始まった話じゃない。マーク・トウェインや魔女狩りの時代から——いや、もっと大昔から、人は迷信や噂《うわさ》という虚構に動かされてきたんだ。フェイクニュースは、要するに現代化された迷信だ。テクノロジーの力を借りて、より意図的に、より迅速に、より広範囲に、より巧妙に伝播《でんぱ》するようになった迷信だ。事の本質は、大昔から何ひとつ変わっていない。人は、根拠のあるなしにかかわらず、自ら信じたものに思考も行動も囚《とら》われてしまう。そして一度信じたら、取り除くのは決して容易ではない。『くしゃみが出たら誰かが自分の噂話をしている』『黒猫が横切ったら良くないことが起こる』という迷信が、二十一世紀の現代に生き残っているように。テクノロジーはただ、物事を拡大するだけだ。技術は世界を平等になどしない。元々存在するもの——権力、格差、あるいは人間の本質——を、より巨大にさせるだけなんだ」

凛は唇を噛《か》み締めた。追い打ちをかけるように京一郎が続けた。

「哲学者のフリードリヒ・ニーチェを知っているだろう。『ツァラトゥストラはかく語りき』の著者だ。

そのニーチェが喝破している。『私たちの知性に権力と安全の感情を最も多くあたえる仮説が、この知性によって最も優遇され、尊重され、したがって真と表示されるのではなかろうか？』」

つまりこういうことだ。人間が理性で動くなどまやかしに過ぎない。どんなに論理的な発言をしたとしても、その背後には、その論理を信じたいという感情や欲望が潜んでいる。

『初めて投票した。自分が多数派だと知って安心した』という意見がネットで紹介されたことがあっただろう。ニーチェが現代に生きていたら快哉《かいさい》を叫んだかもしれないな。人は自分が多数派でないことに恐怖を感じるものだ、と。

彼に言わせれば、人々がフェイクニュースを信じるのも、そう信じたいという欲望があるからだ――ということになるんだろう」

「だったら――だったら……！」

続きは言葉にならなかった。まるで駄々っ子みたいだ……と、心の片隅で呟く自分がいた。

京一郎の話が本当なら……私たちは、『コスモス』は何のために活動しているのか。

メディアが権力に忖度し、フェイクニュースがネットに溢れ、人々が容易に虚構に流されるなら……私たちは本当に、和田政権に勝つことができるのか。

「気を落とすな」

さすがに容赦なかったと思ったのか、京一郎の声は、子供をあやすような温かみに満ちていた。

「世の中が悪い方向にだけしか動かない、ということは決してない。飲酒運転の厳罰化のように、完全にとはいかなくても良い方向へ動いた実例は多くある。ブラック企業だって、昔と比べればかなり問題視されるようになっている。

俺たちの活動が無意味だなんてことはない。絶対にだ」

「……はい」

すみません、と凛は目元を拭った。


その後もしばらく話を続け、喫茶店を出る頃には、時計の針は午後十一時半を回っていた。

寮には事前に、遅くなる旨《むね》を連絡済みだ。門限は心配ないが、それでも随分遅くなってしまった。

駅の改札口で京一郎と別れ――「送り狼《おおかみ》になるつもりはない」の言葉を、彼は律儀《りちぎ》に守ってくれた――電車の中でスマホを確認する。打ち上げの前にアップしたツイートへ、すでに何十件かのコメントがついている。半数はフォロワーからの労《ねぎら》いだったが、残りはネット右翼《ネトウヨ》と思《おぼ》しきユーザーからの、読むに堪えない批判がほとんどだった。

『多数決は民主主義の基本です。気に入らないことをデモで否定しようとする方こそ、民主主義の破壊行為』

『大勢って？　明らかに数少ないじゃん。人数も公表できないの？　プププwww』

……。

前者は百歩譲って「不勉強」と捉《とら》えられないこともない。しかし後者は明らかに、悪意を持った侮蔑《ぶべつ》だ。そして批判の大半は、後者のような露骨な誹謗《ひぼう》中傷だった。

凜はアプリを閉じた。……見るんじゃなかった。少なくとも今、この瞬間は。

千尋の谷へ突き落とすがごとき持論を京一郎から聞かされ、精神的に疲弊した状態では——ただの悪意の羅列も、鋭利な刃物となって心臓に突き刺さる。

……凜は首を振った。

早く帰ろう。今日はもう、何も考えずに眠ってしまいたい。


とはいえ——

寮へ戻り、シャワーを浴びて部屋のベッドに潜り込んだものの、一向に睡魔は訪れなかった。

疲労はピークに達しているはずなのに、意識は冴《さ》えたままだ。動悸《どうき》がやけに強く感じられる。京一郎とふたりきりの時間を過ごしたという甘やかさの欠片《かけら》もない、嫌な動悸だった。

……神崎先輩の、馬鹿《ばか》。

受け止めるには重すぎる話ばかりだった。京一郎を呪《のろ》いつつ、凛は枕元《まくらもと》のスマホを掴《つか》んだ。余計に目が冴えるだけだと解っていたが、布団《ふとん》を被り続けたところで眠れる気がしない。

ＳＮＳのアプリを開き、自分のツイートへのコメントは見ないようにして、フォロー先のユーザーのタイムラインを、気の向くままに覗《のぞ》く。『コスモス』の活動を通じて相互フォローの関係になった人々がほとんどだ。メンバー以外は顔も本名も知らないが、和田政権に批判的な点は共通していた。

と、妙に気の抜けたツイートが目に留まった。

『はぁ、残業やっと終わったっス』

『ちりめん』氏だ。

凛の相互フォロー相手のひとり。夜勤の仕事をしているのか、深夜や早朝の時間帯にたびたび『しんどいっス』『眠いっス』などとつぶやいている。『同僚が訳の解らない寝言言ってるっス。いい加減にして欲しいっス』との書き込みに『ちりめんさんがそんなこと言うなんてよっぽどですね』とコメントが付き、『いびきかいてるっス』『寝wwww落wwwちwwww』『文字通りwwww』と微笑《ほほえ》ましいやり取りが続いたこともある。

が、そういった日常モードから一度切り替わると、『ちりめん』の書き込みは、生半可なネット論客では太刀打ちできない、切れ味を持ったものになる。

『民主主義と独裁の境目は、一般に思われるより遥《はる》かに曖昧《あいまい》っス』

『現代では、独裁者が突然現れて「今日から独裁！　独裁ーっ！」と叫ぶことはまずありません。ヒトラーを筆頭に、近現代の独裁政権は選挙から生まれるんス』

『しかもやっかいなことに、民主主義から独裁への転落は目に見えません。時に十年単位の時間をかけ、一般の人にはそれと解らない速度で、ナメクジのようにじわじわと進むっス』

『自分の好きな小説に「民主主義の有権者が揃《そろ》って専制政治を選択したら」って感じのフレーズがありますが、ぶっちゃけフィクションでも何でもありません。現実の世界でリアルに起こってるっス。最近の米国もそうっスね』

『原因は大抵、不安や対立っス』

『経済格差や不況、近隣の軍事的脅威、民族や宗教上の対立。そんな不安定な状態に置かれたとき、人々は強いリーダーシップやカリスマを求める傾向があるっス。現に9・11のとき、米国大統領の支持率は九割に達したっス』

『フォロワーの皆さんには釈迦《しゃか》に説法っスが、独裁政権はそうした傾向につけ込むっス。周辺諸国の脅威を煽《あお》り、格差や分断や対立を作り上げ、「敵を倒せ」と叫んで支持を得るっス』……

今日も、二、三の他愛ないつぶやきの後は、論客モードの書き込みになっていた。


『民主制度から生まれた独裁政権は、ほぼ例外なく三権分立を破壊するっス。行政を掌握し、裁判所を操り、議会を迂回《うかい》するか隷属《れいぞく》させるっス。都合良く法を作り、「第四の権力」であるマスメディアをコントロールして支配体制を盤石にするっス』

『さて、今の日本はどうっスかね?』

『日本は、国会議員から総理大臣を選ぶ――つまり立法府から行政の長を選ぶ仕組みっス。元々、立法と行政の分離などあって無いようなものっス』

『三権の残りひとつである司法っスが、多くの識者が指摘する通り、司法の人事権は事実上、行政に握られてるっス。ここ最近でも、政権の意に反する判決を出した裁判官が、人事異動で地方に飛ばされているっス』

『政治の世界で、人事権ほど強力な武器もそうないっス。これさえ握れば、反乱分子を追い出して周囲をイエスマンで固めるなんて簡単スからね。独裁政治の要《かなめ》っス』

『頼みの「第四の権力」ことマスメディアは……言うまでもないっスね。首相動静を見ると、和田は異様なまでに頻繁に、各新聞社やテレビ局のトップと会食してるっス。メディアが政権のカネで飯を喰うなんて、本当は絶対にやっちゃいけないことなんスけどね』

『ちりめん』のプロフィール欄に、大した情報は書かれていない。『某所罪重。へっぽこ斜壊塵《しゃかいじん》』とあるだけだ。

アイコンは、ちりめん問屋に引っかけたのか、呉服屋の看板の写真。「在住」を「罪重」、「社会人」を「斜壊塵」と当て字したり、語尾に何かと『っス』を付けたりと、正直に言ってキャラ作りが痛々しいと思わないでもない。四、五十代の男性といったところだろう……と感じるのは偏見だろうか。

とはいえ、書き込みの内容の鋭さや知識の深さから、『ちりめん』はリベラル層を中心に、知る人ぞ知るネットの市井《しせい》論客と見なされている。SNSを始めたのは二年ほど前のようだが、フォロワーの数は、図らずも『コスモス』の顔となった凛のそれに匹敵した。

ライバル視したことはない。むしろ贔屓《ひいき》のフォロワーのひとりだ。SNS上で何度かやり取りしたこともある。実力のある論客が発信力を持つのは喜ばしいことだと素直に思う。

ただ――それだけに、彼の書き込みの深さと比べて、自分の知識の浅薄さに嫌気が差すことも一度や二度ではなかった。今日、喫茶店での京一郎の話に打ちのめされたように。

凛はアプリを閉じた。スマホを枕元に置き、布団を被る。

……この人を神崎先輩に会わせたら、どうなるかな。

少しだけ愉快な想像だった。周囲を置いてきぼりにして、どこまでも深い話へ入り込んでいく二人を想像するうちに、凛はいつの間にか眠りへ誘われていた。

※

母からメールが届いたのは二日後だった。

電車の座席に腰を下ろし、窓に頭を寄りかからせながら、凛は何度目かの溜息《ためいき》を吐《つ》いた。

午後五時過ぎ。大学の講義も一通り終わり、帰宅ラッシュの始まる時間帯だったが、湘南《しょうなん》新宿ラインの先頭車両は比較的空いていた。

今日は『コスモス』の活動もアルバイトもない。大学からの帰りに渋谷を軽く散策し、寮に帰って夕食を摂《と》ってシャワーを浴びて勉強して——というのがこんな日の流れだが、今日は事情が違った。一昨日の夜とは別の理由で気が重かった。

母からのメールを、凜はスマホで読み返した。

『お元気ですか。たまにはこちらからでなく、貴女《あなた》から連絡をもらえると嬉《うれ》しいです。お父さんもお母さんも心配しています。……』

心配……か。

「家族が心配している」という言葉を、凜は叔父の一件以来、額面通り受け取ることができなくなっていた。本当に娘の身を案じているのか。両親が実際に気にかけているのは、娘でなく自身の利益や社会的立場の方じゃないのか——そんな皮肉な思いがよぎる。

——口答えするな。

——努力もしない敗者のために、お上に盾突く馬鹿がどこにいる。

——学生運動ごっこをしている暇があったら大人しく勉強しろ。世間にどれだけ迷惑をかけたと思っている。

『コスモス』に加わった頃、父に投げつけられた言葉を、凜は今も鮮明に覚えている。

迷惑？

自分こそ、どれだけ悪辣《あくらつ》なやり方で人を——凜の大切な親族さえも——喰い物にしてきたと思っているのか。

母は、父ほど露骨に凛を責めたことはない。だが、凛の活動を快く思っていないことは、数週間に一度の頻度で来るメールの行間から読み取れた。

その母が珍しく、凛に頼み事をしてきた。よりによってなぜ自分に、という内容だった。

『叔母さんたちへ伝言をお願いできませんか。

「お話ししたいことがあるから連絡が欲しい」と伝えてくれるだけで構いません。貴女に頼むのは心苦しいですが、仲の良かった貴女なら、叔母さんたちもきっと話を聞いてくれると思います。……』

母のメールにある「叔母さん」とは、凛の叔母――母の妹のことだ。

凛が昔、叔母一家のところへ頻繁に遊びに行っていたのは事実だが、今はもう、過去形で語られる記憶でしかない。本来は、凛を間に挟むのでなく、両親が叔母の下へ直接出向くべき案件だ。

……もっとも、彼らが出向くに出向けないことは、凛も理解していた。両親が叔母たちから拒絶されていることも。母にとって凛以外に頼みの綱がないことも。

凛自身、叔母たちとはいつか、膝《ひざ》を突き合わせて話さねばならないと考えてもいた。

ずるずる引き延ばすのはよくない。思い切って電車に飛び乗り、叔母たちの住む場所へ向かってはみたものの――一駅近付くごとに、胸にのしかかる重石がひとつずつ増していくようだった。

事前連絡はしていない。アポなしで押しかけることになる。向こうへ着く頃には叔母たちも仕事や学校から戻っているはずなので、無駄足に終わることはないと思うが……仮に不在だったとして、胸を撫《な》で下ろすだろう自分に少し嫌気が差す。

母から頼まれたのは「叔母たちに伝言する」ことだけだ。メールや電話で伝えれば済む話だが、なしのつぶてになる可能性も少なくない。逆に返事があったとき、そこにどんな言葉が含まれているか――考えるのが怖かった。

ＪＲ大船駅から電車を乗り継ぎ、最寄り駅を降りた頃には、午後六時を回っていた。見慣れた駅前の風景。叔母たちの住むアパートは左手の道を進んだ先だが、気付けば凛の足は、駅を出た正面、商店街の通りを辿《たど》っていた。

この場所を最後に訪れたのは一年以上前、凛が大学に入る直前の春休みだ。せめて挨《あい》拶《さつ》だけでもと思い、今日のように思い切って足を運んだが、そのときは結局、ろくに話もできず終わってしまった。

商店街を抜け、住宅地に入って何度か角を曲がった先に、そ、の、場、所、が見えた。

平屋の角ばった建物が、煌々《こうこう》と電灯を点《とも》している。コンビニだ。部活帰りと思しき制服姿の学生や、近所の住人らしい私服の中年男性がたむろしている。ガラス越しに見えるレジの店員の表情は、心なしか疲れているようだ。

苦い思いが滲《にじ》んだ。……昔の面影は、どこを探しても欠片も見いだせない。瞼《まぶた》を閉じ、引き返そうとした矢先、背後から冷たい声が突き刺さった。

「何しに来たの、凛姉さん」

思わず振り向く。ひとりの少年が道端に立っていた。友好的とは程遠い雰囲気だった。

「……和記《かずのり》くん」

三歳年下の従弟《いとこ》の名が、口からこぼれる。

久しぶりに対面した和記は、また身長が伸びたようだ。追い越されてから何年経《た》つだろう。

和記は私服だった。街灯のぼんやりした光の中、Ｔシャツとズボンの裾《すそ》の所々にほつれが目立つ。

よりによってここで和記に出くわすとは思わなかった。今しがたの凛と同じように、かつての生家の幻影を探していたのだろうか。

けれど尋ねることはできなかった。覚悟を決めて本題に入るしかなかった。

「実は、叔母さんに用事があって。……元気だった？」

「そう見える？」

和記の声はどこまでも冷え切っていた。

背は高くなったが、Tシャツから伸びた腕は白く細い。幼い頃は小太り気味で愛らしかった顔も、今は頬がこけている。目には隈《くま》。血色は決して良いとは言えなかった。

凛が返答に詰まっていると、和記が再びそっけない問いを投げた。

「それで、用って」

「……母から叔母さんに伝言を頼まれたの。お話ししたいことがあるから連絡が欲しいって。それで」

「携帯電話の料金支払いにも苦労している貧乏な親戚《しんせき》のために、わざわざ電車賃を払ってご足労いただいた、と。ありがたくて涙が出るね」

再び絶句する。和記の台詞《せりふ》が冷気と毒気を増した。

「それにしても、『連絡が欲しい』か。どうせまた、『金に困ってるならいい所を紹介できる』とかいう話だろ。どれだけ毟《むし》り取れば気が済むんだよ。何様のつもりかな伯母さんたちは。大体、用事があるなら自分でこっちへ来るか、手紙でも出せばいいのに。凛姉さんを間に挟んだり、こっちから連絡を取らせようとしたりするなんてさ。

あいにくだけど、こっちには伯母さんたちと会う理由はないよ。僕らをあそこから追い出しておいて今さら何のつもりさ。来るなら自分の足で来い、と伝えてくれないかな」

言い捨て、和記は踵《きびす》を返す。「待って」思わず呼び止めたものの、後に続けるべき言葉を凛はとっさに見つけられなかった。

「その……せめて、叔母さんに挨拶だけでもさせて。迷惑かもしれないけど」

「迷惑だよ」

和記が振り返る。眼光に怒気が満ちていた。「お気楽な左翼活動にうつつを抜かす親戚のおかげで、こっちがどれだけ肩身の狭い思いをしてきたと思っているのさ。母さんは、近所じゃろくな仕事が見つからない。今日もまだ帰って来ないよ。そんなことも知らなかったの？」

凛の唇は動かなかった。和記は続けた。

「この際だからはっきり言うよ。本当は今、こうして凛姉さんと喋《しゃべ》ることだってしたくないんだ。どんな噂が立つか解ったものじゃないからね。

二度は言わない。帰ってくれないかな」

幼い頃、凛が訪れるたびに「リンおねえちゃん」と慕ってくれていた従弟の面影はどこにもなかった。和記は凛から視線を外し、振り返ることなく歩き去った。

遠ざかる和記を、凛は追いかけることもできなかった。

叔母一家——正確には、叔母の嫁ぎ先である叔父一家——が、四十年近く経営していた喫茶店を畳んだのは、今から四年前。凛が高校に進学した矢先のことだった。

凛の生家から電車で一時間ほども離れていたが、凛は中学生の頃まで、何かと理由をつけて遊びに行っていた。決して賑《にぎ》わってはいなかったけれど、年月を感じさせる木製のテーブルと椅子《いす》の温かさ、カーテン越しに差す日差しの柔らかさ、何より叔母夫婦の優しい笑顔が大好きだった。

特に、叔母の作るスパゲティは絶品で、実家に夕食が用意されているのを知りながらついついごちそうになってしまい、父に怒られたことも幾度となくあった。

その叔母夫婦の喫茶店が、実は何年も前から経営が苦しくなっていた——と凛が知ったのは、全てが終わってしまった後のことだ。

凛や和記の知らないところで、叔母夫婦は凛の父母へ、喫茶店の経営状況を漏らしたことがあったらしい。藁《わら》にも縋《すが》る思いからこぼれ出た、ほんの些細《ささい》な愚痴だったのだろう。

だが凛の父にとっては、またとない商機だった。

凛の父は、大手コンビニエンスストアに伝手《つて》のある、不動産会社の社長だった。

商店の経営は立地に大きく左右される。船で半日かかる無人島に店を建てても客は来ない――それが父の口癖だった。

喫茶文化が一般に浸透していない日本において、駅や商店街から離れた住宅地という立地は、喫茶店の経営にとって決して有利ではないこと、逆に、様々な商品を扱うコンビニには理想に近いものであることを、凛の父は察知していた。

叔母夫婦にとって何より大切な喫茶店も、凛の父には、赤の他人同様の経営下手の義弟が営む、潰《つぶ》れかけの店に過ぎなかった。

父は叔父へ、土地を抵当に金融機関へ融資を申し入れることを提案し、いくつかの金融機関――全て父と伝手があった――を紹介した。叔父が疑いもせずアドバイスに従った後、裏から手を回し、貸し剥《は》がしの圧力をかけて土地と店を手放させた。

凛の大好きだった喫茶店は跡形もなくなり、跡地には、全国の街角で見かけるコンビニエンスストアが建った。


……それらの事情を、凛は最初から知っていたわけではない。

いつも優しい笑顔を浮かべていた叔父が、見たことのない形相で「騙《だま》したな」と凛の家へ怒鳴り込まなければ、一連の醜い裏側を知ることはなかっただろう。自分と父との間に亀裂《きれつ》が生じたのも、このときだったように思う。

母がどう感じていたかは解らない。父と、実妹である叔母との間で、板挟みの苦しみを味わっていたかもしれない。けれど叔母たちへ手を差し伸べることはなかった。助けてあげてほしいと凛が懇願しても言葉を濁し、悩ましげな表情を浮かべつつ父に追従するだけだった。

叔父一家は多額の借金を抱え――程なくして、叔父が自殺した。

後で知ったが、この一件で叔父方の親族は怒り心頭に発したらしい。叔父の葬儀と前後して、叔母たちは叔父方の戸籍から外されてしまった。

その叔父の葬儀での、叔母の虚《うつ》ろな瞳《ひとみ》と、裏切り者を見るような和記の視線が、今も記憶に焼き付いている。

あのときの目と同じだった。和記にとって凛はもはや、仲のいい従姉《いとこ》でも何でもない。それどころか。

――お気楽な左翼活動にうつつを抜かす親戚のおかげで、こっちがどれだけ肩身の狭い思いをしてきたと思っているのさ。

凛が『コスモス』に加わった大きな理由のひとつは、叔母一家のような人たちをこれ以上増やしたくないという、ある種の贖罪《しょくざい》の念だった。けれどその思いは伝わらず、それどころか叔母や和記を苦しめている。

心臓に大穴を開けられたような思いだった。

もちろん和記とて、凛自身が叔母一家の崩壊に手を貸したわけではないと解っているだろう。けれど、感情は理性に優先する。図らずも一昨日、京一郎が凛に語ったように。

……来るんじゃなかった。

電車を乗り継ぎ、湘南新宿ラインの座席に座りながら、凛は唇を噛み締めた。

スマホを取り出し、母のメールへの返信を書く。何度も打ち込んでは消しを繰り返し、結局、送れたのは短い文面だけだった。

『伝えました。あまり良い返事はもらえませんでした。ごめんなさい』

気付くと、電車は大崎駅を過ぎていた。以前、同じように疲れ切ったまま湘南新宿ラインに乗り、渋谷や大宮を通り越して埼玉県の北部まで寝過ごしてしまったことがある。凛は首を振り、早めに席を立った。

※

週末。六月十六日、日曜日――

午前のバイトを終え、凛は大学のキャンパスへ向かった。

定例ミーティングだ。『コスモス』のメンバーには、首都圏の様々な大学の学生がいるが、京一郎をはじめとした主力メンバーの多くが、凛と同じA学院大学に所属している。必然的に打ち合せもA学院大学のキャンパス内で行われることが多い。「一番の理由は部屋代がかからないからなんだけどな」と、京一郎は冗談交じりに語ったことがあった。

もっとも、お金の件はいつも頭の痛い問題だ。『コスモス』の活動資金は全額、カンパで賄《まかな》われている。交通費や食事代はメンバーの持ち出しだ。どこかの野党からカネが流れているんだろうと邪推されることも多いが、党名での資金援助など受けたことはない。野党の党員や支持者からカンパを受けることはあっても、あくまで一個人名義であり、一口当たりの金額も常識的な範囲に留まっている。

吐息が漏れた。資金繰りの件だけではない。先日の従弟との対話が、未だに尾を引いていた。

——お気楽な左翼活動にうつつを抜かす親戚のおかげで。

——こっちがどれだけ肩身の狭い思いをしてきたと思っているのさ。

足が重くなる。

少しでも和記たちの力になりたい、と願ってきた。その和記から、あれほど剝《む》き出しの敵意を浴びせられるとは思わなかった。『コスモス』の活動から退くべきだろうか。そんな考えが頭をよぎりさえした。

……けれど、結局いつものように、正門をくぐり、ミーティングの行われる棟へ向かっている。

歩きながら、薄桃色のサマーセーターの襟を引っ張り上げる。去年、アウトレットで買った品だ。値札とデザインに魅《ひ》かれたものの、サイズが大きいことに気付いたのは会計を済ませた後だった。買い直すのも悔しいので着続けているが、歩いているうちに肩からずり落ちそうになる。……先日、京一郎から聞かされたバーゲンセールの話を思い出し、心の重石《おもし》が増した。

再び息を吐き、足元から視線を上げると、珍しい光景に出くわした。

撮影だ。

向かって正面の広場、植え込みの大樹を囲む芝生の傍に、どこかの放送局らしき腕章を巻いた男性が二人。ひとりは銀色の大きな板を掲げ、もうひとりは大きなビデオカメラを構えている。

そして──カメラの前で、朗らかな笑みを浮かべる若い女性。

見た目は凛と同年代。長い髪と柔らかく整った顔立ちが印象的な、優しい雰囲気の子だ。カメラに向かって何か喋っている。内容までは聞き取れなかったが、容姿に似合った優しい声色だった。

新人アイドルだろうか。こんなところで撮影なんて珍しい。

そう思う凛自身も、抗議活動の最中にテレビカメラを向けられたことがある。新聞や雑誌の取材を何度か受けてもいる。が、今回は『コスモス』とは無関係のようだ。少女の顔に凛は見覚えがない。番組の撮影らしき場面に、学校の敷地内で出くわすのは初めてだった。

カット、と声が響いた。カメラマンがビデオカメラから目を離し、もう片方のスタッフが反射板を地面に下ろす。女の子が息を吐き、気分転換するように周囲を見やり——凛と視線が合った。

少女が軽く目を見開き、続いて、柔らかく微笑んだ。

愛想笑いではなかった。懐《なつ》かしい知り合いに偶然再会したような、暖かい笑顔だった。

え——？

が、それもわずかな間の出来事だった。少女は小さく会釈《えしゃく》すると、スタッフへ向き直って会話を始めてしまった。

「リンさん」

不意に声をかけられた。振り返ると、『コスモス』の女子メンバーのひとり——鴨川《かもがわ》忍《しのぶ》が、セミロングの髪を揺らしながら、怪訝《けげん》な顔で凛を見つめていた。

凛より一学年後輩、今年入学したばかりの新人だ。何かと凛を慕ってくれている。

「どうしたんですか。こんなところでぼんやりして」

「あ、忍ちゃん」

挨拶し、凛は視線を広場へ戻した。「何の撮影かなぁ、って」

後輩は撮影スタッフと少女の方へ顔を向け、あれ、と声を上げた。

「鷲水さん――」

「知り合いなの？」

アイドルらしき女の人を、忍が「さん」付けとは。

「知り合いも何も」

忍の眉間《みけん》にしわが寄った。「どう言いましょうか……うちの彼氏が今、凄《すご》く入れ込んでるんです。本当に、どれだけお金をつぎ込むつもりだってくらい」

「え」

彼氏が、お金をつぎ込むほど入れ込む⁉

「あ、いえ、そういう意味じゃなくて」

凛がよほど凄《すさ》まじい形相をしていたのか、忍は慌《あわ》てた様子でスマホを取り出した。

「ゲームなんです。ゴールデンタイムでもＣＭが流れてますけど、観《み》たことありませんか」

忍がスマホを操作し、凛に見せる。アニメ調の美麗なイラストが画面いっぱいに表示されている。画面右側には、ファンタジー風の衣装をまとった可愛《かわい》い女の子たち。左上に大きく『Diamond Feathers』のタイトル。……そういえば、似た画風の看板広告を駅などで見た覚えがある。

忍の説明によると、鷲水花月は、この人気スマホゲーム『Diamond Feathers』で主要キャラクターを演じる声優なのだという。最近、忍の交際相手がそのキャラに熱中してしまい辟易《へきえき》している、ということだった。

「『お前もやってみろ』と言われて、私もたまに付き合わされるんですけど……正直、どこが面白いのか解《わか》らなくて」

と言いながら、スマホを操作する忍の指使いは実に手慣れていた。程なくして、清純で優しげな、けれど芯《しん》の強さを感じさせる少女のイラストが表示される。画面の右上に『クレア（CV：鷲水花月）』のキャプション。『「遠目の神眼」を持つ少女。平穏に暮らしていたが魔物に村を襲われ……』と簡単な紹介文が続く。画面の下側に字幕が表示され、文字に合わせてスマホのスピーカーから声が流れる。ボリュームは絞られていたが、先程耳にしたのと全く同じ、優しげな声だった。

へぇ、と凛は思わず声を上げた。

「最近のゲームって声付きなんだね。でも、『お金をつぎ込む』って？」

「……リンさん、もしかして、ソーシャルゲーム《ソシャゲ》をあまりやらない人ですか」

ソシャゲどころかゲーム機自体ほとんど触ったことがない。子供の頃は、ゲームや漫画といった〝下賤《げせん》な〟娯楽は親にずっと禁じられ、大学進学と前後して実家を飛び出してからも、『コスモス』の活動やアルバイトや勉強に時間を取られっぱなしだった。

もちろん、スマホでゲームができることくらいは知っている。通学途中の電車内で、学生や社会人がゲームに興じる場面もよく目にする。が、凛はスマホを、メンバーとの連絡やSNSの閲覧投稿、スケジュールやスピーチ原稿のメモといった実務用途にしか使っていない。スマホゲームの知識は皆無に等しかった。

「変なところで真面目《まじめ》というか、お堅いですよね。リンさんって」

忍が苦笑した。

「どう説明したらいいかな……要するに『福袋』のようなシステムがあるんです。クレジットカードやコンビニ経由でお金を——実際のお金ですよ——払うと、ゲーム内で『福袋』が買えて、運が良ければ希少《レア》なアイテムやカードが当たる、という。凄い人になると、お気に入りのアイテムやカードを揃えるために、十万円や二十万円じゃきかない額のお金をつぎ込むらしいです。まあ、ここまで来るとオタクというか中毒ですよね。

私の彼氏はさすがにそこまでじゃない……と思いたいんですけど」

「へ、へえ」

信じられない世界だ。凛はゲームやアニメを毛嫌いしているわけではないが、息抜きとして楽しむならまだしも、生活費や貴重な時間を削ってまで娯楽に心血を注ぐ——いわゆるオタクと呼ばれる人々のことは、どうにも理解できなかった。もう少しまともなお金や時間の使い方があるんじゃないだろうか。こっちは学費や生活費や『コスモス』の活動資金にも苦労しているというのに。

広場に立つ少女——鷲水花月を見やる。彼女はもう、凛へ顔を向ける素振りさえなく、撮影スタッフたちと会話を続けている。

それにしても、忍はどうして彼女のことが解ったのだろう。声優は台本を読むのが仕事で、顔を表に晒《さら》す機会などめったにないのに。

と尋ねると、忍はやや呆《あき》れ顔で「割と顔出してますよ、最近の声優は」と返した。

「今は動画サイトやSNSがありますし、紅白歌合戦に出場した声優グループもあるくらいですから」

忍はスマホに指を滑らせ、再び画面を凛へ見せた。凛のよく使うSNSに、『鷲水花月』のタイムラインが表示されている。フォロワーの数が尋常でない。アイコンの顔写真は、広場の少女の顔と同じだ。タイムラインには、やはり広場の少女と同じ顔をした少女の写真がいくつか添付されていた。

「ほんとだ……」

そんなところまでチェックしているんだね、と返そうとして、凛は慌てて口をつぐんだ。花月の写真へ注がれる忍の視線は、完全に恋敵に対するそれだった。

「それにしても、何の撮影かな」

「ネット番組の収録じゃないですか？　彼女、動画サイトで番組持ってますし。『キャンパス訪問』みたいな企画だと思いますけど」

キャンパス訪問？

「彼女、うちの大学の新入生なんですよ。実は私と語学のクラスが一緒で……他の講義でも何度か見たことがあります。入試の成績もかなり上位だったとか」

「え、そうなんだ」

だから「さん」付けだったのか。

凛の大学は規模が大きい。芸能関係者の一人や二人いても不思議はない。が、実際にいると聞かされると、それなりに驚きを隠せなかった。

けど……それなら、先程のあれは何だったのか。

凛の様子に気付いたのか、忍が「どうしたんですか」と問う。スタッフと打ち合わせを続ける花月へ目を向けながら、凛は呟《つぶや》いた。

「鷲水さんが、私に挨拶してくれたの。

遠くから無言で笑顔を向けてくれただけなんだけど。どうしてかな」

人気ゲームで声を演じて、ＳＮＳで多くのフォロワーを抱え、ネットで番組も持っている。そんな有名人が、自分ごときに親しく笑いかけるはずがない。ファンサービスか社交辞令だったのだろう。

と思っていたら、忍が大仰に溜息を吐いた。

「リンさん、ご自分の立場を忘れてませんか。もしキャンパス内でアンケート調査したら、『鷲水花月』より『三廻部凛』の方がずっと顔と名前を知られてるって結果が出ますよ。全国放送や全国紙でインタビューを受けた人が、今さら何を言ってるんですか」

え⁉

「ご自身がどう思われようと、嫌だろうと何だろうと、リンさんは『コスモス』の広告塔なんです。そのことをもう少し自覚してください。解りましたか、『コスモス』のジャンヌ・ダルクこと『みくリン』先輩？」

「その恥ずかしい呼び方はやめて」

懇願する凛の背中を、忍は「ほらほら、早くしないとミーティングに遅れちゃいますよ」と押した。

※

今後の大まかなスケジュールや活動方針について議論を終え、凛が自室へ戻ったのは十六時を過ぎた頃だった。

大学の女子寮だ。築十数年だが、下手な賃貸マンションより防犯体制が整っていて、家賃がそこそこ安く、さらに朝夕の食事つき。都内ではなかなかお目にかかれない物件だ。

扉の鍵《かぎ》を閉め、倒れ込むようにベッドに横たわる。……今日も疲れた。肉体的にも精神的にも。

――リンさんは『コスモス』の広告塔なんです。

だから、自分はそんな柄じゃないのに。まったく荷が重すぎる。

ポケットからスマホを取り出し、ＳＮＳのアプリを開く。凛のアカウントは、タイムラインのほとんどが『コスモス』の仲間や『クローバー』の元メンバー、市井の活動団体、そしていわゆるリベラル系の言論活動を行う個人ユーザーのツイートで占められている。我ながら女子大生らしさの欠片もない。

とりとめもなく画面をスクロールしていると、ある方面のツイートが多く目についた。

『川崎駅前、早くも鉄柵《てっさく》と警官だらけ。国家権力がヘイト団体を守るの図』

『ＡＦＰＵはぱっと見三十人足らず。対するカウンターはすでに百人強。ご協力感謝！』

『連中のスピーチ開始。こちらのコール返しで全く聞こえず』

『公安と思しき人物がカウンターを撮影中。逆だろ。向こうを撮れよ！』

『通路でうちわ配布しながら、ＡＦＰＵとカウンター活動について説明。たくさんの人が「頑張って」と受け取ってくれています』

『連中が移動開始。警官が歩道封鎖。ふざけんな神奈川県警！』

……


『カウンター』の人たちだ。そういえば、『ＡＦＰＵ』のヘイトデモが行われる、とタイムラインに流れていたのを思い出す。

ＡＦＰＵ——Anti Foreigners' Privilege……だったろうか。何の略称か正確には覚えていない。「外国人の不法行為を糾弾する」と言えば聞こえはいいが、その実態は、主に朝鮮半島にルーツを持つ人々をターゲットにした差別排斥集団だ。「在日が不当に国の税金を貪《むさぼ》っている」と主張するが、そのような違法行為が常態化したり、日本人より格段に恵まれた『在日特権』が与えられたりしているわけではない。

罪のない人々を、ただ「半島系の外国人」というだけの理由で差別し、脅し、排斥する。そんなＡＦＰＵの活動を、信じられないことに多数の人々が支持したという。

『カウンター』は、そうしたＡＦＰＵの活動への、文字通りカウンターパンチとして発生した。

差別を許さない——その思いを共通に持った大勢の人々が、ＡＦＰＵの演説場所やデモの開催地へ集まり、抗議の声を叩《たた》き返す。『カウンター』とは、そうした反差別活動に参加する人々や活動そのものの総称だ。

最初は、ごく一部の人々だけで行われたカウンター活動だが、今は、ＳＮＳでの呼びかけに応じた普通の人々が大半を占めているという。ヘイトスピーチやヘイトデモが行われるたびに、『カウンター』の人々が現場へ集まって「ヘイトをやめろ」と声を上げる。そうした活動を地道に繰り返した成果か、ＡＦＰＵのヘイト活動は最盛期よりだいぶ下火になってきたらしい。

だが、決してゼロになってはいない。

ＡＦＰＵに限らず、在日外国人や性的少数者——いわゆるＬＧＢＴの人々——への偏見や差別感情をあらわにする人々は、国会議員や著名人の中にさえ、少なからず存在する。あからさまに差別的な主張を唱える書籍が、出版不況の中、売れ筋のひとつになっているという話も聞く。国会議員の「ＬＧＢＴに生産性はない」という問題発言を、「何が悪いのか」と擁護する文章を掲載したのは何という雑誌だったか。

しかし、和田政権下では、与党議員が差別的発言を行ったところで、議員辞職するどころか離党処分を受けることさえない。

野党議員がそんな差別発言を行えば、野党支持者からでさえ批判が噴出するだろう。

これが与党議員になると、一転して、他の与党議員や与党支持者は沈黙する。批判の声が上がったとしても大きなものにはならない。それどころか、先の雑誌の件のように擁護することとさえある。

「和田政権下なら何をやっても許される」。そんな空気が、政治の中枢《ちゅうすう》から世の人々へ流れ込んでいる気がしてならない。

ＡＦＰＵは和田政権とイコールではない。が、和田政権の振る舞いが、ＡＦＰＵの活動にある種のお墨付きを与えているのは否《いな》めない。

和田政権への抗議団体として結成された『コスモス』と、ＡＦＰＵへの対抗活動として生まれた『カウンター』に、直接の繋《つな》がりはない。ただ、不正や不当が大手を振って歩くのを黙って見ているわけにはいかない、と立ち上がった思いは相通じるものがあった。

……タイムラインをぼんやり辿っていると、動画の再生アイコンを親指がうっかり触ってしまった。

ＡＦＰＵのスピーチだ。『カウンター』の誰かが撮影したらしい。顔をサングラスと髭《ひげ》――明らかに付け髭だ――で隠した、色白で小太りの男が、一段高い位置から拡声器越しに叫んでいる。ＡＦＰＵメンバーのひとりのようだ。

『ご通行中の……我々の周りには……演説を圧殺しようと……このような言論の自由の弾圧を、決して許しては……！』

男のがなり声が、『カウンター』のコールの隙間《すきま》から断片的に響く。凜はとっさに再生を止めた。

言論の自由……か。

「お前たちが逮捕されないのは言論の自由があるからだ、ありがたく思え」。かつて『クローバー』に向けて浴びせられ、今も『コスモス』へ時々投げつけられる罵声《ばせい》だ。

言論の自由が、あたかもお上から臣民へのお目こぼしであるかのような言い回し。だが、そうやって『コスモス』を批判する人々は決して、同じ台詞をＡＦＰＵへ向けようとしない。

——他人を差別する自由が彼らにあるのなら、『カウンター』にも彼らを批判する自由がある。

——何を発言しようと自由だが、その中には『名誉毀《き》損《そん》』のように刑罰の対象となるものもある。

京一郎は以前、ＡＦＰＵを一刀両断していたが……彼らの声を直に聞いてしまうと、心がささくれ立つのをどうしようもなかった。

と、手の中のスマホが着信音を奏《かな》でた。

心臓が跳ねる。……京一郎からの電話だった。

「はい、もしもし」

『突然すまない。今から外へ出られるか？』

※

それから――
それから先の記憶が、消しゴムをかけられたように曖昧《あいまい》に途切れている。
目覚めたら、どことも解らない場所で両手を拘束されて。
視界の先には、京一郎の腕時計を嵌《は》め、京一郎の服を着た、うつぶせの死体がひとつ。
さらに――死体の向こう側で、床にへたり込む男がひとり。
男の目線が凛と死体とを往復する。やがて、強張《こわば》った声が男の口から漏れた。
「お前……もしかして、『コスモス』の奴《やつ》か」

幕間《まくあい》（一）

母によれば、この地下室は元々、曾祖父《そうそふ》の代に防空壕《ぼうくうごう》として造られたものだったらしい。

都心から外れた街で大袈裟《おおげさ》な、と思ったが、実のところ大袈裟でも何でもなく、終戦間際《まぎわ》にはこの街にも焼夷弾《しょういだん》が落とされたという。

空襲といえば東京、というイメージが強かったが、戦時中は首都に限らず、日本全国の軍事拠点や工場が標的にされたようだし、原爆が落ちたのは広島と長崎だ。この街が被害に遭わずに済む理由がない。

やがて敗戦を迎え、避難シェルターとしての役目を失った地下室は、代を重ねるにつれ内装や空調が整備され、時にワインセラーとして、時に遊戯室として、時に新興宗教まがいの集会所として使われた――と聞く。

真偽は知らない。私が物心ついた頃には、地下室の半分は黴臭《かびくさ》い書庫となっていて、残りの半分は、『集会所』の名残を思わせる大きなテーブルがひとつと、埃《ほこり》を被《かぶ》った段ボールが何箱か置かれているだけの物置と化していた。

私は父と触れ合った記憶がない。

父が私たちの手の届かない所へ行ってしまったのは、私が生まれて間もない頃だと聞いている。私にとって親とは、愁《うれ》いを帯びた笑顔を浮かべる母ひとりだった。

父がいなくなった後、私と母が周囲から陰口を囁《ささや》かれながらも、それなりの期間をこの家で過ごせたのは、身も蓋《ふた》もない言い方をすれば金の力に他ならない。

だがそれも、母が亡《な》くなるまでのことだった。

睡眠薬の過剰服用《オーバードーズ》の末、母が若くして命を落とした後、私は厄介払いのごとく家を追い出され、生家から遠く離れた、母方の祖母の家へ引き取られた。連絡を取り合うほど親しい友人や知人はひとりもいなかった。

祖母の住む町で、私の出自が知られることはなかったが、「捨てられた子」という噂《うわさ》は否応《いやおう》なくついて回った。努力も才覚も、周囲との溝を深めこそすれ、孤立を解消する術《すべ》にはならなかった。

やがて祖母が病で亡くなり――葬儀の後、私は出奔に近い形で、息苦しいだけの田舎町から逃げ出した。

私の出自を知る者は、どこにもいなくなった。

奇跡的に、というべきか、私の生家は取り壊されることなく残っていた。

どうやら上で根回しが行われたらしく、私が追い出されてしばらくした後、ある高級官僚一家に安値で売り払われていた。

その一家が家庭教師を募集していると知り、私は密《ひそ》かに立場を利用し、夫妻の眼鏡にかなうことに成功した。

祖母に引き取られてから、私は母方の名字を名乗っていた。家庭教師として生家に再び足を踏み入れたとき、雇い主の一家も、近所の住人も、誰も私の素性に気付かなかった。

地下室は残っていたが、中身はほぼ入れ替わり、新しい主人の趣味と思《おぼ》しき日曜大工用具とキャンプ用具だらけになっていた。ただひとつ、主人のお気に召したのか、単に運び出すのが面倒だったのか、幼い頃に見た大テーブルが、物置き台として残されていた。

私は呪《のろ》いを信じない。だがこの世には、不幸の連鎖というものがある。

通い始めて二年近くが過ぎた頃、雇い主の主人が、地下室で首を吊《つ》って自殺した。

妻は心労で入院し、幼い子供たちは遠い地の親族に預けられた。安っぽいドラマの筋書きのような事態が、私の前で繰り返されることになった。

同じ家でまたしても死者が出たとあっては、新しい入居者など望めるはずもなく、私の生家は、雇い主である未亡人の名義のまま、再び無人となった。

家庭教師として通った二年足らずの間に、私は未亡人の信頼を得ていたらしい。見舞いに訪れた私へ、彼女は遺品の整理と自宅の管理を依頼し、子供たちのいる地へ転院していった。

格好の舞台がこうして手に入った。

首吊りの場所と忌避されてか、地下室の遺品は、形見分けの対象にもならず放置されていた。必要な分を除いて処分すると、地下室は大小のテーブルを残してがらんどうになった。

※

他に必要なものは、大雑把に数えればさほど多くなかった。

身代わりの死体は、自殺願望者の集うネットコミュニティを巡り、最適な人材をすでに見繕っている。

睡眠薬は、亡き主人が服用していたものを、目を盗んで懐《ふところ》に入れた。日本の心療内科が睡眠薬を簡単に処方することを、私は母の事例から学んでいた。その他必要な薬品類は、裏社会《アンダーグラウンド》に縁のある知人を伝手《つて》に、金に物を言わせて手に入れた。

仕掛けに必要な道具や材料は、亡き主人の遺品から大部分を流用することができた。特に、バーナーが遺《のこ》っていたのは僥倖《ぎょうこう》だった。これで火葬がやりやすくなる。火葬場には浴室が最適だ。換気扇があるし、充分な広さもある。床と壁がタイル張りなので延焼の心配もない。

生贄《いけにえ》の選定は終わっている。実験も繰り返し、条件を摑《つか》んだ。

後は、機会を待って実行に移すだけだ。

第2章　密室について

激しい頭痛と不快感が、大輝の意識を引き戻した。

だるい。胃が重い。睡魔と頭痛が眼球の裏でせめぎ合っている。眠りたいのに眠らせてもらえないもどかしさに耐えられず瞼《まぶた》を開けると、視界に映ったのは薄暗い天井だった。

……ここは。

記憶を辿《たど》る。川崎でＡＦＰＵの集会に参加し、秋葉原で鏑木らと打ち上げを行い、散会後にアニメショップを見て回り……ガード下で鏑木と富田を目撃し。

それから――どうしただろうか。

覚えていない。家に帰って眠ってしまったのだろうか。それとも、どこかで記憶が飛ぶほど呑《の》んでしまったのか。

全身、特に背中側があちこち痛む。吐き気もする。気分の悪さと苦痛をこらえて上半身を起こそうとした瞬間、寝床が揺れた。

わずかな揺れだったが、大輝の睡魔を吹き飛ばすには充分だった。

自分が掛布団《かけぶとん》をかけておらず、首の下に枕《まくら》もなく、部屋着に着替えていないどころか靴も脱いでいないことに、大輝はようやく気付いた。

背中や脚に感じるのはクッションでなく、板のような硬さ。

ベッドの上じゃない——どこだ、ここは。

寝床へ両手を這《は》わせる。冷たく滑らかな板の感触。両腕を斜めに広げたところで、左右の指が、板の縁らしき部分に行き当たった。

手をさらに動かし、両側の縁を掴《つか》む。……掴める。

テーブルだ。大きなテーブルらしき台の上に、自分は横たわっている。

もう一度、今度は慎重に上半身を起こす。身体《からだ》がテーブルごとわずかに揺れた。

周囲は暗い。が、闇《やみ》に目が慣れてきたのか、およその様子は見て取れた。

部屋だ。天井と壁と床がぼんやりと判別できる。自分の寝ていたテーブルの天板から床までは、見たところ結構な高さがある。どうしてこんなところに寝ていたのか。寝ている間に転げ落ちたら、打ち身では済まなかったかもしれない。

背筋に冷たい汗が伝うのを感じつつ、大輝は恐る恐る身体をずらし、床へ飛び降りた。お世辞にも軽いとは言えない自分の体重がもろに足の裏と膝《ひざ》を叩《たた》いた。呻《うめ》きが漏れる。

……どこだ、ここは。

窓のない部屋だった。明らかに自分の部屋じゃない。三倍ほどの広さはあるだろうか。漫画喫茶でもカラオケルームでもない。空気が埃《ほこり》っぽい。かすかに焦《こ》げた匂《にお》いもする。

自分の寝ていたテーブルは、部屋のほぼ中央に置かれていた。

どこかの空きビルにでも迷い込んでしまったのだろうか。それにしては、床でなくテーブルの上に寝ていたのが気になるが……。

いや、今はどうでもいい。早くここから出なくては。酔って不法侵入で御用など、恥晒《さら》しにも程がある。

ＡＦＰＵの集会では警察が守ってくれたが、それはあくまで団体として合法的に活動していたからであって、ただの一個人の犯罪行為まで見逃してくれるはずがない。無罪放免で済んだとしても、ニュース沙汰《ざた》になって氏名と身分がネットに流れたら、馬鹿左翼《パヨク》連中の笑い種《ぐさ》だ。

それに……警察沙汰になったら、両親や妹に負い目を作ることになる。今さら家族の視線などどうでもいいが、貸しができたと思われるのはごめんだった。

四方の壁のひとつ、寝ている際に足を向けていた側の壁の中央に、大きな扉らしきものが見えた。下に隙間《すきま》が空いている。隙間の奥は闇だ。

足元を気にする余裕もなく、大輝は扉に駆け寄った。鉄扉らしい冷たい感触が手に伝わる。手探りでノブを見つけ、摑んで力を込め――瞬間、大輝の心臓は凍りついた。

開かない。

押しても引いても、横に引っ張ってもびくともしない。錠のつまみらしきものも見つからない。

閉じ込められた――⁉

馬鹿《ばか》な。警備員か誰かが俺に気付きもしないで鍵《かぎ》をかけてしまったのか。

「……冗談じゃねえぞ」

焦燥が一気に膨れ上がり、声となって噴出した。「おい、開けろ！　誰かいないのか！」

殴りつけるようにドアを叩く。誰かに見つかったら、という思考は消し飛んでいた。

応《こた》える声はなかった。

鼓膜を揺らすのは、換気扇のような鈍い羽音だけだ。……ここがどこかは知らないが、電気は通じているらしい。

開けるのは一旦諦《いったんあきら》め、大扉の周囲を探る。扉の左手にスイッチらしきものがあった。手探りで指に力を込めると、スイッチの切り替わる音とともに、天井から蛍光灯の光が降り注いだ。

眩《まぶ》しさに目が回る。テーブルの方へ向き直り――こらえていた吐き気が限界を超えた。

大輝は屈《かが》み込み、胃の中身を残らず床にぶちまけた。

喘《あえ》ぎながら胸を押さえる。指先に妙な感触があった。視線を落とすと、布切れのようなものが、Yシャツの胸ポケットの中に折り畳まれていた。

ハンカチだ。レース編みの縁。明らかに大輝のものではない。自分のハンカチはいつもズボンの前ポケットに入れている。なぜこんなものが。

胸ポケットからつまみ上げ、広げる。かさぶたを剝《は》がすような手応えがあった。

ほぼ全面が、赤黒く染まっていた。

元の白地は端の辺りにしか見えない。所々に生乾きの部分が残り、鉄に似た匂いを漂わせる。

血のりだった。大輝は悲鳴を上げ、ハンカチを投げ捨てた。

「畜生……何なんだ」

呻かずにいられなかった。「どこなんだよ、ここはっ」

無機質な部屋だった。

四方の壁は乳白色。所々に染《し》みが浮かんでいる。

床はコンクリート。埃がわずかに積もっている。いくつもの足跡をかろうじて確認できた。大輝がつけたものと元からあったものが交ざっているようだが、形状の違いまでは解らない。大扉の前は特に多くの足跡が入り乱れ、何かを引きずったような細長い跡もかすかに見て取れた。

部屋の中央には、先程まで大輝が横たわっていた、楕円形《だえんけい》の大きなテーブル。年季の入った木製だ。天板の広さはシングルベッドより一回り大きい。天板の縁を摑んで力を込める。重量はあるが、揺らすとわずかに動いた。天板の強度は充分だが、脚の継ぎ目に少々緩みが生じているらしい。

天井も床と同じコンクリート。大きな真四角の格子《こうし》が中央に嵌《は》まっている。空調機のようだ。ただ、今は動いていない。

視線を天井から引き剝がし、向かいの壁に移す。

大テーブルを挟んで反対側、奥の壁の右上に換気扇が回っている。先程から響く羽音の出所はあれのようだ。相当の年代物であることが、フレームの黄ばみから察せられる。サイズも小さい。あれでは大した排気力は望めないだろう。天井に空調機を新設し、換気扇は撤去するのが面倒なのでそのままにした、といったところだろうか。羽根を外して身体を潜り込ませるのも難しそうだ。

そして——

向かって左手の壁の奥に、ドアが見えた。

大輝が開けようとした大扉とは別に、一回り小さなドアがある。どこに続いているのか。廊下か、それとも別の部屋か。

大テーブルを迂回《うかい》し、汗の滲《にじ》む手で、二つ目のドアのノブを摑む。鍵はかかっていなかった。押し開くと、思いのほか重い手応えがあった。同時に、板がずれ動くような音が響く。……ドアの裏に何かが置いてあるらしい。

扉の奥は明るかった。部屋のようだ。先程のスイッチが、奥の部屋の電灯のスイッチも兼ねていたらしい。大輝は力を込め、九十度の位置までドアを開き、内部へ足を踏み入れ――

予想外の光景を目《ま》の当たりにした。

向かい側の壁際《かべぎわ》で、女が、床に直座りのまま両腕を紐《ひも》で引っ張り上げられていた。

若い女だ。大学生――いや、中高生だろうか。子供っぽい顔立ちをしたボブカットの女が、眩しげに目をつむっている。見た目は自分より年下だ。

「お前――⁉」

思わず声が漏れる。女が瞼を開き、ぽかんとこちらを見つめた。……気のせいだろうか、どこかで見覚えのある顔だ。

女は手首を拘束されていた。

左右の手首に白いビニール紐が巻かれている。手首の間から同じ種類のビニール紐が伸び、女の手首を引っ張り上げる形で、天井からやや下の壁面に固定されていた。

フックだ。額縁か何かを吊《つ》り下げていたのだろうか、やや大きめの鉤《かぎ》状の金具が、天井に近い壁面にねじ込まれている。女を吊り上げているビニール紐は、そのフックに結わえ付けられていた。

大輝は女へ視線を戻し——凍りついた。

女は、ジーンズに包まれた両脚を床へ横座りさせ、サイズの大きな薄桃色のサマーセーターを纏《まと》い、上半身をヨガの背伸びのように天井へ伸ばしている。見ようによっては扇情的な格好だが、起伏に乏しい体形のせいか、欲情を喚起させるには程遠い。

異様な光景だ。が、問題はそれだけではなかった。

大輝と女の間に、死体が横たわっていた。

両腕を上方へ投げ出し、うつぶせに倒れ伏す男の死体。ちらりと覗《のぞ》く横顔は爛《ただ》れている。

脈を確かめたわけではない。が、それが死んだふりでも何でもなく、もはや物言わぬ肉の塊でしかないのだと、大輝は訳もなく悟った。

引きつった声が聞こえた。それが自分の呻きだと気付くより先に、膝の力が抜け、大輝は今度こそ床にへたり込んだ。

女が死体へ視線を移し、悲鳴を上げた。見まいとしていた残酷な現実を、無理やり見せつけられたような声だった。

「先輩……神崎先輩！」

『先輩』？

この死体は女の知り合いなのか。何がどうなっている。

女と死体とへ、大輝は交互に視線をさまよわせ——全く不意に、頭の奥底に沈んでいた記憶の一部が呼び覚まされた。

そうだ、この女は。

「お前……もしかして、『コスモス』の奴《やつ》か？」

女がびくりと身体を震わせた。

やっぱりか。大輝は腰を上げ、女を見下ろした。

我ながら間抜けにも程がある。直に対峙《たいじ》するのは初めてだが、新聞やSNSや動画サイトで、その顔を嫌というほど見てきた。名前は確か。

「三廻部凛、だな」

彼女——凛の顔が強張《こわば》った。弾《はじ》かれたように立ち上がり、遠ざかろうとして、手首を繋《つな》がれていることを思い出したのか、悔しげに壁際で動きを止める。両眼は大輝を睨《にら》みつけていたが、表情からは混乱と恐怖が露骨に滲み出ている。子供っぽい顔立ちとも相まって、威圧感に欠けることこの上ない。

もっとも、混乱の度合いは大輝とて変わらなかった。

記憶が飛んで、知らぬ間にどことも解《わか》らない場所へ閉じ込められ、血だらけのハンカチを胸ポケットに突っ込まれ……ドアを開けたら死体が転がっていて、敵の女が壁際に拘束されている。

……冗談じゃねえぞ。何だこの状況は。

誰だ。誰がこんなふざけた真似《まね》を。目的は何だ。俺が何をした。どうして俺がこんな目に遭わなきゃいけない――

いや、落ち着け。

凛に悟られぬよう、大輝は呼吸を整えた。

現状を把握しろ。話はそれからだ。対戦型ゲームもそうだ。状況も解らずパニックに陥ったら、待っているのはゲームオーバーだ。

大輝の目覚めた部屋――『第一の部屋』とでも言おうか――はさっき確認した。こっ、こっ、ちの部屋……『第二の部屋』には、拘束された三廻部凛と、彼女の知り合いらしき男の死体。他には何がある？

顔を強張らせる凛をひとまず無視し、大輝は『第二の部屋』を見渡した。

広さは『第一の部屋』と同じ二十畳ほど。床も剝《む》き出しのコンクリートだ。

ほぼ直角に開いたドアの下の床に、ひっかき傷のような跡が、広く、緩い弧状に刻まれている。

ドアの陰を覗くと、小テーブルが、上下さかさまに――天板が床に触れた状態で置かれていた。天板の形は正方形、幅はドアより数センチ小さい。

なぜひっくり返っている？　……いや、ともかく、ドアを開けた際に重い手応えがあったのは、これがドアの前に置かれていたためらしい。

小テーブルの近く、直角に開いたドアの下の壁際に、凛を拘束しているのと同じ色のビニール紐が、鼻をかんだ後のティッシュのように、乱雑に丸まって転がっていた。

凛の拘束されている方へ目を戻す。

大輝から見て右奥の隅辺りに、フックが転がっている。凛の吊り下がったフックと同じ形状だ。ねじの部分が折れている。

奥の壁の一箇所、天井よりやや下がった高さに、小さな穴のような跡が見えた。凛を壁に繋ぎ止めているフックと、右手の壁のちょうど中間辺り。床のフックはあそこから折れたものらしい。

向かって左手――凛から見て右手――の隅に近い壁際に、ドーナツ状の白い塊が置かれている。

ビニール紐の束だ。紐の一端がほつれ、やや長めに床を這っている。切断面は粗い。

刃物を使わず、力で無理やり引きちぎったようだ。何者かは知らないが、そいつはあれで凛を拘束したらしい。

ドアの傍に丸められた紐と、折れたフックは――凛を一度吊り下げようとしたものの、フックが折れたのでやり直したといったところだろうか。

他には何も落ちていない。『第一の部屋』同様、埃がほんのわずか積もっているだけだ。足跡らしき痕跡《こんせき》は見て取れたが、ただでさえ見づらい上にでたらめに錯綜《さくそう》していて、靴底の形を判別するのは不可能だった。引っ越し業者が出入りして荷物を運び出した後のようだ。

四方の壁は『第一の部屋』と同じ乳白色。やはりそこかしこに染みが浮き出ている。材質も同じようだ。漆喰《しっくい》だろうか。

天井も同様にコンクリート。『第一の部屋』と同じ位置に、同じ形の空調機が設置されている。こちらも稼働《かどう》していない。

……違和感を覚えた。

空調機が止まって換気扇が動いていることに、ではない。もっと何か、根本的なことを見落としているような。

頭がまだぼんやりしている。思考が上手《うま》く回らない。大輝は何度も首を振り……背筋を冷や汗が伝った。

逃げられない。

外への出入口と思われるのは、『第一の部屋』の、固く閉ざされた大扉ひとつだけだ。『第二の部屋』には、二つの部屋を繋ぐドアの他に、出入口らしきものが何もなかった。

どうする。単に閉じ込められただけならまだ救いはある。大声で叫べば、誰かが気付いて救い出してくれるかもしれない。

だが、問題はこいつらだ——床に転がる死体と、壁際の凛とを、大輝は再び交互に見やった。

この状況で誰かに発見されたら、不法侵入どころの騒ぎではない。百パーセント警察沙汰だ。先程の血染めのハンカチもある。下手をしたら殺人と監禁の容疑で留置場にぶち込まれかねない。

死体の横顔は爛れていた。火傷《やけど》のようだ。この位置からはわずかな部分しか見えないが、それでも顔全体がかなりひどい有様になっているらしいことは解る。どこで焼かれたのか。『第二の部屋』のどこにも痕跡が見えない。

うつ伏せとなった身体の陰に隠れているのかと思ったが、重度の火傷を生じさせるには相応の火力が要る。死体で隠れる程度の小さな痕跡で済んだとは思えない。

男は別の場所で顔を焙《あぶ》られて殺され、何者かの手でここに運び込まれた——と考えるしかない。死ぬ前に顔を焼く自殺がどこにあるのか。

どうやって死んだのか。刺殺か？　さっきのハンカチで凶器を拭《ぬぐ》ったのか。刃物らしきものも、血痕も、こちらの部屋には見当たらないが――

いや、それどころじゃない。このままでは俺が犯人にされかねない。

ＡＦＰＵでの活動はあくまで合法だった。警察も守ってくれた。しかし今、大輝が放り込まれているのは、誰がどう見ても犯罪の現場だ。血染めのハンカチ。顔を焼かれた男の死体。両手を拘束された女。

しかも女は『コスモス』のメンバー。思想的には、大輝の完全な敵対者だ。現実《リアル》の場で対面するのは初めてだが、ネット越しでは幾度となくやり合ってきた――というより、こちらが一方的に責め立てていた。

ネットの匿名性《とくめい》など、捜査機関には砂の壁に等しい。自分がＳＮＳであの女へ非難のコメントを叩きつけてきたことも簡単に調べ上げられるだろう。国民黎明《れいめい》党の非公式ネットサポートメンバーの一兵卒でしかない自分を、警察がどこまで守ってくれるか。

それに……もし、自分の素性がネットに流れてしまったら。

馬鹿左翼《バヨク》たちが黙っていないだろう。かつて「ヘイト発言を連発している」と騒ぎ立てられ、社会的地位を奪われた人間が何人もいたが、今の状況はヘイト云々《うんぬん》とは訳が違う。殺人と監禁だ。自分がどれほど無実を叫んだところで、左派連中が耳を傾けるはずがない。

犯罪の容疑者として実名が流れたら――待っているのは社会的な死だ。

「あなたなの」

高い声が鼓膜を貫通した。三廻部凛が立ち上がり、悲哀と憤怒《ふんぬ》の籠《こも》った視線を突き刺した。

「あなたが……あなたが、私をこんな目に遭わせたの。神崎先輩を殺したの⁉」

「ち——違う、俺は何も」

反論の声が裏返る。「嘘《うそ》っ」相手の切り返しは一瞬だった。

「あなた、ＡＦＰＵの人ね。川崎でヘイトデモに出ていたでしょう」

息が詰まった。なぜ俺のことを——

いや、気付かれてもおかしくない。カウンターの連中が何人か、集会の様子をスマホで撮影していた。ＡＦＰＵの公式動画も公開されているかもしれない。あのときはサングラスと付け髭《ひげ》で顔を隠していたが、体形はごまかしようがない。よく見れば服も着のままだ。

凛の名前を言い当てたことが、逆に相手の記憶を刺激してしまったに違いない。自分の迂闊《うかつ》さを大輝は悔やんだ。

どうする。何と言い返す。「知らぬ間に記憶が飛んで、気付いたらここにいた」？

自分が敵だと知られてしまった今、そんな説明が通用するかどうか。

視線を泳がせる。何かないか。こじつけでもいい、自分の潔白を主張できる何かが。

ドアの陰のテーブルが目に入る。瞬間、頬を叩かれたような衝撃が走った。

馬鹿か俺は。証拠ならここにあるじゃないか。先程覚えた違和感は、『出られない』ことに対してのものじゃなかった。

「俺じゃねえぞ」

声に力が戻るのが解った。「怪しいのはお前の方だ。聞いただろう、俺が、ドア、を押し、開けるとき、テ、ー、ブ、ル、が、床、を、擦、る、音を。

このドアはテ、ー、ブ、ル、で塞がれていたんだ。ぴ、っ、た、り、と、な。部屋の外にいた俺が、内開きのドアの前にどうやってテーブルを置けるんだよ？」

※

男の勝ち誇った声に、凛は血の気が失《う》せた。

そうだ——

男がドアを開けるのと同時に、何かが床を擦る音が聞こえた。直角に開いたドアのすぐ横で、小さなテーブルが引っくり返っている。ドアの下の床に、引きずったような跡も見える。

男の言うように、ドアとテーブルが最初から「ぴったり」接触していたかどうかは解らない。けれど、音の聞こえたタイミングや、床の痕跡を考えれば、人が通り抜けられるほどの隙間が開いていなかったのは明らかだった。

「お前しかいねえんだよ、テーブルを置けたのは。部屋の中にいたお前しか」

ＡＦＰＵの男はまくし立てた。「その男もお前が殺したんだろう。自分で殺しておいて、テーブルを置いて自分で手首を縛った。そうじゃねえのか」

「う、嘘っ」

言い返したものの、情けないほど声が震えていた。

男がドアを開けたとき、この部屋にいたのは自分ひとり。京一郎は顔を焼かれて死んでいる。他に人が出入りできそうな箇所といえば、天井の空調機だけ。けれどよく見れば、格子状のフレームの所々から埃が顔を覗かせている。フレームの奥は暗い。大きな機器らしき影が立ち塞《ふさ》がっている。通り抜けられる隙間はどこにも見えない。第一、踏み台がなければ空調機に手が届かない。

そして、踏み台に使える唯一《ゆいいつ》の小テーブルは、空調機の下でなく、ドアの前に置かれていた。

男の言葉通り、ドアの前にテーブルを置けたのは自分だけ——という結論になってしまう。

……私が先輩を殺したの？　そのことを、私は都合よく忘れてしまって……

サマーセーターに目を移す。袖《そで》と胸元の何ヶ所かに、指先ほどの大きさの染みが付いていた。男の位置からは死角になっているようだが……ケチャップが跳ねて固まったような、赤黒いかさぶた色の汚れ。

血痕だった。

そんな、どうして。先輩の命を奪って、自分で手を縛って拘束されたふりをするなんて、どうして私が、そんなこと。

ビニール紐が巻かれた自分の手首を、凛は呆然《ぼうぜん》と見つめ――目を見開いた。

おかしい。やっぱり変だ。だって。

「できるわけない、こんな風に自分で縛るなんて」

縛られた両手首を、凛は男の前に掲げた。「見て。どこに紐の端があるの？　自分でこんなに固く縛るなんて、できるはずないじゃない」

ビニール紐は、凛の両手首とその隙間を何重にも交差している。両手首の周囲を楕円状に何度か巡った後、手首の隙間――楕円の中央へ回り込み、8の字に近い瓢簞《ひょうたん》状に引き絞った格好だ。締め付けは固い。血行が止まるほどではないが、ちょっとやそっとの力を込めただけでは全く緩んでくれない。

紐の端は、凛の指が届く範囲のどこにもなかった。

凛の手首は、たった一本の長い紐によって拘束されていた。紐の両端は、頭上のフックに結び付けられている。凛の背丈では、腕を伸ばしてもフックに届かない。

凛が自分でこの状態を作り上げるなど無理だ。他の誰かが——京一郎の命を奪った人間が——凛を拘束した、と考えるしかない。そう思い込むより他に、自分を奮い起こすすべがなかった。

男が呻いた。反論の声は苦し紛れだった。

「無理、とは言い切れねえだろう。テーブルに乗れば、お前の背だってフックには充分——」

「どうやってテーブルをそっち側に戻すの？　届かないわよ、ここからじゃ」

床に横座りになっていたとき、紐は手首とフックの間をぴんと張っていた。立ち上がった今は緩みが生じているが、真向いの壁側のドアまで動けるほどの余裕はない。

男の顔が歪《ゆが》み、やがて困惑へ転じた。

沈黙が訪れた。恐怖と悲哀の波が過ぎ、状況が徐々に飲み込めてくると、凛の頭を再び混乱が支配した。

……どういうこと？

部屋の外にいた男は、テーブルをドアの前に置けない。凛自身の手では凛を拘束できない。

なら、ドアをテーブルで塞ぎ、凛を縛り上げた人物は、一体どこへ消えてしまったのか？

胸の痛みをこらえ、視線を部屋の中央に戻す。京一郎の服と腕時計を身に着けた死体が、うつぶせに倒れている。

赤の他人と思いたかったが、死体は背格好まで彼に似ている。京一郎でない、とはとても断言できなかった。

先輩――

喉《のど》まで込み上げた嗚咽《おえつ》を必死に飲み込む。駄目だ、泣いちゃ駄目だ。今は、考えなきゃいけないことがあるはずだ。

けれど、いくら頭を働かせても疑問符は増すばかりだ。現状はある程度把握できたが、そこに至るまでの経緯が全くの闇の中だった。

まさか……京一郎の仕業だろうか。

彼が凛をここへ連れ込み、壁際に拘束し、テーブルをドアの前に運び、そして息絶えたのだろうか。

サマーセーターの血痕を見やる。傷を負った被害者が、犯人の強襲を恐れて部屋に逃げ込み、扉に鍵をかけてそのまま死んだ、という密室トリック――と呼んでいいのか解らないが――を、子供の頃、推理クイズ集か何かで読んだ覚えがある。

けれど、遺体の周囲はおろか、床の上のどこにも血痕らしきものがない。刺し傷や打撲の痕《あと》も、少なくとも凛の視線の届く範囲では見当たらない。見えるのは無残に焼け爛れた顔だけだ。

……なら、セーターの血はいつ、どうやって付いたのか。

自分の鼻血かとも思ったが、痛みはないし、鼻腔《びこう》に血が固まっている感触もない。身体の他の部分にも、流血するほどの傷があるようには感じられない。どこでこんなものが……ここからは見えないだけで、遺体の下などの死角に血溜《ちだ》まりがあるのだろうか。

仮に、この血が京一郎のものだったとしたら。

自分が無事に救出されたとしても——いや、救出されてしまったら。

手首の紐の矛盾なんて関係ない。自分が、京一郎を殺害した犯人として逮捕されてしまう。

駄目だ。そんなの嫌だ。私が先輩を手にかけたなんて嘘だ。でも、記憶を失《な》くしてしまった今、自分自身でさえ、自分が犯人でないと確信することができない。拘束が解けても、助けなんて呼べない。

とはいえ……京一郎が致命傷を負っていたら、手間をかけて凛の両手首を縛り上げる余裕があったとも思えない。そもそも、同じ『コスモス』の仲間だったはずの京一郎が、なぜ凛を拘束しなければならないのか。

解っているのは、自分が今、京一郎の死体とともに、どことも解らない部屋に幽閉され——目の前に敵の男が立っている、ということだけだ。

怖気《おぞけ》が走った。

自分はほとんど身動きが取れない。けれど相手は自由に動ける。……もし、男がその気になってしまったら。セーターの血に気付いてしまったら。

——三廻部凜、だな。

凜の名を言い当てたときの、およそ友好的でない言葉遣いは、凜に対する男の敵意を悟らせるのに充分だった。たまたまＡＦＰＵの集会の動画を観《み》たから、こちらも男の正体を暴《あば》き返せたけれど、却《かえ》って相手を刺激してしまったかもしれない。

が——

どうやら男も、今すぐ凜をどうこうしようとは考えていないようだ。

むしろ、凜以上に混乱しているようにさえ見える。京一郎を殺害し、凜を拘束した張本人としては、あまりに不可解な態度だった。

「ねえ」

男を刺激しないよう、凜はそろりと沈黙を破った。「ここはどこ？　どうしてこんなところにいるの」

「……知るかよ」

数秒の間の後、男は吐き捨てた。冗談じゃねえぞ、と呟《つぶや》きながら床を踏みにじる。

「俺の方が訊《き》きたいくらいだ。目を覚ましたらこの有様だ」

同じだ。

どうやってかは知らないけれど、男も恐らく凛と似た状況で、この場所へ連れ込まれたのだ。

しかも、凛と死体を見てなお、逃げもせずこの場所に留まっている。

彼も出られないのだ。そういえば、男がこの部屋に入る前、壁の向こう側で声のようなものが聞こえた。

ドアの向こう側の様子は、凛のいる位置からはよく見えない。この部屋と似た造りなのか、乳白色の壁が覗いているだけだ。そして――外への出入口が塞がれている。

……どこだろう、ここ。

電気は通っているし、壁や床も、年月を感じさせるが荒れ果ててはいない。だが男と自分の他に、生きた人間の気配はない。窓がないから外の様子が解らない。

調度品は小テーブルだけ。夜逃げ後の古いテナントのようだ。どこかの空きビルだろうか。

それとも……地下室か。

地図上の場所も解らない。都内か、関東圏内か――もっと遠方か。空調の稼働していない室内は、やや蒸し暑い。少なくとも北の果てや南半球などではなさそうだ。もっとも、現在地が解ったところで今の状況ではあまり役に立ちそうになかったけれど。

どうして。誰がこんなことを。京一郎の命を奪って、凛を拘束して――自分たちと敵対する立場の男を、一緒に閉じ込めるなんて。

今の凛は、蛇の檻《おり》に放り込まれたハムスターと同じだった。しかも両腕を縛られ、逃げ回ることもままならない。

どうしよう……どうすれば。

とにかく、両手首の拘束を解きたい。手首を無理やり動かせば、紐を緩めることくらいはできるかもしれない。

だが今、少しでもそんなそぶりを見せたら、目の前の男がどんな行動に出るか解らない。

男を説得し、紐を解いてもらう。それが一番だと解ってはいるが……相手は敵なのだ。凛の言葉を素直に聞き入れてくれるとは思えない。

京一郎ほど弁が立てば、苦もなく言いくるめられたかもしれないが、自分にそこまでの技量がないことは、凛自身、嫌というほど身に染みていた。……両親と喧嘩《けんか》別れし、仲良しだった親戚《しんせき》に拒絶されてしまった自分には。

それとも――何でもするから助けて、と男に懇願するか。

嫌だ。絶対にできない。それこそ何をされるか解らない。第一、ヘイトデモに参加するような人間に媚《こ》びを売るなんて、『コスモス』の皆の顔に泥を塗るのと同じだ。とても耐えられない。

けれど、このまま何もしなければ状況は変わらない。男の気まぐれで、今すぐ最悪の方向へ転がってしまうかもしれないのだ。

自信はないけれど……やっぱり、男をどうにか説得するしかない。

どう口火を切ったものか、頭の中で言葉を探し始めたそのときだった。

男がびくりと身体を震わせた。

音が聞こえる。鈍い音だ。何かが小刻みに揺れる音。凛にも耳慣れた音が、男の方からかすかに響く。

スマホの振動音だった。

※

心臓が止まるかと思った。

チノパンの右後ろのポケットで、何かが電気マッサージ器のように振動している。

――スマホ⁉

右の尻《しり》へ目を向け、慌《あわ》てて凛へ視線を戻す。『コスモス』の少女はぽかんとこちらを見つめている。

愕然《がくぜん》とした。ポケットにスマホが？

見知らぬ場所に閉じ込められたと知って、てっきり外部との連絡手段を完全に断たれたと思い込んでいた。今の今まで気付かなかった自分も大間抜けだが——思い返せば、見覚えのない部屋でテーブルの上に寝かされ、記憶は途切れ、扉は固く閉ざされ、血染めのハンカチが胸に突っ込まれていて、もうひとつのドアを開けたら『コスモス』の少女が拘束され、死体まで転がっていて……と、目覚めた直後からパニックの連続だった。スマホを突っ込んだ右後ろのポケットの感覚は、常日頃から空気のように身体に馴染《なじ》んでいる。むしろ無くなっていた方が気付くのは早かったかもしれない。

振動が途切れた。

どうする——ここで確認するか。

いや、このスマホは見せられない。大輝のスマホケースは、一年前に『Diamond Feathers』のコンサートで限定販売された特製品だ。ＡＦＰＵのメンバーだとばれてしまった今、これ以上、身元の特定に繋がる手がかりを与えるわけにはいかない。何より、自分の嗜好《しこう》を敵に知られるのには強い抵抗を覚えた。

舌打ちしつつ、大輝は凛を睨みつけ、『第一の部屋』へ戻った。

凛から目を離すことになるが、あれだけ固く縛られていればそう簡単には解けないだろう。怪しい物音が聞こえたらすぐに戻ればいい。

壁の陰に入り、スマホを取り出す。馴染み深い『Diamond Feathers』のケースだ。表側は、美麗に描かれた『クレア』のイラスト。裏面には『Diamond Feathers』のロゴが印刷されている。大事に取り扱ってきたとはいえ使用用だ。所々、見慣れた位置に擦り切れが生じている。間違いなく大輝のスマホだった。

ケースからスマホを取り外し、裏面や側面を観察する。なぜ手元に残っていたのか、何かの罠《わな》ではないか――と思ったが、スマホ本体に改造を施された痕跡は見つからなかった。ケースにも特に異常はない。

スマホをケースに戻し、パスワードを入力する。いつものようにロックが解除される。ソフトウェアも一通り確認したが、怪しげなアプリがインストールされていたり、本体設定が変更されていたりといった形跡は見当たらなかった。

あくまで素人《しろうと》鑑定だ。断定はできない。が――スマホ自体に手を付けられてはいない、とひとまず考えてよさそうだ。

改めて画面の右上を確認する。表示された日時は『2019/6/17 21:23』。秋葉原での打ち上げから丸一日過ぎていた。

タイムゾーンは日本標準時、日付と時刻は自動取得のままだ。表示された日時は偽装じゃないとみていい。が……こんなに長く眠っていたのか。いや、いつ閉じ込められたかは未《いま》だ忘却の彼方《かなた》だが。

バッテリーは五十パーセントほど残っていた。電波も、アンテナ表示で『中』の強度で入っている。

助けを呼べる。一瞬、大輝の心臓を安堵が満たし――瞬く間に掻き消えた。

駄目だ。少なくとも今は、迂闊に救助を請《こ》うわけにはいかない。『コスモス』の女、男の死体。奴らもこの閉鎖空間にいる、という状況は何も変わっていない。何より。

部屋の隅にハンカチが落ちている。『第二の部屋』へ入る前に投げ捨てた、血まみれのハンカチ。胸ポケットを覗くと、ハンカチから浸《し》み出したらしい血のような染みが、底の付近にわずかにこびりついている。幸い、凛には気付かれなかったようだが――

このままでは、通報したところで無実の罪を着せられかねない。いや……記憶が消えている今、自分が無実だと言い張れる根拠さえない。証拠隠滅しようにも、ハンカチやYシャツを捨てる場所がない。大扉の下の隙間から外へ押し出すのがせいぜいだ。

閉じ込めておきながらスマホを見逃すとは、と最初は思ったが……そうじゃない。この状況を仕込んだ奴は、大輝の心理を完全に見透かしている。敢《あ》えてスマホを持たせたままにし、救援を呼べるものなら呼んでみろと嘲笑《あざわら》っているのだ。

昨日まで持ち歩いていた鞄《かばん》が見当たらないのも、その証左だ。鞄を取り上げておいて、ポケットのスマホを見逃したとは考えにくい。

畜生……馬鹿にしやがって。

歯ぎしりしつつ、先程の着信内容を確認する。通話やメールではない。ＳＮＳのアプリを開くと、ダイレクトメッセージが一件届いていた。

『ディフ君、遅くなったけど昨日はお疲れさん。だいぶ酔ってたようやけど、二日酔いは大丈夫か？』

送信元は『鏑木圭』。ＡＦＰＵのリーダーからだった。

鏑木さん⁉

ただの一会員の元へ、創立者自ら気遣いのメッセージを届けてくれるとは……と、誇らしい気分に浸る暇もなかった。

『だいぶ酔ってた』？

確かに、打ち上げでは何杯かグラスを空にしたが、前後不覚になるほどではなかった──はずだ。一次会で離脱した後はアニメショップを巡回して、アルコールを口にする機会はなかった。……そのはずだ。

ガード下で、富田と肩を並べて談笑する鏑木。

偶然、二人を目にした後──自分はどこで、誰と何をしていたのか。

十分にも及ぶ逡巡《しゅんじゅん》の後、メッセージを書き綴《つづ》る。

『すみません。実はヤバい事態に巻き込まれています。自分でも信じられないんですが』

記憶を失くし、見知らぬ場所に閉じ込められたこと。血の付いたハンカチ。隣の部屋で『コスモス』の三廻部凛が拘束されていて、おまけに死体まで転がっていること——主な状況を手短に記し、大輝は神託を乞《こ》うような思いで、メッセージを送信した。

返信を待つ間、壁の陰から首を出し、『第二の部屋』を覗く。凛は険しい顔で、拘束された両手首をよじっていたが、大輝の視線に気付くと慌てて動きを止めた。油断も隙もない奴だ。

スマホが再び振動した。壁の陰に首を引っ込め、視線を手元に落とす。返信は簡潔だった。

『漫画みたいな話やな。ちょっと周りの写真送ってや』

猜疑心《さいぎしん》が文面から滲み出ている。……いや、自分が鏑木の立場なら、あんな突拍子もないメッセージは無視して終わりだ。反応があっただけでも感謝しなければならない。

『第一の部屋』の写真を、大輝はアングルを変えて何枚かスマホで撮影し、メッセージに貼《は》り付けて送信した。

ものの数十秒もかからずに返答が来た。

『手の込んだ冗談、じゃなさそうやな。フェイクにしては性質《たち》が悪すぎや』

信じてもらえたらしい。蜘蛛《くも》の糸にすがるように、大輝はメッセージを打ち込んだ。

『さっきも書きましたが、打ち上げ解散後のことがはっきり思い出せないんです。変なこと訊きますが、俺、あの後鏑木さんとまた呑《の》んだりしましたか？　俺に何があったか、鏑木さんはどこまでご存じですか』

富田さんも一緒じゃありませんでしたか——とは書き加えられなかった。今度の返信には、やや長い間があった。

『秋葉原駅の近くでばったり出くわしたんや。正確な時間は思い出せんけど、夜十時過ぎやったかな。他の幹部連中はもう帰ってもうたし、せっかくだから二人で呑もか、て話になったんや。

解散したのは十二時過ぎだったな。俺はすぐホテルに戻ったから、その後のことは知らん。

ディフ君、やたら呑んどったで。何か嫌なことあったか？』

鏑木と富田を目撃したのが夜八時半過ぎ。その後、自分は鏑木と再び会い、サシで呑んで泥酔《でいすい》状態に陥った、らしい。自分がここに連れ込まれたのは、鏑木と別れた後、十七日——もう今日になるのか——の零時以降ということになる。

泥酔していたのなら、幽閉される際の状況を覚えていないことの説明はつく。だが、鏑木と再会する前の記憶まで消えているのはどういうことか。

富田と談笑する鏑木を目の当たりにしてから、彼と遭遇し泥酔するまでの間に、俺は何をしていたのか。特に声をかけることなく、アニメショップ巡りを続けたのか。

それとも——他に何かしていたのか。

『二人で呑もか』、と鏑木のメッセージにある。秋葉原駅の近くで再会したとき、富田は彼の傍らにいなかったことになる。

いや、実はまだ一緒にいて、彼女が気を利《き》かせて男同士で呑みに行かせた、ということもありえなくはない。だが文面上は、再会の時点で鏑木ひとりきりだった、としか読めなかった。

なら、空白の二時間の最中に、富田はどこへ行ってしまったのか。

鏑木との密会を済ませ、普通に帰途に就いたのか。……それとも。

自分はかなり呑んでいたらしい。『嫌なことあったか』と尋ねられるほどに。浮かれた呑み方ではない。何かをアルコールで忘れたがっていた、とも受け取れる。

俺は何をしていたのだ。記憶から消し去りたくなるほどの何かを、空白の時間にしでかしたというのか？

『思い出せません。限定グッズを買い逃したのかも』

富田のことは書けなかった。遠回しに尋ね返すのが精一杯だった。『それより、酔った後はともかく、呑む前のことまで忘れているのが気味悪いです。こんなことがあるんでしょうか』

『ある思うけどな。俺も何度かベロベロに酔って、前後の記憶がスコーンと抜けた経験あるわ』

あっさりした返答だった。肩を落とした直後、続きのメッセージが届く。

『けど、閉じ込められたとなると話は別や。睡眠薬か麻酔薬かもしれん』

薬？

『アルコールに限らず、催眠作用のある化学物質は、副作用として記憶障害を引き起こすものが多いんや。

例えば、睡眠薬のハルシオンを飲んで寝て、気付いたらいつの間にか服を着て、汚れた皿がテーブルに乗っていた、なんて話を聞いたことあるで。起きて着替えて朝食を摂《と》り終えるまでのことをごっそり忘れてしもたんやな。

もっと極端な話やと、全身麻酔を受けた患者が、過去二十二年間の出来事を思い出せなくなった例があるらしい。「過去」の「二十二年」分やで？ hours やない、years や。普通の治療ならまずありえへんやろが、それは専門医が正しく処置してこそや。ディフ君を閉じ込めた奴が、裏ネットかどこかで薬だけ手に入れて、素人知識で投与したら、たかが数時間分の記憶くらい簡単に吹っ飛んでもおかしくあらへん』

麻酔――

両腕に視線を落とす。注射痕らしきものは見当たらない。身体をあちこちまさぐってみたが、脚にも尻にも、全身の皮膚のどこにも、針を刺された痕はないようだ。

昔の漫画よろしく、背後からクロロホルムを嗅《か》がされたのだろうか。実際にはそんな簡単に眠りに落ちるなどありえないらしいが――

とはいえ、薬物によって過去の記憶が無くなることがあると解ったのは、わずかなりとも前進だと言えた。自分の身に起こったのも恐らくそれだ。どんな状況で薬物を摂取させられたのか、肝心の記憶まで抜けているのが実に苛立《いらだ》たしかったが。

思い返せば、『第二の部屋』にいる凛も、ここへ連れ込まれた状況をまるで覚えていない様子だった。彼女もまた、大輝と似た手段で意識を失わされたのだろうか。

誰がどうやって自分たちを閉じ込めたのか。記憶を失くしている間、自分は何をしていたのか。今は考えたところで意味がない、と理解できただけでも収穫だ。鏑木に寄り添う富田の姿を、大輝は無理やり意識の外へ追い出した。

『ありがとうございます。記憶の件は納得しました。

でも三廻部凛の件が引っ掛かります。どうやってドアの前にテーブルを置いたんでしょう』

自作自演じゃないのか、という疑いを大輝は捨てきれなかったが、自分ひとりであのように手首を拘束するのも確かに無理がある。

と思っていたら、『簡単やないかな、テーブルをドアに引っ付けるくらいなら』と、またもあっさりと返答が戻った。

『ドアの傍にビニール紐が転がっていたんやろ？　テーブルの脚に紐を引っ掛けて、ドア、の下の隙間へ通して、ドアを閉じて紐を引っ張るんや。そしたらテーブルがドアに引き寄せられる。後は、紐を隙間から押し込むだけや』

声を漏らしそうになった。そんな単純な話だったのか。

だが、そうなると。

『肩持つわけやないが、三廻部凛の自作自演説はありえんやろな。この小細工をするには部屋の外へ出なあかん。で、ディフ君も閉じ込められた言うなら、犯人は三廻部でもディフ君でもあらへん。君らを閉じ込めた人間が、お遊びか知らんが今言うた小細工して、そのまま大扉を塞いで逃げたんやろな』

解きほぐしてみれば、大筋はシンプル極まりなかった。……誰の仕業か、という肝心な部分が謎《なぞ》のままなのはもどかしかったが。

鏑木へ簡単に謝辞を送る。結局、今考えなければならないことはひとつ。この状況をどう打ち破るかだ。

……そういえば、ここはどこなのか。

夜中の秋葉原駅周辺から、約二十一時間以内で行ける場所。自動車やフェリーを使えば、北海道から九州までありえそうだ。が、極端に離れていないだろうとは感じた。『コスモス』の女を拘束し、男を殺害し、意識を失くした大輝とともに一箇所へ運んで扉を塞ぐだけでも、相応に時間を喰うはずだ。関東圏を少し出た辺りの、人気《ひとけ》のない場所といったところか——

いや、馬鹿か俺は。自分のスマホはGPS付きだ。場所なら簡単に解るじゃないか。早速アプリを起動し、地図を表示させる。画面上に示された現在地を確認し、大輝は声を上げそうになった。

予想外の場所だった。極端な遠方地——ではない。逆だ。首都圏内。秋葉原からそれなりに近い、見覚えのある地名だった。

——埼玉県さいたま市大宮区。

現在地のマークは、大宮駅からわずか数百メートル、住宅街の一角を指し示していた。目を疑ったが——スマホの位置情報は、複数の人工衛星や基地局からの電波を基に算出される。部屋の内装を見るに、外部の電波をシャットアウトして偽《にせ》の電波を流せるほどの大それた施設とは思えない。もし偽の位置情報を表示させたいなら、個々の端末に仕掛けを施す方が簡単だ。しかし先程確認した限り、位置情報を偽装するような怪しいアプリは見つからなかった。

　自分は今、大宮にいる。ＧＰＳの誤差は、あったとしてもせいぜい数メートルだ。

　地図をピンチアウトして拡大する。近隣の家より広い敷地の一軒家だ。それ以上の情報は表示されていない。

　秋葉原駅から大宮駅までは、山手線から上野東京ラインを乗り継いで約四十分。奇《く》しくも先週、『Diamond Feathers』のコンサートで似たルートを使ったから、時間感覚は肌で解る。コンサート会場だったＳＳＡの最寄り駅、さいたま新都心駅からたった一駅先。県内有数の大都市だ。

　こんな拓《ひら》けた場所だったのか。……いや、むしろ盲点かもしれない。昔、住宅街の一角に少女が九年間も拉致《らち》監禁された事件があったという。近隣に家々があってさえ誰にも気付かれなかったのだ。ここが地下室の類《たぐい》なら、いくら助けを叫んでも周囲に声が届くとは思えない。

　それに、現在地が解ったところで、今の状況を打開できなければ無意味だ。

　と、鏑木から何度目かのメッセージが届いた。

『ディフ君、警察は呼んだか？』

『まだです。このままだと下手したら俺が捕まります。俺のせいで鏑木さんたちに迷惑をかけたくありません。何かいい手はないでしょうか』

隣室を何度か覗き、凛を牽制《けんせい》しつつ返事を待つ。最初の一瞥《いちべつ》が効いたのか、あれから凛は怪しい動きを見せていない。

鏑木の回答が届いたのは二分後だった。冒頭の一文を読んだ瞬間、大輝の背筋は凍りついた。

『コスモスの女を黙らせて、ディフ君だけ逃げるのがベストやな』

三、三、三廻部凛を黙らせる？

『危ないことやないで。黙らせる言うても』

大輝の想像を予見してか、メッセージには続きがあった。『口止めや。ディフ君のことは警察にも誰にも話すなと、コスモスの女に確約させるんや。外へ出る方法は後でゆっくり考えればええ』

だから、その『凛に口止めする方法』は何なのか。歯がゆさをこらえながら最後までメッセージに目を通し――

再び戦慄《せんりつ》が走った。

『大丈夫、口止めなんて簡単や。

ディフ君は男で、そいつは女。で、スマホで写真や動画が撮影できる。後は言わんでも解るやろ?』

幕間《まくあい》(二)

凛から何のリアクションもない。

ダイレクトメッセージの送信ボタンを押し、しばらく画面を眺める。反応なし。加納由梨乃は舌打ちしつつ、スマホをポシェットに入れた。

周囲は暗い。視界の先、やや古びたアパート風の建物――高い塀で囲まれた四階建てだ――の玄関から、電灯の光が路地の闇へ滲み出ている。後は窓明かりと、街灯の光が点在しているだけだ。それでも田舎の夜よりよほど明るいが、いくら都心とて、繁華街から一歩外れれば寂れた空気とは無縁でいられないのだと、由梨乃は改めて知った。

と、ひとりの少女が建物の玄関から飛び出した。由梨乃の姿を認めるや否《いな》や、「由梨乃さん!」と焦燥もあらわに駆け寄ってくる。

「どうでしたか。リンさんと神崎先輩から連絡は」

「なしのつぶてだわ、どっちも。メッセージも電話も駄目。そもそも電源が切れてるみたい」

凛のスマホに電話をかけたが、『……電波の届かない場所にある、または電源が入っていないため……』という苛立たしい音声が返ってくるだけだった。

「というか、しのぶんにも連絡がないんじゃ、アタシがアクションかけたところで意味ないような」

一応メンバー扱いされているが、『コスモス』の活動において、自分の立ち位置はあくまで裏方だと由梨乃は思っている。

美術大学の学生というと、人によっては華やかなイメージを抱くのだろうが、由梨乃が大学で実際にやっているのは、ひたすら鉄板を熱して叩いて塗装して——と、町工場のような肉体労働だ。和田政権のひどさとか民主主義の在り方とか、難しいことを考えるのは京一郎や凛のような正規メンバーの仕事。自分は裏で彼らの舞台を飾り立てる。それが『コスモス』での役割だ、と由梨乃は認識していた。

「そんなことないです」

『コスモス』の新顔、鴨川忍は両手を握り締めた。「私より由梨乃さんの方が、リンさんや神崎先輩とのお付き合い歴は長いじゃないですか」

誤解を多分に招く言い回しだが、忍の表情を見れば、表現に気を払う余裕もなくなっているのだと見て取れた。

――六月十七日、月曜日。時刻は二十一時半を回っていた。

京一郎と凜の二人から連絡がない――との不穏なメッセージを忍から受け取ったのは数十分前だった。

来てほしいとの懇願を撥《は》ねつけるわけにもいかず、この建物――凜の住む寮へ着いたのがつい先程。忍によると、昨日の夜辺りから音信が途絶えているという。たかが一日くらいで大袈裟《おおげさ》な、と思わないでもなかったが、『コスモス』のキーパーソンとも言うべき凜と京一郎が同時に、となると、さすがに只事《ただごと》ではなかった。

「ちゃらんぽらんなアタシより、しのぶんの方がよっぽど慕われてるわよ。で、みくリンは？」

「……昨日の夜から帰っていないようなんです。今、寮母さんに伺ったんですが、部屋には居なくて、食事も手が付いてない、と。外泊届も出てないみたいで」

「大学には？」

「学内のメンバーに訊きました。でも、キャンパスで見かけた、という人は……」

語尾が曖昧《あいまい》に消える。「京ちゃんも、似た状況なのね」と尋ねると、忍は不安に満ちた顔で頷《うなず》いた。京一郎は寮でなく下宿住まいだが、複数のメンバーが訪ねたものの、部屋の扉に鍵がかかっていて呼び鈴にも出なかったという。

「大丈夫よ。大丈夫だって」

敢えて陽気な声で忍の肩を叩く。「いい意味で怪しいじゃない、二人で一緒になんてさ。きっと、どこかの秘湯へ愛の逃避行にでも出てるのよ。イベントでも呑み会でも、結構いい雰囲気だったでしょ、あの二人？」

凛が『コスモス』に加わったのは二年前、彼女がまだ高校生の頃だ。大学間連合サー《インターカレッジ》クルの側面を持つ『コスモス』にあって、凛は早々と、京一郎のいる大学へ推薦を決め、学費免除の資格を手にしたと聞いている。成り行きで『コスモス』の手伝いをする形になった由梨乃とは大違いだ。

当人がどこまで自覚しているかはさておき、凛が京一郎へ、憧憬《しょうけい》の念かそれ以上の感情を抱いていることは、『コスモス』内で公然の秘密となっている。一方の京一郎の心情は読みとれなかったが、先週の呑み会後、凛と二人だけでどこかの店へ入ったらしいと聞いた。少なくとも『コスモス』の後輩として、凛を憎からず思っているのは明白だった。

忍は答えなかった。ややあって「そうだと、いいんですけど」と小さな呟きが返ってくる。

気まずい沈黙が漂った。

……しくじった。いつもの忍なら「ふざけたこと言わないでください」と突っかかるところなのに。

だが考えれば、あの凛が、寮の食事をキャンセルせず外泊届も出さず、誰かに一言すらなく連絡を絶つ時点で明らかに奇妙だ。凛を姉のように慕っている忍が、誰より不安に駆られるのも無理はない。由梨乃を呼び出したのも、悪い予感が当たってしまったとき、ひとりでいるのが耐えられそうになかったからだろう。『コスモス』へ加わって間もない忍にとって、最も気安く頼れる同性の『コスモス』関係者が由梨乃だったのだろうか。そう思うと、少しばかりの誇らしさと、らしくもない罪悪感が胸をよぎった。

「あー……ごめん、不謹慎だったわ。

それで、警察には？」

由梨乃の問いに、忍は険しい顔で首を横に振った。

「家族でもない私たちが駆け込んだところで、まともに取り合ってくれるかどうか解りませんし……」

今は時期が時期だ。国民投票法の改定を巡って、国会が重大な局面を迎えていることは由梨乃も知っている。『コスモス』の創立者と広告塔が揃《そろ》って行方知れず、という事態を公表したとして、真面目《まじめ》に取り上げられればいいが、先程の由梨乃の冗談のようにただの醜聞《ゴシップ》ネタとして弄《もてあそ》ばれ、『コスモス』や野党の改悪反対運動の足を引っ張る結果に繋がるかもしれない。

といって放置するわけにはいかない。メンバーだけで凛たちの行方を探す。その他の選択肢が今の『コスモス』にはなかった。

「了解。アタシも心当たりを探してみるわ。だからしのぶんも、悪い方に考えちゃ駄目。解った？」

忍の頭を抱きかかえる。「ゆ、由梨乃さん⁉」胸の隙間からくぐもった声が漏れ、やがて「……はい」と静かな呟きが聞こえた。

と、ポシェットの中から振動音が響いた。慌てて忍から身体を離し、背を向けて青銅色のスマホを取り出す。凜から、ではなかった。男からだ。この間の悪いときに。由梨乃はスマホをポシェットに放り込んだ。

「由梨乃さん？」

「元カレからよ。しつこいったらありゃしないんだから。まったく、女だけが嫉妬《しっと》深いなんて誰が決めたのかしらね。男だって一緒じゃない」

やれやれ、と肩をすくめてみせる。忍は目をしばたたき、「そうですね……解ります」とようやく小さな笑顔を見せた。

寮の玄関で忍と別れ、由梨乃は最寄り駅へと走った。

忍は、しばらく寮で凜を待ってみるという。「夜道には気を付けなさいね」と言い置いて、由梨乃は別行動を取ることにした。忍が少々心配だったが、凜の行方を追うという観点に立てば、複数人で一箇所に留まるのは得策でない。由梨乃も由梨乃で、無為に待つのは性に合わなかった。

小さな公園の隅に、今は珍しい公衆電話のボックスが、侘《わび》しげに電灯を点《とも》している。スマホの波に呑まれ絶滅するかと思いきや、災害などの非常時の連絡手段として、存在意義が見直されつつあるらしい。

とはいえ、今は緊急事態の意味が違う。電話ボックスを通り過ぎて駅へ着き、一息入れながら、ポシェットのスマホを取り出してメッセージを送る。

凛からの返信は、一向に来なかった。

断章

――ここで……殺せなかったら……一生……殺せない。

耳元で声がする。

頭がかすむ。意識と肉体が遊離したように、右手が勝手に伸び、刃物の柄を握る。

――暗い絶望の中、ずるずると苦しみ生き続けるだけ。それでも……

嫌だ。

もう嫌だ。あんな気持ちをこれ以上味わい続けるなんてたくさんだ。

だから、自分はここへ来たのではなかったか。全部断ち切るために。

――さあ。

左手を右手に添え、両腕を振り上げ。
大きく息を吸い、凶器を深く突き刺す。悲鳴は上がらなかった。
……何だ。
簡単じゃないか。こんなことを、自分は何年もうじうじとためらい続けてきたのか。
――そう。それでいい。
凶器が引き抜かれる。
傷口から血が溢《あふ》れ出し、床をどこまでも赤く染めていく。

※

彼ら二人の反応は、全く予想通りのものだった。
『ふざけんな、てめえ』

片方の叫びがスマホ越しに届いた。『あいつに罰が与えられるのを見たい、とは確かに言った。けど、ここまでやれと頼んだ覚えはねえよ！』

『訊かれなかったからね。渕君』

絶句する愚者を切り捨て、私はもう一方の相手に水を向けた。『三廻部君。どうかな、ご感想は』

沈黙が漂った。やがて『こんな……こんなの』と、恐怖を滲ませた言葉が返ってくる。

『今さらな台詞《せりふ》だね。もう遅い。君の手は汚れてしまった。引き返すことも知らぬふりもできはしない』

嗜虐《しぎゃく》の愉悦に身を震わせながら、私は、手中に堕《お》ちた二人の男女へ問いを投げた。

『さあどうする。警察へ通報するかな。自身の大事な人々を破滅させたいならそれもいいが』

両者から返事はなかった。

第３章　相反する思想について

男が隣室から姿を現さない。


いたぶられるような焦燥を覚えながら、凛は視線を頭上に移した。

紐《ひも》の端が、天井近くのフックに結ばれている。上手《うま》いこと引っ張って抜き取れないかと思ったが、フックは鉤《かぎ》状で、先端が天井を向いている。踏み台がなければ引き抜くのは無理だ。足場に使えそうなのは、ドアの傍ら——向かい側の壁際《かべぎわ》にある小テーブルだけ。ここからは届かない。

脱け出すなら今のうちだ、と解《わか》ってはいたが、男がまたいつ覗《のぞ》き込んでくるかと思うと、迂闊《うかつ》に動けない。歯や爪《つめ》で紐を切断できればいいのだが、試みている最中に男に見られたら、どんな報復を受けるか解らない。結局、両手首を交互に小さく前後させるのが精一杯だった。

目覚めたときに比べれば紐は緩んだが、生じた隙間《すきま》は小指の太さの半分にも満たない。

手首を引き抜くには全然足りなかった。

男は、隣室で何をしているのか。

先程聞いた振動音は、男の持っていたスマホからのもので間違いなさそうだ。換気扇の不気味な唸《うな》りに交じって、「そんな――」「いや……いくら何でも」といった不穏な独り言が響く。誰かとやり取りをしているらしい。相手はＡＦＰＵのメンバーだろうか。少なくとも、警察を呼んでいる様子ではない。

悪寒《おかん》が走った。彼は……彼らは、スマホ越しに何を密談しているのか。

縛られた両手首を胸元に引き寄せ、身体《からだ》の背面を壁に張り付ける。

右の臀部《でんぶ》に、平たく硬い感触が伝わる。

ドアを視界から外さないよう注意しながら、凛は腰をひねり、ジーンズの右後ろのポケットに収められたそれへ、一瞬だけ視線を落とした。

見慣れたピンク地のスマホが、ポケットからわずかに頭を覗かせている。

つい先程、振動音が聞こえたときは血が凍る思いを味わったが……男は今のところ、凛もスマホを持っている可能性には思い至っていないようだ。

もっとも、偉そうなことは言えない。異常事態の連続だったとはいえ、振動音に驚いて反射的に壁に背を付けるまで、凛自身もポケットの異物感に気付けなかったのだから。

我ながら鈍いにも程がある。

今は隠し通せている。が、男に身体をまさぐられたら——想像もしたくないけれど——簡単に見つかってしまう。両腕を壁に繋《つな》がれた状態では、自分でポケットから取り出すことも難しい。先程とは逆に、凛のスマホへ着信があったら一巻の終わりだ。

しかし、幸か不幸か、凛のスマホは沈黙を保っていた。

電源が切られているのか、バッテリーが無くなったのか、単に着信が来ないだけなのか。今は確かめようがない。自分と男を——京一郎の死体を——閉じ込めた人間が、何を思ってスマホを持たせたままにしたのかも解らない。単に奪い忘れただけなのか……それとも。

どこからか監視しているのだろうか。いつ連絡を取られてもいいように。

周囲に視線を巡らせる。カメラの類《たぐい》は見つからない。仕掛けられそうな場所と言えば、天井の空調機の中だが……凛の位置からは暗くて存在の有無さえ解らない。

確実に言えるのは……スマホを男に取り上げられたら、外部へ助けを求める手段を失ってしまうということだけだ。

それを避けるためにも、手首の紐をどうにかしたいのだが——

漫画や映画で、敵の目を盗んで縄《なわ》を切るシーンを何度か目にしたことがある。が、いざ自分がその状況に置かれてみると、切り方以前に心理的なハードルが高い。切断作業に気付かれる心配がなく、かつ、切った後で確実に逃げられる算段がある——そんな都合のいい場面でしか通用しないのだ、と思い知らされた。

と――凛の苦悩を見透かしたように、隣室から物音が響き、男が部屋に足を踏み入れた。

血の気が引いた。

男の表情と目つきが、先程までとは明らかに違っている。険しい顔。両眼の奥底に見え隠れする暗い光。

「おい」

男が低い声を放つ。かすかに上ずり、震えを帯びていた――ように聞こえたのは気のせいだろうか。「一度だけチャンスをやる。俺の言うことに何でも素直に従うと誓え。そうしたら、痛い目だけは遭わさずに済ませてやる」

全身を恐怖が貫いた。

不安に惑わされて手をこまねく間に、事態が最悪の方向に転がってしまったことを凛は知った。

お願い、助けて。言うことなら何でも聞くから、ひどいことしないで――

卑屈な懇願が喉元《のどもと》までこみ上げたそのとき、凛の視界の端に、京一郎の服を着た死体が映った。

顔を焼かれてうつぶせに倒れた、無残な亡骸《なきがら》。

「――嫌」

服従の台詞《せりふ》を無理やり飲み込み、凛は拒絶の言葉を叩《たた》き返した。なけなしの勇気を振り絞り、男を睨《にら》みつける。「絶対に嫌。人を脅して言うことを聞かせようなんて、恥ずかしいと思わないの⁉」

そうだ。駅前で平然と差別発言を撒《ま》き散らすような人間に、『コスモス』の自分が、京一郎の前で卑屈に膝《ひざ》を折るわけにはいかない。

「は？」

男はぽかんと口を開き、次いで顔を歪《ゆが》めた。

「お前、自分の立場を理解しているのかよ。くだらない意地なんか張ってねえで――」

「その立場につけこんで、相手を踏みにじろうとする人の言葉なんか聞けないって言ってるの！」

恐怖を振り払って叫ぶ。後先を考える余裕など吹き飛んでいた。

いや、逆だ。叫び続けなければ恐怖に押し潰《つぶ》されてしまいそうだった。

「ＡＦＰＵでもそうだったの？　社会的少数者《マイノリティ》の人たちにだけ的を絞って、大勢で囲んでひどい言葉を投げつけてきたの？　顔の見えないネット越しじゃなきゃ、周りを警察に守られてなきゃ――相手が反撃できないと解ってなきゃ何もできないの⁉」

「……何だと」

男の顔色が変わった。「偉そうなことを言うんじゃねえ。俺たちは犯罪者を糾弾しているだけだ。徒党を組まなきゃ何もできねえのはお前ら『コスモス』の方だろうが」

「一緒にしないで。私たちはあなたたちみたいに、罪のない人たちをデマで犯罪者扱いして楽しんだりしない。ひどい法律をたくさん作って、都合の悪いことを嘘《うそ》や捏造《ねつぞう》や権力でもみ消して、民主主義を破壊して、普通の人たちのことなんか見向きもしない和田政権が許せないだけよ」

男へ必死に言い返しながら、心の隅で理性が呟《つぶや》く。

――何をやっているんだろう、私は。

相手の神経を逆撫《さかな》でしたところで状況は悪化する一方なのに。

そもそも、自分たちがどんな事態に巻き込まれたかも解っていないのに。床の上で京一郎が死体となっているのに。

同じ事態に巻き込まれ、本来なら協力し合わなければならないはずの相手と、各々《おのおの》の主義主張を言い争っている。

「『民主主義の破壊』だって？」

男の声に嘲《あざけ》りが混じった。「なら、多数決を否定するお前らこそ日本の敵じゃねえか。この前の衆院選を見ろ。黎明《れいめい》党の圧勝だっただろうが。和田首相は日本国民の総意で選ばれたんだ。それをデモで覆《くつがえ》そうとする方こそ民主主義の破壊行為じゃねえのかよ」

既視感が脳裏をかすめた。今の言い回し――どこかで覚えがある。

「デモだって民主主義のひとつよ。教科書にもちゃんと載ってる。学校で習わなかったの？　それに、デモが破壊行為なら、あなたたちのヘイトデモこそ人権の破壊行為でしょ。自分たちのデモは正しくて、私たちのデモは悪いと言うつもり？　ご都合主義なことを言わないで」

男がぴくりと身体を震わせた。

図星を言い当てられ言葉を詰まらせた――のではなかった。男の両眼に、怒りとも恨みともつかない、奇妙な暗い光が揺らめいた。

「それだ」

「え――」

「その、上から目線の言い草が気に入らないんだよ！

教科書に載ってる？　お前ら馬鹿左翼《バヨク》はいつもそうだ。自由だの人権だの護憲だの、口先だけの綺麗事《きれいごと》や理想を、現実から一段上の世界で並べ立ててるだけのインテリだ。市民目線と言いながら、『政府に騙《だま》されっぱなしの馬鹿《ばか》で可哀想《かわいそう》な人たちの目を、頭のいい自分たちが覚まさせてあげよう』なんて選民思想が見え見えの、虫唾《むしず》の走るクソインテリどもだ。

だからお前たちは嫌われるんだよ！　この前の衆院選の結果を見ろ。今の政党支持率を見ろ。お前ら野党どもの支持率がどれだけあると思ってやがる。せいぜい五パーセントだ。黎明党の何分の一もありゃしねえ。他の野党なんか一パーセントを切ってるじゃねえか。

この数字が全部捏造だと言うつもりか。テレビの洗脳だと言うつもりか？　お前らがどんなに否定したって、野党支持者より黎明党支持者の方が多いことに変わりはないんだよ。

お前らは現実をこれっぽっちも見やしねえ。世の中の人間が皆、お前らみたいに名の知れた大学に入って、それなりに恵まれた地位を得て、呑気《のんき》に自由だの人権だのと喚《わめ》いていられる連中ばかりだと思ったら大間違いだ。それに比べたら、黎明党の方がよっぽど国民の心を摑《つか》んでいるぜ。『野党より安心して政権運営を任せられる』ってな」

「な――」

啞然《あぜん》とした。男に何を言われたのか、とっさに理解できなかった。

「インテリ、って……何言うの。『クローバー』の人たちや私たちを『バカ大学出身』と罵《ののし》ったのはどこの誰。あなたみたいな、ネット右翼の人たちじゃない」

思い出した。渋谷での抗議活動のツイートに、『デモこそ民主主義の破壊行為』というリプライがついていた。

あれが目の前の男の仕業なのか、それとも単に読んだだけかは解らない。が、少なくとも男が、同様の思想を持った――いわゆるネット右翼に属する人間だということは疑いようがなかった。

それに……呑気？　私たちがどれだけ苦労して、『クローバー』や『コスモス』の活動を行ってきたと思っているのか。決して多いとは言えない活動資金をやりくりして、生計を立てるためにアルバイトをしながらどうにか時間を捻出《ねんしゅつ》して、いわれのない批判や誹謗《ひぼう》中傷を受けて……『クローバー』や『コスモス』の活動のために、京一郎や自分たちが、どれだけ犠牲を払ってきたと思っているのか。

けれど、凛は言葉を続けられなかった。男の発した台詞が、鋸刃《のこぎりば》のように凛の心臓を抉《えぐ》り裂いていた。

――『政府に騙されっぱなしの馬鹿で可哀想な人たちの目を、頭のいい自分たちが覚まさせてあげよう』なんて選民思想が見え見えの、虫唾の走るクソインテリどもだ。

――だからお前たちは嫌われるんだよ！

「十年前、お前ら野党は耳に心地いい公約を並べて、黎明党を蹴落《けお》として政権交代したよな。ガソリン税を下げるだの消費税を上げないだの言いながら」

男は、凛の弱々しい反論を無視した。

「結果はどうだ？　裏切りまくりだったじゃねえか。ガソリンの値下げは一時だけ。消費税に至っては手のひら返しで『上げる』だ。挙句、やけっぱちの自爆解散で惨敗《ざんぱい》だ。

これがお前ら野党の実態なんだよ。綺麗事を並べるだけで、現実には何もできやしねえ。外面《そとづら》だけの腐ったインテリどもだ。そんな連中を誰が支持すると思ってるんだ。現実を見もしないお花畑の脳味噌《のうみそ》どもをよ」

荒々しい声だった。ただの罵詈《ばり》雑言とは違う、暗い怨念《おんねん》のこもった声だ。

反論に詰まった。……今の野党の支持率低迷は、与党時代の国民への裏切り——特に、公約を翻《ひるがえ》した消費税増税——が尾を引いている側面があることは、凜も否定できなかった。

だからこそ、次の選挙では消費税増税を決して容認してはいけない。野党共闘の旗印のひとつにしなくてはならない。『コスモス』内でもその点は意見が一致していて、各野党へ働きかけたりSNSで訴えたりしてきた。

けれど——

そうした訴えが、ただの嘘っぱちや綺麗事とそっぽを向かれたら。

「公約破りなのは……黎明党だって同じじゃない。選挙中は反対と言いながら、手のひらを返して賛成に回った公約だって」

絞り出した言葉に力はなかった。男の表情が嘲りの色を増した。

「だが選挙には勝ったぜ？　お前ら野党と違ってな。

政権の運営力が違うんだよ、黎明党と野党どもでは。綺麗事ばかりほざくお前らに何ができる。『クローバー』だって結局、安保法制を止められなかったじゃねえか。『ワダ政治を許さない』？　勝手に喚いてろ。許すだの許さないだの、国家の運営はそんな幼稚な綺麗事じゃねえんだよ。予言してやる。お前ら『コスモス』がいくら戯言《たわごと》をほざいたって無駄だ。お前らの言葉に共感する人間なんか、日本国民の一パーセントもいやしねえ。せいぜい後で後悔するんだな。無駄なことをするんじゃなかった、とよ」

沈黙が流れた。

男が息を乱しながら、優越感に浸った視線を突き刺す。俯《うつむ》いた。唇を噛《か》む。身体が震える。まなじりから涙が零《こぼ》れ出し、頬を伝う。それを屈服の合図と受け取ったのか、男が足を一歩進め——

「嫌よ」

凛は顔を跳ね上げた。男がぎょっとして足を止めた。

「しない……後悔なんてしない。どんな結果になったって、私は……私は、『コスモス』で活動したことを恥じたりなんかしない」

声に嗚咽《おえつ》を交じらせながら、それでも凛は男を睨み返した。

「両親や親戚《しんせき》に否定されても……私は、自分のしてきたことを謝れなかった。和田政権は駄目だって言い続けた。

いつか子供や孫ができたって同じよ。私は、私たちの活動を隠したり謝ったりなんかできない。

あなたはどうなの。自分のやっていることを、周りの人たちに胸を張って言えるの？　サングラスやネットの匿名性《とくめい》で顔を隠して、国家権力に守ってもらえると安心できなきゃ言えないことが、本当に正しいことだと思っているの？

あなたの家族が、あなたの行いを知ったらどう思うの。あなたのやってきたことは、家族の人たちに自慢できることなの⁉

後で後悔するのはあなたの方よ。この恥知らず！」

瞬間――

「黙れ」

男の表情が一変した。

愉悦でも嘲笑《ちょうしょう》でも優越感でもなかった。仮面を脱ぎ捨てるように表れたのは、剝《む》き出しの憤怒《ふんぬ》の感情だった。

「黙れ――黙れ、このクソ女！」

男が躍りかかった。

狂った猛牛そのものだった。思わず身を屈《かが》めようとして、引き戻されるような衝撃が両手首を走る。紐に吊《つ》られた凛の右腕を、男は左手で摑み、強引に引っ張り上げ、凛の頭上の壁に押しつけた。

「てめえに、俺の何が解る！」

男が右腕を振り上げる。握り拳《こぶし》だった。「ひっ――」恐怖に身体を捩《よ》じり、左腕を曲げて顔を庇《かば》う。木槌《きづち》で叩かれたような激痛が左肘《ひだりひじ》を走り、凛は悲鳴を上げた。

と、右腕から圧迫感が消えた。

男が右拳を左手で押さえ、呻《うめ》き声を上げている。偶然にも、男の鉄拳《てっけん》を肘で叩き返す形になったらしい。

「てめえ……てめえ！」

男が形相をさらに歪め、立ち上がって再び左手を凛へ伸ばす。

「やめて！」

凛は両腕を懸命に振り回した。「くそ――」男が吐き捨て、全身でのしかかるように距離を詰める。肘が何回か男の腕にぶつかったが、今度は男も痛みを覚悟の上だったのか、抵抗も空《むな》しく、凛の右腕はまたも男の手中に握られてしまった。

手首で結ばれた左腕ごと、右腕を高々と引き上げられ、先程より高い位置で壁に押し付けられる。男の荒い息が凛の顔にかかった。

「嫌っ――」

「『いい顔してるじゃねえか。さっきまでの威勢はどうした』……か。こんな凌辱《りょうじょく》ゲーまがいの台詞、本当に使う日が来るとはよ」

男の右手が、布地越しに凛の脇腹《わきばら》からみぞおち、胸へと這《は》い回る。凛の肘鉄で痛めたせいか、指の動きはほとんどなく、ただ手のひらを力任せに押し付けるだけの乱暴な手つきだ。が、凛の全身に鳥肌を立たせるには充分だった。

男が凛の胸元を覗き込む。その目が不意に見開かれ、次いで優越感の色を増した。

「おい、何だこの血は。やっぱりお前の仕業だったのか？」

身体が強張《こわば》る。「違う……違う」と震え声を絞り出すことしかできない。

「自分の不都合を棚に上げて、散々偉そうなこと言いやがって。生意気なんだよ、貧相な小娘の分際でっ」

「やめて……やめて」

見栄《みえ》も体裁も、先程の口論も、左肘の痛みも、恐怖に白く塗り潰される。

男の手が下半身へ向かった。腹部から太腿《ふともも》、臀部の側面へと滑り――突然、ぴたりと動きが止まった。

男の視線が、凛の右の臀部――正確には、臀部のポケットのスマホへ注がれていた。

「何だ……てめえも持ってたのかよ」

気付かれた。

さらなる恐怖と混乱が全身を走り――男の身体の向こうに、京一郎の服を着た死体が見えた。

頭の中で、箍《たが》の弾《はじ》け飛ぶ音が聞こえた。

「嫌ぁ！」

鎖が切れたように身体を振り回す。何も考えられなかった。男の手から逃れることだけが全《すべ》てになった。

「こ、この」

男の声に焦燥が混じる。「大人しくしろ。動くんじゃ――」

「触らないで！」

両腕ごと身体を右へ捩る。押さえ付けられていた右腕が、男の左手の中で滑るように動いた。

相手も余裕を失い、手に汗を滲《にじ》ませていた――と解ったのは、後になってからだった。無意識だった。男の拘束が緩んだ、と感じた瞬間、凜はありったけの力を込め、腕と身体を逆方向へ振った。

男の左手が、凜の右腕から外れた。

反動で再び右へ身体を捩じり、両腕を曲げて引き下ろす。右肘が男のこめかみに衝突した。男が呻き声を上げ、後方へ数歩たたらを踏む。

男の両脚が開いていた。凜は無我夢中で右膝を跳ね上げた。「がっ――」男が白目を剃き、股間《こかん》を両手で押さえ、床へうずくまった。

脚の届く距離だった。男の頭部を、満身の力を込めて靴の裏で蹴りつける。無様な呻きとともに、男の身体が床の上を転がり、死体の横で止まった。

男の傍らにスマホケースが転がっていた。チノパンから滑り落ちたらしい。見覚えのあるアニメ調の絵が描かれていた。確か――忍が見せてくれたゲームだ。『Diamond Feathers』、だったろうか。

いや、気を取られている場合じゃない。両手首と天井際のフックとを結ぶビニール紐が、目の前に緩く垂れ下がっている。なりふり構う状況ではなかった。凛は獣のように紐を咥《くわ》え、数十秒の苦闘の末に引きちぎった。両手首に巻かれていた紐が解け、床に落ちた。

呼吸が乱れていた。左右の手首に真っ赤な擦り傷がついている。だが今は、恐怖と嫌悪と、何より男に対する憤怒の感情が、痛みを脇へ押しやっていた。

男が苦しげに顔を上げる。股間の痛みが和らいできたらしい。

だが凛にも、追い打ちの蹴りや肘鉄を浴びせる体力は残っていなかった。代わりにドアを指差し、「出て行って」と男へ告げた。

「あなたのような、女をモノ扱いする気持ち悪いオタクみたいな人、顔も見たくない。今すぐ出て行って！」

男は股《また》を押さえたままよろよろと立ち上がり、左手でスマホを拾い上げ、隠すようにチノパンのポケットへ押し込んだ。顔を苦痛と屈辱に歪め、凛を凝視する。やがてその口から、弱々しい、けれど呪詛《じゅそ》に満ちた言葉が吐き出された。

「何だよ……やっぱりお前も、同じじゃねえか。

ああそうだよ。お前のような、ご立派な育ちの女子からしたら……俺は、ゴミみたいな『気持ち悪いオタク《キモオタ》』なんだろうよ。

人を踏みにじる？　モノ扱いする？……笑わせんな。人をキモオタだのネット右翼《ネトウヨ》だの、人間以下のゴミ屑《くず》みたいに見下しているのは……お前だって同じじゃねえか」

「……偉そうなこと言わないで」

声が震えた。「この強姦魔《ごうかんま》。あなたからそんなこと言われたくない！　早く出て行って。日本語が解らないの。もう一回蹴ってあげなきゃ解らないの⁉」

男は苦痛の表情のまま、「くそっ」と悪態を放ち、凛へ背を向け、おぼつかない足取りでドアへ向かった。「そこで野垂れ死んでろ」捨て台詞とともにドアが乱暴に閉まり、男の姿は見えなくなった。

凛は向かいの壁際の小テーブルへ駆け寄り、ドアの前まで引きずって塞《ふさ》いだ。

静寂が訪れた。

部屋の奥へ視線を向ける。ドアの側から見渡すのは初めてだった。向かって右奥の隅に転がる折れたフック。つい先程まで自分を拘束していた、天井際のフックと紐。ドーナッ状に纏《まと》められたビニール紐の束。そして……床の中央に倒れ伏す遺体。

目立つものといえば、他にはドアの前の小テーブルと、丸められたビニール紐だけ。がらりとした虚無の空間だった。

凛はのろのろと歩を進め、フックから垂れ下がる紐の近くで、壁に背を預けて座り込んだ。

無茶な動きを繰り返したせいか、身体中の筋肉や関節や皮膚が、今になって疼《うず》きを訴えている。特に、両手首と肘の痛みは激しかった。動かせないほどではないが、後で病院で診てもらう必要があるかもしれない。……ここから無事に出られたら、の話だけれど。

男の形相と荒い息、身体を這い回る手のひらの感触が蘇《よみがえ》る。凛は歯を震わせ、膝の間に顔を埋めた。

幸運だった、としか言いようがなかった。

もし、男の右拳が肘に当たらなかったら……男は手を痛めず、凛は容易に組み敷かれていたかもしれない。男の左手を振り解いたのも、肘鉄をこめかみに当てたのも、急所を蹴り上げたのも、格闘技や護身術の心得があったわけではなく、ただ男から逃れようと、必死に暴れ回った結果に過ぎなかった。

いや、暴れ回れたこと自体が奇跡だった。硬直したままなすすべなく凌辱される——

そんな結末を迎える可能性の方が、ずっと大きかった。

どれほどの時間が過ぎただろうか。

恐怖の余波が鎮《しず》まり、激情が過ぎ去ると、入れ替わるように、暗く重い感情が凛の心臓を浸した。

——綺麗事や理想を、現実から一段上の世界で並べ立てるだけのインテリだ。

——選民思想が見え見えの、虫唾の走るクソインテリどもだ。

違う、と言い返したかった。

自分をインテリだなんて思ったことはない。思想的な知識や理解の深さで言えば、京一郎の方がよほど上だ。旧帝大に入れるほどの学力はない。学費免除枠だって、必死に勉強して何とか滑り込めただけだ。決して頭が良かったわけでも要領が良かったわけでもない。

『コスモス』へ入ったのだって、偉ぶりたかったからじゃない。教室や部屋に閉じこもって、世の中の流れをただ見ているだけなのが耐えられなかったからだ。「一段上」の「選民思想」なのは、和田政権と、それに共鳴するネット右翼の方じゃないか。

そう思っていた。けれど。

——お前のような、ご立派な育ちの女子からしたら……俺は、ゴミみたいな『キモオタ』なんだろうよ。

——人を……ゴミ屑みたいに見下しているのは……お前だって同じじゃねえか。

愕然《がくぜん》とした。

あのときの自分は、男を人間じゃなく、言葉の通じない獣と見なしていなかったか。股間を押さえて床を転げる男を見て、愉悦を覚えなかったか。死んでしまえばいいと思わなかったか。

身体を奪われかけたのだから無理はない……と、言い訳できるだろうか。

彼がＡＦＰＵの人間だと知ったとき。『Diamond Feathers』のスマホケースを見たとき。自分は心の奥底で、彼を『気味の悪いオタク風のネット右翼』と蔑《さげす》んでいなかったか。会話の通じない動物扱いしていなかったか。

その視点は——在日外国人というだけで罪なき人々を口汚く罵るＡＦＰＵのような差別主義者《ヘイター》と、何が違うのか。

男のことだけじゃない。

渋谷での反対集会のとき、スピーチを聞く素振りもなく通り過ぎていった人たちを。

和田政権の再三に渡る法改悪や不正行為にかかわらず、与党へ投票し続ける人たちを。自分たちは――自分は、苛立《いらだ》たしく思わなかったか。このままではひどい世の中になってしまうことに気付いてほしいと思わなかったか。メディアに洗脳された操り人形や、新興宗教のカルト信者を見るような目で見ていなかったか。

そんな視点こそ、まさに男の言う「選民思想」じゃないのか。

『馬鹿で可哀想な人たちの目を、頭のいい自分たちが覚まさせてあげよう』という、上から目線のインテリ思考じゃないのか。

だとしたら。

――だからお前たちは嫌われるんだよ！

――お前らの言葉に共感する人間なんか、日本国民の一パーセントもいやしねえ。

校則を守れと訴え続けて、逆にクラスの皆から嫌われてしまう学級委員のように。和田政権にＮＯを突き付け退陣を訴える活動そのものが、その裏に潜む選民思想やインテリ思考を見透かされ、大多数の人々の耳を遠ざけてしまうのだとしたら。

――お気楽な左翼活動にうつつを抜かす親戚のおかげで。

――こっちがどれだけ肩身の狭い思いをしてきたと思っているのさ。

自分たちの――『コスモス』の存在意義は何なのか。

私のしてきたことは、何かひとつでも意味のあることだったのか……？

（一般市民の人たちって、政治小説やドラマだと、何というか……『愚民』っぽく描かれることが多いですよね）

渋谷での反対集会を終えた夜。凛は喫茶店で、京一郎へ胸中を打ち明けた。

（個性も意思もなくて、メディアやデマに簡単に流される、空気や人形みたいな存在として。……本当にそうなのかなって、私、ずっと思ってました。たとえ遠くからは顔も解らない人波の一部に過ぎなくても、ひとりひとりはちゃんと、自分の顔と心を持った個人なのに――って。

けど、今日の先輩の話を聞いていると……）

（気持ちは解らないでもないが、歴史は、お前の願いに反する事例で溢《あふ》れている。ここ何代かの東京都知事も、資質はさておき、最初から知名度の高かった人間ばかりだ。『人民は簡単に煽動《せんどう》されうる』という命題は、残念ながら歴史的事実だと言っていい）

（先輩の言われた、多数決が正当性を持つ条件――『ひとりひとりが周囲や私利私欲に惑わされず、自分の意思で「神様の答え」が何かを考える』ことは、ただの理想でしかない……ということですか）

（むしろ『理想気体』だな。pV＝nRTだ。高校の化学で習っただろう？

分子の大きさと分子間力を持たない——分子同士が相互作用しない——気体は理想気体と呼ばれ、いかなる条件においても気体状態方程式が成立する。

気体分子を個々の市民、状態方程式を民主主義に置き換えれば、民主主義が完璧《かんぺき》に成立する条件とは、市民が理想気体であること——『個々の市民が互いに縛られず自由であること』と言っていい。

だが実際は、分子には大きさと質量があり、分子間力が存在する。

大きさがあるから、通常状態でも分子は衝突し合い、思い通りの方向へ進むことができない。圧力を加えれば押し込められ、冷やせば運動エネルギーを失い、やがて分子間力に縛られて、状態方程式の成り立たない、ひとつの塊となった群衆——液体や固体へ相転移してしまう。

人間社会も同じだ。複数の人間がいる限り、人間同士の相互作用は回避しえない。家庭や地域社会や組織のしがらみだったり、教室や職場の同調圧力だったりだ。現代社会において、厳密な意味で他者と一切関わらず生涯を終えられる人間など存在しない。

そして相互作用があれば、それが引力であれ反発力であれ、何らかの形で思想や言動に影響を与えてしまう。人間の言動は環境の産物であり、自由意志などそもそも存在しない——という意見すらあるほどだ。

『周囲に影響されることなく、自身の意思で判断する』状態など、現実には決して存在しえないのかもしれないな。……）

壁の向こうから、声がかすかに聞こえる。凜はのろのろと顔を上げた。男が罵りを発しているらしい。隣室へ繋がる内開きのドアは、小テーブルで塞いである。が、気休めにしかならないことは、最初に男が部屋へ入ってきたときに証明済みだ。もう一度本気で襲いかかられたら、先程のように撃退するのはまず無理だろう。今はもう、まともに抵抗しようという気力さえ湧《わ》かなかった。

どうして、この部屋へ残ってしまったんだろう。

男を追い出したりせず、さっさとドアの外へ出てしまえばよかったのに。いくら頭に血が上っていたとはいえ、自分から袋小路に残るなんて考えなしもいいところだ。

……理由は解っていた。床の上に視線を向ける。

彼の近くに居たかったからだ——どれほど変わり果てた姿になっていたとしても。

京一郎を、あの男と一緒にここへ残し、自分だけ出ていくなんてできなかった。

それに、ドアの外へ出ても、無事に脱出できたとは限らない。

男はこの部屋へ入る前、壁の向こうで何か呻いていた。もし隣室から外界へ出られるなら、あの時点で男は逃げ出していたはずだ。

——知るかよ。俺の方が訊《き》きたいくらいだ。目を覚ましたらこの有様だ。

男の台詞と、初めて凛や遺体を目《ま》の当たりにしたときの態度は、とても演技とは思えなかった。もし脱出できるなら、凛を見張りながらスマホで誰かと連絡を取るという面倒な真似《まね》などせず、さっさと事を済ませて逃げてしまえばよかったはずだ。

――俺の言うことに何でも素直に従うと誓え。

男はＡＦＰＵの誰かと口止めの段取りを相談していたのだ。『閉じ込められたのは自分だけだった』と、後で凛に証言させるために。口止めした後は、ＡＦＰＵの仲間を救援に向かわせ、男だけ逃げる――そういう段取りになっていたのかもしれない。結果的には、凛から思わぬ反撃に遭って頓挫《とんざ》したわけだが。

重大な事実を思い出し、凛は慌《あわ》てて、右の臀部に手を伸ばした。

ピンク地のスマホをポケットから取り出す。角や背面の細かな傷の付き具合は間違いなく、凛の愛用のスマホだ。取り上げられも壊されもしなかったのは本当に幸運だった。

スマホの電源は切れていた。側面のボタンを押すと、起動画面が表示された。

バッテリーは残っているようだ。いつの間にオフになったのか。記憶を失《な》くしている間に自分で切ったのか……それとも。

誰が凛と男を閉じ込めたのかは未《いま》だに解らない。が、閉じ込めておきながらスマホを見逃すというのも、どこか矛盾している。

それに、今頃気付いたが、京一郎に呼び出された際に持っていったはずのバッグが見当たらない。バッグを取り上げながらスマホを残すなんて。

——ぼんやり考えている間に、認証画面が表示された。

凛のスマホは虹彩《こうさい》認証式だ。内蔵カメラを通して、凛の顔が薄いモノクロに表示される。所定の位置に両眼を合わせると、一瞬でトップ画面へと切り替わった。

時刻は『2019/6/17 22:05』。記憶の途切れた六月十六日夕刻から、二十四時間以上過ぎている。一晩か一日くらいとは思っていたが、本当に丸一日経《た》っていたと知って、さすがに驚きを抑えられなかった。

どうしよう、寮母さんに外泊を伝えていない。怒られるだろうか、と場違いな不安がよぎり——凛は冷水を浴びたように居住まいを正した。

そうだ、何をぼんやりしているんだ。早く助けを呼ばなきゃ。

アンテナ表示は三本。電波は届いている。バッテリーも八十パーセント以上残っていた。胸を撫で下ろしながら、指先を画面に伸ばし——凛はぴたりと手を止めた。

助けを呼んで、救出されて……それから、どうなる？

ニュースになるだろう。京一郎の死も報じられるはずだ。警察に事情を訊かれて——いや、いや、その後はどうなる？

サマーセーターの血痕《けっこん》を見つめる。……自分が容疑者と見なされるのは確実だ。何しろ、自分が本当に潔白かどうか、凛自身さえ確信が持てていない。

『記憶が途切れ、気付いたら遺体と一緒に閉じ込められていた』と語ったところで、警察がどこまで信じるか。ＡＦＰＵの男にも血痕を見られてしまった。彼がどんな証言をするかも解らない。

下手をしたらどころではない。ほぼ間違いなく、容疑者として逮捕されてしまう。密室の中で遺体の傍らにいた事実は覆しようがない。

和田首相と太いパイプを築いていた記者が、女性を強姦したと告訴されたにもかかわらず不起訴になった――という事件があった。

凜が耳にした話によれば、逮捕寸前まで捜査が進んだにもかかわらず、責任者の一声で中断に追い込まれたという。官邸から圧力がかかったに違いないともっぱらの噂《うわさ》だ。

凜が立たされているのは、全く逆の状況だ。不起訴どころか、ろくに捜査もされず殺人者扱いされるのは目に見えている。

創立者を殺害した容疑で、メンバーが逮捕される。そんなことになったら、――『コスモス』は息の根を止められてしまう。凜自身も社会的に抹殺される。

百歩譲って、逮捕されずに済んだとしても。

事件が公になった瞬間から、様々な臆測《おくそく》が飛び交うだろう。『コスモス』を敵視する人々が、これ幸いと凜への疑惑を叩きつけるのは目に見えている。『コスモス』の支持も失われてしまう。

いいじゃないか、失われたって。

凛の耳元へ、暗い絶望が囁《ささや》きかける。

どうせ、『コスモス』や自分の活動に、何の意味もありはしないのに。上から目線の選民思想でしかないのに。

疑惑をかけられるとか支持を失うとか、そんなことを気にかける意味がどこにあるのか。

そもそも。

『コスモス』がどうとか言いながら、本当はただ、自分が捕まるのが怖いだけなんじゃないか。サマーセーターの血に気付いたとき、私は最初に何を思った。『コスモス』のことなんか考えず、ただ、自分が殺人者にされてしまわないかどうかだけで――保身のことだけで、頭がいっぱいだったじゃないか。……

一一〇番だ。隣室の男がもう通報しているかもしれないけれど。

スマホの通話アイコンへ指を伸ばしかけ、凛は再び手を止めた。

受話器マークの右下に、赤い数字が表示されている。

タッチして履歴を表示すると、十件近くの着信があった。発信者のほとんどは『鴨川忍』。今日の夕方五時頃から三十分おきにかかっている。直近では『加納由梨乃』から一件。

忍ちゃん……由梨乃さん――？

アプリを起動し、『コスモス』のグループＳＮＳを覗き見る。

『リン先輩、連絡もらえますか？』『神崎先輩と連絡が取れないんです』『どうしたんですか。何かありました？』『これを見たらすぐ返事お願いします』――今日の夕方辺りから、忍が何度もメッセージを発信している。他のメンバーからも多数。由梨乃からも一件、三十分以上前に『おーい、みくリン聞こえてるー？』とメッセージが入っていた。

嗚咽を漏らしかけ、凛は慌てて口を押さえた。両眼を拭《ぬぐ》った後の指先を、画面に戻すことができなかった。

……駄目だ。

考えなしに通報して、私が逮捕されたら皆はどうなるのか。私をこんなにも心配してくれる人たちを、私のせいで不幸な目に遭わせてしまっていいのか。

誰が、自分や京一郎をこんな目に遭わせたのか。記憶を失っている間に何が起きたのか。自分の手は本当に汚れてしまっているのか、そうでないのか。せめて事実だけでも知らないことには、どうやって皆へ償えばいいかも解らない。

……違う。それだけじゃない。

私が神崎先輩を手にかけてしまったなんて嘘だ。信じたくない。

このまま警察が来たら、きっと私は先輩殺しの十字架を背負わされてしまう。そんなのは絶対に嫌だ。

まだ助けは呼べない——少なくとも、今すぐには。

でも、どうすればいいのか。

『コスモス』の皆には相談できない。相談したら最後、メンバー全員が共犯者にされてしまう。

両親は……論外だ。すぐさま警察へ通報してしまうだろう。半ば絶縁状態とはいえ、娘の身も案じないほど冷淡な人たちとは思わないが——『コスモス』のために最善を尽くしてくれる人たちでもない。

せめて一言、『コスモス』のメンバーへは「無事だから大丈夫」と伝えるべきだろうか。

凛と京一郎が揃《そろ》って音信不通になっていることは、すでにメンバーへ広まっているようだ。この状態で連絡を取ったら、皆から——特に忍から——根掘り葉掘り事情を訊かれるのは目に見えている。最後まで白を切り通せるか、全く自信がない。

親戚に急な不幸があったことにしようか。「どうして最初から連絡を入れてくれなかったんですか」と返されるかもしれない。凛自身に関しては言い逃れられても、京一郎の方はどうしようもない。

かといって、永遠に無視し続けるのも無理だ。

ＳＮＳを見る限り、今はまだ様子見の雰囲気だが……このまま音信不通状態が続けば、いずれ皆が不審を抱く。自分や京一郎が自室に戻っていないことも、すでに知られているかもしれない。何も返信しなければ間違いなく事件性を疑われ、いずれ警察へ捜索願が出されるだろう。そうなったら。

助けを求めることも、無視し続けることもできない。残された時間は、恐らく想像以上に少ない。

一刻も早く真相を摑んで、対策を考える。それが、自分と『コスモス』の皆を少しでも破局から遠ざける唯一《ゆいいつ》の方法だ。「方法」と呼ぶにはあまりに漠然としているけれど。

スマホが手元に残っていた理由を——犯人の真意を、凛は遅まきながら理解できたように思えた。

凛が外部へ連絡してくれた方が、むしろ犯人には都合がいいのだ。無事に救出されても、サマーセーターの血痕がある以上、凛に何らかの嫌疑が向くのは避けられない。事の真偽に関係なく、世間は——特に『コスモス』を快く思わない人々は——凛に殺人者のレッテルを貼《は》るだろう。真実が靴を履く間に、嘘は世界を半周する。犯人は、凛や

『コスモス』を破滅させる時限爆弾のスイッチのひとつとして、わざとスマホを残したに違いない。仮に凛が証拠隠滅を図ったとしても、セーターを処分する手段がここにはない。

ＡＦＰＵの男を凛と一緒に閉じ込めたのも、同じ意図なのだろうか。サマーセーターの血痕の目撃者として。凛が連絡を取らなくても、男が凛へ悪意を抱けば、行き着く結果は変わらない。

唇を噛んだ。誰が、こんなことを。

……和田政権の意向を汲《く》んだ誰か、だろうか。

目障《めざわ》りな反対勢力を潰すため、刺客を放って主導者を暗殺した――と表現すると、まるっきり陳腐な陰謀小説だ。けれど海外では、民主化運動の指導者が暗殺された例が実際にある。和田政権下でも、不正が発覚するたびに行政の担当者をはじめとした誰かが、自殺している、という指摘もある。

ただ――政権の意向と断言するには引っ掛かりを覚えるのも事実だった。

一応は平和な日本で、誰の目にも明らかな監禁と殺人といった行為に出るだろうか。安保法制反対運動を主導した『クローバー』の頃でさえ、こんな凶悪な手段が採られたとは聞いていない。衆参両院で大多数の議席を持つ現政権が、たかが市井《しせい》の一団体に、ここまで大袈裟《おおげさ》な手を打つとも思えない。メディアコントロールでイメージダウンを図るだけで充分なはずだ。

それに、ＡＦＰＵのメンバーを巻き添えにしたことも、よく考えると腑《ふ》に落ちない。ＡＦＰＵは、厳密には和田政権の支持団体ではないが、凛から見れば、両者は思想的に似た方向を向いている。彼らの反発を招きかねない真似をする必要があるだろうか。単に捨て駒《ごま》扱いされただけ、と言われればそれまでだが。

加えて――すっかり忘れていたが、凛が目覚めたとき、部屋は推理小説のような密室状態だった。

ドアの隙間から紐で引っ張るなどして、テーブルをドアまで動かしたのだろうか。想像が当たっていたとして、なぜそんな手の込んだことをしたのか。

駄目だ、全然解らない。

解らないけれど……せめて、できることをしなくては。

とにかく現状把握だ。ここはどこだろう。スマホを使える今なら、位置情報で現在地が解る。ざっと見た限り、怪しげな改造を施されたり妙なアプリをインストールされたりといったことはなさそうだ。

ブラウザ経由で地図を開く。現在位置は、ＪＲ大宮駅周辺の住宅街の一角だった。

驚いた。こんな都心に近い拓《ひら》けた場所だったなんて。

壁を叩けば隣近所に聞こえるだろうか、と思いかけ、慌てて首を振る。警察に通報するのと何も変わらない。

もっとも、近隣に聞こえるなら、先程放った叫びも届いてしまっているはずで、もう手遅れだと言えなくもないのだが——少なくとも今のところ、誰かが駆けつけてくる気配はない。

地図を目いっぱい拡大する。広い敷地の一軒家だ。建物の名前や所有者は表示されていない。

誰の家なのか。どうしてこんな所に閉じ込められたのか。

現状把握どころか混乱が増すばかりだ。自分ひとりでは真相の「し」の字も掴める気がしない。やはり通報すべきじゃないのか……気弱な思考が鎌首《かまくび》をもたげる。

——と、短く小さな電子音がスマホから響いた。SNSの通知音だ。

慌ててドアへ目を向ける。男の罵り声は止《や》んでいたが、こちらへ入ってくる様子はない。幸い、あちらには聞こえなかったようだ。

今、彼は何をしているのだろう。

警察に通報しているのだろうか。それともAFPUのメンバーと連絡を取り合っているのか。壁とドアに遮られた隣室の様子を、ここから知る術《すべ》はない。

ドアの向こうに注意を払いつつ、グループ用アプリとは別の、個人用SNSアプリを開く。いつもの『リン@コスモス』名義のアカウントにログイン。

ダイレクトメッセージが六件溜《た》まっていた。タイムラインの確認は後にして、メッセージに目を通す。

『リン先輩、連絡もらえますか？』『神崎先輩と駆け落ちしたんじゃないかって由梨乃さんが言ってましたけど、まさか本当じゃないですよね？』……忍のアカウントからだ。あれこれ手を尽くして連絡を取ろうとしてくれたらしい。健気な後輩を裏切っているようで、凛の胸に痛みが走った。

タイムラインに戻りかけ――凛は息を呑《の》んだ。

『コスモス』のメンバーでないフォロワーから、メッセージが一件入っていた。

『Ｄ　Ｍ《ダイレクトメッセージ》では初めまして。「ちりめん」っス。いきなりですみません。つかぬことをお訊きしますが、リンさん、今どちらにいらっしゃいます？

Ｔ　Ｌ《タイムライン》が丸一日更新されてないみたいっスけど、大丈夫スか？』

幕間《まくあい》（三）

「『全都道府県での投票実施が困難となる』と、法案の文言にあります。総理。これは、ある一都道府県の、ある一地域でも投票が困難になれば、という意味でしょうか」

野党議員の質問に、「和田要吾君」と委員長の覇気のない台詞が続く。

内閣総理大臣、和田要吾が、椅子《いす》から身体《からだ》をゆったりと持ち上げ、マイクの据え付けられた答弁席へ向かう。上司の後ろ姿を見つめながら、高柳文博《たかやなぎふみひろ》は肩に疲労がのしかかるのを覚えた。

委員会の質疑はネット中継されている。地上波のニュースはいくらでも編集が利《き》くが、リアルタイムの答弁が全世界に拡散するのは防ぎようがない。ネットやマスコミ対策にも事務的な労力は必要であり、かつ限界もある。首相秘書官の立場からすれば、総理大臣自ら敵に隙を与え、こちらの仕事を増やすような真似は、可能な限り避けてもらいたいところだった。

——国会議事堂本館、衆議院第一委員室。

高柳の座っている位置——答弁席の後方からは、壇上に手を突く和田と、対面する形でずらりと並ぶ与野党各議員の姿が見える。高柳に目を向ける者はいない。質疑の場において、自分はあくまで黒子に過ぎない。

密《ひそ》かにスマホを取り出し、ネット配信の映像を確認する。

一髪残らず剃《そ》り落とされた頭部。太い眉《まゆ》に厚い唇。六十四歳という年齢に比して、顔に刻まれた皺《しわ》は少なめだ。中背ながら横幅のある体軀《たいく》。僧侶《そうりょ》が洋装で葬儀場に現れたような違和感が滲み出ている。

ネットの野党支持者《シンパ》の一部から『生臭坊主《ぼうず》』と揶揄《やゆ》される、現内閣総理大臣、和田要吾の姿だ。

『生臭』の異名は根も葉もない誹謗ではなく、彼がまだ国民黎明《れいめい》党の一議員だった二十数年前、愛人疑惑を——和田には妻子がいた——週刊誌にすっぱ抜かれたことに由来する。当時、和田の全国的な知名度はそれほど高くなく、見出しにも『黎明党若手議員』としか書かれなかったこともあり、愛人疑惑は人々の記憶に留まることなく消えていった。

現実に泥を被《かぶ》ったのは、当時、和田の付き人だった高柳自身だ。いわゆる『秘書のやったこと』という筋書きで幕が降ろされた。当時は和田を恨みもしたが、すでに過去の話だ。相応の対価を受け取ってもいる。

……が、情報化の加速するご時世、過去は隠しきれるものではない。

当時の週刊誌の記事が掘り起こされ、ネットに拡散したのは七年前。和田が二度目の黎明党党首に就いた頃だ。記事が『疑惑』に留まっていたせいか、時効と見なされたか、過去の所業が声高に非難されることはなかったが、野党シンパの一部から「好色」のレッテルを貼られるのを防ぐことはできなかった。

「投票権は、日本国憲法によって国民に保障された権利ですから、全ての有権者が享受《きょうじゅ》すべきなのは当然でありましょう」

和田の答弁は泰然自若としていた。野党議員から「答えになっていません」と反論が飛んだ。

高柳のこめかみを痛みが走った。今日も長引きそうだ。

「その投票権の行使が困難となる場合とはどのような場合か、とお尋ねしているのです。『全都道府県での投票実施が困難となる』とは、日本国内のたった一つの投票所でも『投票実施が困難』となれば当てはまるのでしょうか」

「繰り返しますが、投票権は、日本国憲法によって国民に保障された権利でありますから——」

「答えになっていません！　速記止めて」

野党議員が語気を強める。委員長が「速記を止めて下さい」と気だるい口調で告げた。与野党の議員が何名か、席を立って委員長席の周囲に集まる。高柳の耳に、議員たちの会話の内容は届かない。ネット配信の映像も、今は『速記が止まっているため音声を停止しています』のテロップが表示され、無音になっている。

質疑に食い違いが生じたり迷走しかけたりした場合、速記を止めて与野党間で調整が図られることは珍しくない。が、和田が政権を握って以降の停止頻度は、歴代政権で一、二を争うのではないかと思われた。

質疑が再開されたのは数分後だった。

「法案に『非常事態』とあります」

和田が重々しく口を開く。「いかなる場合をもって非常事態と見なすかは、実際に投票困難となる地域の範囲や度合い等、種々の事象を総合的に判断することになろうかと思われますな」

「明確な基準は存在しない、ということですね？

それではまずいのですよ！　いいですか。総理は先程、『国民投票権は全ての有権者が享受する』と仰《おつしや》ったが、本法案は国民投票権を『与える』のではなく『奪う』ものに他なりません。そもそも、投票権は『全ての有権者が当然として持つ』権利であって、『国家が臣民に与えたもう』ものでは断じてない、今から考えを改めていただきたい。

では次の質問です。『非常事態か否《いな》かは総合的に判断する』と仰ったが、誰が、どのような手続きを経て判断するのですか」

「非常事態ということは国家の一大事でありますから、最終的には国家たる総理大臣の私が――」

委員席――主に野党側――が騒然となった。「何だ今の発言は！」「独裁者気取りか！」怒りに満ちたヤジが飛ぶ。

吐息が漏れた。『国家たる総理大臣の私』はさすがに隙を与えすぎだ。我こそ国家そのものであり、『私』イコール和田が恒久的に強権を発動するという宣言だ――と、左派界隈《かいわい》で騒がれる光景が目に浮かぶ。

ネット中継を停止したいところだったが、この世には、国会での質疑を委員会・本会議問わずつぶさに観測する、いわゆる『国会クラスタ』と呼ばれる人々が存在する。先程の和田の発言は、彼らの手で直ちに野党シンパへ拡散されることだろう。それは改憲への道筋の障害になりこそすれ、プラスには全く働かない。

……改憲、か。

前回衆院選での大勝で、連立与党を含む改憲勢力は衆参両院で三分の二以上の議席を確保した。改憲の条件は整ったと言っていい。

しかし現実には、改憲案の本会議提出はおろか、憲法審査会がまともに運営される目《め》処《ど》さえ立っていない。

　連立与党の相手である正仁党や、黎明党の一部で慎重論が強いのに加え、度重なる閣僚や省庁の不祥事が、和田政権の支持率をじわじわと削り取っているためだ。先の党首選でも、対立候補が地方票を想定外に伸ばし、党内を衝撃が走った。

　メディア戦略が奏功してか、和田政権の支持率自体は今も四割台を推移している。しかし、それが盤石の数字かどうか、高柳は明言できなくなりつつあった。強固に見える和田政権の城壁が、ほんの一押しで崩れ落ちてしまうのではないか。そんな懸念《けねん》が頭の隅にこびりついて離れない。

　だから――というわけでもないのだろうが、憲法改正を真正面から行うのではなく、四年前の安保法制のように、現憲法を下位法令や運用で実効的に変えていく策も進められている。

　憲法九条の実効的改憲は、米国の意向を強く受けたものだと見透かされているようだ。批判の種が増えたのは煩《わずら》わしいが、日米の国家間で交わされた協定の力は大きい。前世紀と現代とでは世界情勢の変化の速さも違う。古い憲法に拘泥《こうでい》して国家そのものが滅んでは意味がないのだと、左派連中は理解しているのだろうか。

　とはいえ、今回の国民投票法改定案は、やや勇み足に過ぎた感を否めない。そんな中での『国家たる総理大臣の私』発言が、野党や反政権派の間でどれほど炎上を巻き起こすか、和田とて解らないはずもあるまいに。

衆参両院で三分の二を確保している余裕か。それとも、改憲が遅々として進まない焦《あせ》りの裏返しか。秘書官の高柳にも、和田の心中を察することはできなかった。

気付けば、またも速記が止まっていた。与野党議員が委員長席を囲みながら、摑《つか》み合い寸前の口論を繰り広げている。今度の停止は二十分以上にも及んだ。

西暦二〇一九年六月十七日、二十二時。

国民投票法改定案を巡る審議は、今日も容易に終わる気配を見せなかった。

第4章　第三者について

「畜生……畜生っ」

大輝は壁に背を預け、床にへたり込んだ。

股間《こかん》の痛みは和らぎつつあった。不幸中の幸いか、睾丸《こうがん》が潰《つぶ》れるほどの大事には至っていないようだ。が、急所へ膝蹴《ひざげ》りを加えられた瞬間の激痛は、大輝の記憶するどんな痛みとも比べ物にならなかった。

脚の間だけではない。左のこめかみ、左頬、右手……床を転がった際に打ち付けたのか、背中や膝や肘《ひじ》など、身体《からだ》中を大小の鈍痛が走る。

特に、不意打ちの肘鉄を受けた右手は、中指と薬指が腫《は》れ上がり、握り拳《こぶし》を作ることさえ困難だった。折れているかもしれない。後で治療費と慰謝料を請求してやろうかと思ったが、そのためには無事にここを出て、警察官か弁護士か、とにかく誰かへ詳細を語らねばならない。

屈辱だった。とても説明できるものではなかった。……凌辱《りょうじょく》しようとして逆に返り討ちに遭ったなど。それも、体格的に明らかに劣る女を相手に。決して見られてはならない『Diamond Feathers』のスマホケースも見られてしまった。

油断していた。冷静さを失ってしまった。相手を論破しようなどと悠長なことを考えず、さっさと裸に剝《む》いてしまうべきだった。

――素直に従うと誓え。そうしたら、痛い目だけは遭わさずに済ませてやる。

あんな情けをかけたばかりに、相手の挑発に乗ってしまう結果になった。

……いや、そうだろうか。

俺は恐れていなかったか。三廻部凛の身体を奪うのを。

あれほど心酔していた鏑木からの示唆《しさ》を、俺は最初、躊躇《ちゅうちょ》しなかったか。

自分が、正真正銘の犯罪者になってしまうのを――犯罪者として糾弾されるのを、恐怖していなかったか。

もし、自分の名が強姦《ごうかん》犯として広まってしまったら。

そのダメージは、ＡＦＰＵのメンバーだとばらされる場合の比ではない。前科が付かずに済んだとしても、強姦魔の汚名はどこまでもついて回る……そんな恐れを抱いてはいなかったか。

三廻部凛と初めて対面したときは、スピーチ動画で観《み》るより随分子供っぽい奴《やつ》だと思

やくる姿は幼稚園児そのものだった。論破され泣きじ
った。口論に発展したときも、幼稚な理想を振りかざすばかりだった。論破され泣きじゃくる姿は幼稚園児そのものだった。

なのに。

——相手が反撃できないと解《わか》ってなきゃ何もできないの⁉

年齢だけ大人になった子供《ガキ》の言葉が、なぜ、頭に焼き付いて離れないのか。

——サングラスやネットの匿名性《とくめい》で顔を隠して。

——国家権力に守ってもらえると安心できなきゃ言えないことが、本当に正しいことだと思っているの？

「うるせえ……うるせえっ」

罵《ののし》りを放っても、脳裏に響く声は消えなかった。

——自分のやっていることを、周りの人たちに胸を張って言えるの？

——あなたの家族が、あなたの行いを知ったらどう思うの。

——あなたのやってきたことは、家族の人たちに自慢できることなの⁉

黙れ、黙れ、黙れ。

俺のことなど知りもしないくせに、偉そうな綺麗事《きれいごと》を並べ立てるな……！

ポケットの中でスマホが震えた。

我に返る。呼吸が乱れていた。いつの間にか両手が耳を塞《ふさ》ぎ、額に汗が滲《にじ》んでいる。無意識に右手を動かそうとして、指に鈍痛が走り、大輝は顔を歪《ゆが》めた。使い物にならない利《き》き手を諦《あきら》め、チノパンの後ろのポケットから、左手でスマホを抜き取る。どうにかパスワードを打ち込み、ＳＮＳアプリを起動すると、鏑木からダイレクトメッセージが入っていた。

『ディフ君、首尾はどや』

心臓が跳ねた。

何と報告したものか……散々悩んだ挙句、大輝は左手の指でぎこちなく、『取り込み中です』と短い返信を打ち込んだ。

『すまんすまん、お楽しみのところ悪かった』

鏑木からのメッセージは早かった。『返信は後でええ。動画でも写真でも、成果報告楽しみにしとるで』

安堵《あんど》の息が漏れる。ひとまず時間は稼げた。

しかし、どうしたものか。もう一度『第二の部屋』へ入り込み――今度こそ覚悟を決めて凛を襲うか。

いや……時期尚早だ。

股《また》がまだ痛む。右手の指の腫れも、半日やそこらでは治まりそうにない。何より、相手が拘束から逃れてしまった。いくら体格差があるとはいえ、利き手の自由が利かない状態では、凛を完全に抑え込めるかどうか心もとない。また返り討ちの憂《う》き目に遭ったら恥の上塗りだ。

それよりは寝込みを襲った方がいい。あれだけ暴れたのだ。向こうもこちら以上に心身が疲労しているはずだ。あと何時間か待てば、きっと睡魔に耐えられなくなる。

……そうだろうか。

楽観的に過ぎないか。敵の俺が隣室にいる状況で、そんな簡単に熟睡するだろうか。ドアは再びテーブルで塞がれたようだ。開けること自体は難しくないが、気付かれぬよう音を立てずに、となると——

違う。

全部言い訳だ。とっくに気付いてしまった。

俺は犯罪者になりたくない。いや、犯罪者のレッテルを貼られたくない。

仮に事が上手《うま》く運んだとしても、凛がこちらの思惑通り沈黙を貫いてくれるとは限らない。凌辱系の十八禁ゲーム《エロゲ》なら、剝いて犯して撮れば女性キャラクターは操り人形になるのが相場だが、現実はそんな都合のいいフィクションとは違う。たとえ国会議員や著名人でも、性犯罪を行えば告訴され、ＳＮＳで告発もされる。

そして三廻部凛は、泣き寝入りしない側の人間だ。

でなければ、手を縛られた状態で脅しをかけられて「絶対に嫌」と拒絶しない。子供っぽい奴だと思ったが、普通の子供は『コスモス』に入ったりしない。

大輝が凛に働いた行為は、その気になれば強姦未遂で訴えられる代物《しろもの》だ。ただ一線を越えなかっただけで、自分の手はもう汚れている。血染めのハンカチの件は、言い逃れできる可能性がわずかなりとも残っていたが、先程の行いは紛れもない事実として、自分と凛の中に刻まれてしまった。

いっそ、毒を食らわば皿までと、本当に口を塞いでしまうか。

駄目だ、論外だ。自力で脱け出せない状況では意味がない。あの女には、ただ大輝の存在を黙ってもらうのでなく、自分とともに生きてここを出て、大輝は犯罪者でないと間接的にでも証言してもらわなければならないのだ。

それなのに。

——ディフ君は男で、そいつは女。で、スマホで写真や動画が撮影できる。

あの後も、鏑木は大輝の躊躇を見越したように、メッセージを連投してきた。

『大丈夫や、ディフ君ならできるで』

『実際問題、他に方法がある思うか？　三廻部凛に言うこと聞かす方法が』……

恨むよ、鏑木さん。どうして俺にこんなことをさせたんだ。

大輝は天を仰ぎ——呼吸を止めた。

……馬鹿《ばか》な。

弾《はじ》かれたようにスマホに触れ、左手の指を震わせながら、鏑木とのダイレクトメッセージのやり取りを辿《たど》り直す。

脈拍が増し、首筋を汗が伝った。呼吸の乱れを感じながら、大輝はメッセージを打ち込んだ。

『すみません。一点確認したいことが』

『何や。もしかして、ゴムの付け方が解らんか？』

卑猥《ひわい》な冗談を無視し、大輝は問いを投げた。

『お前は誰だ』

返答まで数十秒の間があった。

『どうしたんやディフ君？　俺は俺。鏑木圭やで』

『違う』

すぐさま否定のメッセージを返す。『鏑木さんは俺を「デフ」と呼んでいた。「ディフ」じゃない』

答えはなかった。

『昨日の集会でも鏑木さんは、法に引っ掛かる言葉遣いをしないよう念を押していた。そんな人が、たとえ緊急事態とはいえ、明らかな犯罪行為をそそのかすはずがない』

答えはない。

『お前は誰だ。お前が俺をここへ閉じ込めたのか。答えろ、何を企《たくら》んでいる？』

答えはなかった。――やがて、

『https://www.********.co.jp/……』

それだけのメッセージが返った。

一文字の注釈もなかった。ウェブサイトのアドレスを記しただけの、無言の返信。

文字列全体に下線が引かれ、色が青くなっている。アプリの自動判定機能だ。文字列が表示された部分へ直に指を触れれば、該当のアドレスがブラウザで表示される。

国内有数のニュースサイト、その一記事らしい。怪しげなフェイクサイトではないようだ。

しかし……何だこれは。どういう意味だ。

観てはならない、と脳裏で警告が鳴り響く。だが大輝の指先は吸い寄せられるように、アドレスの文字列《リンク》に触れていた。ブラウザが起動し、焦《じ》れるほどの間を置いて、サイトが表示された。

『秋葉原のホテルで女性死亡　殺人か
十七日午前、ＪＲ秋葉原駅近くのホテルの一室で女性の遺体が発見された。

死亡していたのは神奈川県在住の富田比呂美《ひろみ》さん（29）。ホテルの従業員から「女性がバスルームで死んでいる」との通報があり、警察が駆けつけたがすでに死亡していた。

警察によれば、富田さんは前日十六日、「川崎へイベントに行く」と家族に伝え、家を出たきり連絡が取れなくなっていたという。遺体の腹部に刃物で刺された痕《あと》があり、凶器が持ち去られていたこと、また、部屋が別名で予約されていたことから、警察では富田さんが何らかのトラブルに巻き込まれ、殺害された可能性があるとみて捜査を進めている』

富田⁉


眩暈《めまい》と怖気《おぞけ》が大輝を襲った。……富田が、殺された？

同姓の別人だと思いたかった。しかし。

遺体発見の日付、川崎へイベントに行ったという証言、そして秋葉原。偶然と片付けるにはあまりに符合が多すぎる。

『第一の部屋』で目覚める前の、最後の記憶の破片が浮かび上がる。……富田と腕を組み、にこやかに談笑する鏑木。

富田が殺された――としたら。

『鏑木』を騙《かた》りメッセージを送ってきたこいつは、鏑木のアカウントをどうやって自分のものにしたのか。鏑木はどこへ行ってしまったのか。

虚《うつ》ろとなった視界に、自分の横たわっていた大テーブルが映る。『第二の部屋』を隔てる壁の冷たさが、背中へひやりと伝わる。

あの死体は誰だ。

富田を殺したのは誰だ。『鏑木』を騙るこいつか、それとも。

──秋葉原駅の近くでばったり出くわしたんや。

──正確な時間は思い出せんけど、夜十時過ぎやったかな。

『鏑木』の言葉は本当なのか。

赤黒い染《し》みの付いたレース縁のハンカチが、部屋の隅に落ちている。

あれは何だ。なぜ俺はあんなものを持っていたのか。記憶を失っている間、俺はどこにいて、何をしてしまったのか？

『どういうことだ。お前は何を知っている⁉』

ミスタイプを何度も繰り返しながら、大輝は、スマホの向こう側の『鏑木』を詰問《きつもん》した。

返事はなかった。

それ以降、『鏑木』からのメッセージはぷっつり途絶えた。

※

『ちりめん』さん？

ダイレクトメッセージの送信主の名を、凛は何度も見返した。

SNSでの相互フォロワーのひとりだ。『コスモス』の活動へ幾度となく賛同のメッセージを送ってくれている。SNS上で一対一のやり取りを交わしたこともある。

だが、凛は『ちりめん』の顔を知らない。抗議活動の場などで挨拶《あいさつ》したこともない。接点はあくまでネット上だけだ。詳しい素性など知るよしもない。

その『ちりめん』から、こんなタイミングでメッセージが——？

どう反応したものか迷った末、凛は当たり障《さわ》りのないメッセージを返すことにした。『コスモス』のメンバーと違って、『ちりめん』とは現実《リアル》の場での付き合いがない。そういう相手をも無視するのは、却《かえ》って不信感を招くだけのように思えた。

『ご心配ありがとうございます。返信遅れて申し訳ありません。少し疲れて休んでました』

嘘《うそ》は吐《つ》いていない。事の詳細は省いたけれど。

『そうでしたか。お騒がせしました、ゆっくりお休みください』

ほっと息を吐いた直後、ＳＮＳの通知欄に『１』の数字が表示された。

誰かからフォローされたり、コメントへの返信があったりした場合の、いわゆるお知らせ機能だ。通知欄を開くと、『ReadMeByChirimen さんからフォローされました』との通知が表示されていた。

……『読んでください《Read Me》　ちりめんより《By Chirimen》』？

スマホを操作し、フォロワー欄から『ReadMeByChirimen』のアカウントを表示する。

真新しいアカウントだ。ユーザーＩＤは英数字の羅列。フォロワーはゼロ。フォロイーはひとりだけ、恐らく凛のアカウントだ。書き込みはたった一件。

『LginHrByThsPw: **************……』

このパスワードで、このアカウントにログインしてください《Login Here By This Password》——？

ぞわりとした感覚が背筋を走る。

何だ、『ちりめん』は自分に何をさせようというのか。

しばし迷った末、凛は思い切って自分のアカウントからログアウトした。先程目にしたＩＤとパスワードを打ち込み、ユーザー名『ReadMeByChirimen』のアカウントにログインする。

見計らったように、一件の書き込みが追加された。

『リンさん、隠し事はなしっス。コスモスの人たちが心配してるっスよ。神崎さんとも連絡が取れないようっスね。何があったんスか？』

血の気が引いた。

どうして。自分と京一郎のことが、メンバーの誰かから漏れてしまったのか。

そして気付く。これは、『ちりめん』が凛と内密の話をするために作った裏アカウントだ。

『誰から聞いたんですか⁉』

考えるより先に指先が動く。返ったのは『やっぱりそうだったんスね』との書き込みだった。

――しまった！

鎌《かま》をかけられた、と気付いたが手遅れだった。凛の返事を待たず、相手は『嘘は吐いてないっスよ』と意趣返しのような書き込みを投げた。

『自分、神崎京一郎さんとも相互フォローしてるっス。神崎さんへもＤＭ投げましたが、なしのつぶてだったっス。コスモスの人たちもきっと心配してるんじゃないっスかね。

教えてください。何があったんスか？』

駄目だ……もうごまかしきれない。

でも、なぜ。タイムラインの更新がないというだけで、凜と京一郎の異常にどうやって勘づいたのか。『ちりめん』は、『コスモス』と関わりのない第三者のはずなのに。

まさか――

『あなたの仕業ですか。

もしお芝居をしているなら、私はあなたを許しません』

送信ボタンを押してから、はたと気付く。これでは、何かに巻き込まれたと自白したようなものだ。仮に凜の臆測《おくそく》が当たっていたとしても、「はいそうです」と素直に答えるわけがない。

返信が来るまで、今度はしばしの間があった。

『すみません。怪しまれるのも無理ないっスね。少しやりすぎたっス。本当に申し訳ないっス』

腰の低い文面だった。『潔白を証明するには全然足りないっスが、自分の表のＴＬ《タイムライン》を追ってくれませんか。昨夜は夜中まで仕事だったっス』

伝えられた通り、本来の『ちりめん』のアカウントを検索してタイムラインを辿ると、確かに深夜一時頃、『ただいまっス。へとへとっス』と気の抜けた呟《つぶや》きが投稿されていた。翌朝七時過ぎには『眠いっス』と寝起きのタイミングらしい呟き。一人の命を奪い、二人を閉じ込めた凶悪犯の気配はどこにもない。……いや、穿《うが》った見方をすれば、一仕事終えて寝て起きたとも読めてしまうが。

凛の懸念《けねん》を見越したかのように、『後はこれっス』と画像付きの書き込みが表示された。京一郎へのダイレクトメッセージのスクリーンショット画像だった。

『ＤＭでは初めまして。ちりめんっス。突然ですが、神崎さんにお尋ねしたいことがあります。返信いただけると嬉《うれ》しいっス』

メッセージの送信日時は『2019/06/17 18:40』。京一郎からの返信はなかった。凛の目で見る限り、画像を加工した痕跡《こんせき》は見当たらない。

もちろんこれとて、事後工作だと解釈しようと思えばできる。潔白の証明と呼ぶには足りない。

けれど――

思えば、『ちりめん』は約二年前からずっと、左派のスタンスでＳＮＳを続けてきた人だ。それが全《すべ》て凛や京一郎に害を与えるための芝居だとしたら、あまりに時間も手間もかかりすぎる。

信じていい……のだろうか。

『教えてください。

私や神崎先輩にＤＭまでしたのはなぜですか。心配してくれたことには感謝していますが』

察しが良すぎて怖いです、とまでは書かずに送信。数拍の間を置いて返答が来た。

『怖いとか気持ち悪いとか、思わないでくれるっスか？』

『はい』

『自分、リンさんのファンなんス。

抗議集会とかには仕事の都合で行けてないスけど、動画サイトに投稿されたスピーチは、先週の渋谷のも含めて全部チェックしてるっスよ。「あ、す、すみません！」のとこなんか、何回リピートしたか解らないっス』

自分の置かれた状況を忘れ、凛は頬を熱くした。

――ご自身がどう思われようと……リンさんは『コスモス』の広告塔なんです。

待って。ちょっと待って。

今ひとつ納得できないでいた。私なんかグループの顔や広告塔になれる柄じゃない、という思いをずっと拭《ぬぐ》えずにいた。

けれど……そんな。

顔も知らないネット上の知人から、まさか、そんな風に思われていたなんて。

凛のことが心配だったというのも、大仰な理由があったわけではなく……単にアイドルのファンよろしく、タイムラインを熱心に追ってくれていただけだったのか。

『気持ち悪いです』

『ひどいっス……』

文末のリーダーに、そこはかとない哀愁が漂っていた。吹き出しかけ、慌《あわ》てて口を手で覆《おお》う。

この部屋で目覚めて以来、凛の心を覆っていた暗鬱《あんうつ》な靄《もや》が、ほんの少しだけ払われたように感じた。

信じよう。

罠《わな》の可能性が完全に消えたわけではないけれど、今、ここで彼を拒絶したら、状況はきっと何も変わらない。むしろ最悪の方向に向かうだけだ。

『でも、ありがとうございます。手を貸していただけませんか。お願いします』

昨夕から今に至るまでの経緯を――記憶の一部が飛んでいることや、ＡＦＰＵの男の件も含め――凛は手短に『ちりめん』へ伝えた。

送信し終えてから数十秒後。最初に返ったのは『……マジっスか』の一言だった。

『信じてくださいとお願いしときながら言うのもあれっスけど、何スかその、にわかミステリみたいな状況は。

リンさん。大変頼みづらいっスけど、部屋の様子を撮ってもらえませんか。外には絶対漏らしません。約束するっス』

心臓が跳ねた。

『無理です。とても見せられません』

『構いません。覚悟はできてるっス』

床の上には、京一郎が無残な姿で倒れている。……死者を冒瀆《ぼうとく》する罪悪感が胸をよぎる。

向かいの壁を見やる。男が現れる気配はなかった。凛は意を決し、音を立てないようにして立ち上がった。ドアから見て一番奥、対角に当たる角まで移動し、部屋の様子をカメラアプリで何枚か撮影する。シャッター音はオフにした。

写真を送ってから一分後。

『確認しました。……無理言って申し訳ないっス』

ひどいっスね、という心の声が行間に垣間見えた。『ともあれ、状況は理解できました。

結論から申し上げるっス。今すぐ一一〇番すべきっス。このままではリンさんの命が危ないっス』

『解っています。でも――何も明らかにならないままでは、皆さんにただ迷惑をかけるだけです。

コスモスだけじゃありません。応援してくれた方たちや、野党議員の方々にも風評被害が及ぶかもしれません。そうなったら、全部終わってしまいます』

このまま警察が来たら、自分は殺人の容疑者にされてしまう。何の手立てもなければ、私が国民投票法改悪反対運動の足枷《あしかせ》になって――全てが和田政権の意のままになってしまうかもしれない。

『リンさん、それは危険な考えです。皆のためなら個人を犠牲にしても構わないという、全体主義に繋《つな》がる思想です。

自分を大切にできない人が、どうして他人を大切にできるんですか。「ひとりひとりを個人として尊重する」のが、コスモスの理念のひとつじゃなかったんですか？

誰かを生贄《いけにえ》にしなければ成り立たない社会運動なんて、遅かれ早かれ瓦解《がかい》します。解ってください。抗議行動は失敗してもやり直せます。冤罪《えんざい》だって晴らせないことはありません。でも、命を喪《うしな》えば絶対に取り戻せないんですよ』

頬を叩《たた》かれたように感じた。

いつものおどけた語尾が消え、諭すような深い怒りがあらわになっていた。

『ごめんなさい』――それだけの返信を打ち込むのに、かなり長い間を必要とした。

『いえ、こちらこそ言い過ぎたっス。お詫《わ》びするっス』

彼の切り替えは早かった。『リンさんの気持ちはよく解るつもりっスから。自分も、仕事仲間の足を引っ張って申し訳ないと思ったことは何度もあるっス』
慰めてくれたらしい。『ありがとうございます』指先が自然に動いた。
『でも、やっぱりごめんなさい。今すぐには通報できません。コスモスのメンバーや、関係者の皆さんのためだけじゃなくて、神崎先輩のためにも。せめて、ひとかけらでも本当のことを知りたいんです。
……いえ、少し嘘を吐きました。本当はただ、自分が逮捕されるのが怖いんです。何も解らないまま警察が来たら、私自身、警察の発表を真実として受け入れるしかなくなってしまいます』
ＡＦＰＵを守り、カウンターを威圧する警察が、果たして凛の味方になってくれるかどうか。
『強情っスね』
やれやれ、という溜息《ためいき》が聞こえるようだった。『でも解りました。リンさんのことだからそう来ると思ったっス。
ただし約束してください。危険が迫ったらすぐ一一〇番すると。自分も、リンさんが危ないと判断したら即通報します』
『はい』

仕方ない、というより当然の譲歩だった。

『で、早速、正反対のことを言うようで大変申し訳ないんスが。隣の部屋にいるというAFPUの男から、詳しい話を訊《き》き出してもらえませんか』

え⁉

『む、無理です！』

悲鳴に似た声を発しかけ、慌てて口を押える。……何を考えているのか。自分を襲った男ともう一度話をしろ、だなんて。

『自分だって嫌っスよ。こんなことをお願いするのは。ですが今のままでは決して、本当の答えに辿り着けません。閉じ込められているのは死者を除いて二人。リンさんと自分が知っているのは、その半分、たった一人分の事実だけなんス。

「Garbage in, garbage out」という言葉をご存じっスか？「不完全な情報からは不完全な結論しか得られない」。真の答えを知るには、リンさんだけじゃなく、その男の握っている事実が絶対に必要なんスよ』

とっさに返答できなかった。

『ちりめん』の言わんとすることは解る。本当のことを知るには、あの男との対面が避けて通れない。薄々、理解していたことではあった。

けれど……どうやって。

あの男は凛を襲い、凛はあの男に「出て行け」と言った。思想や信条だけでなく、現実においても、凛とあの男の間には断裂が生まれてしまっている。

――人を……ゴミ屑《くず》みたいに見下しているのは……お前だって同じじゃねえか。

あの男を心の奥底で蔑《さげす》んだ罪は消せない。そんな自分の言葉に、男が耳を傾けてくれるかどうか。

不安をメッセージで伝えると、『出て行けはともかく「気持ち悪いオタク」はまずかったっスね』と、追い打ちをかける返答があった。

『オタクの人たちがみんな、気持ち悪かったり右寄りだったり差別主義者だったりするわけじゃありません。反和田政権デモやカウンター活動に参加するアニメ好きの人たちもいっぱいいるっス。

日本人の中に外見上の偏差値の高い人とそうでない人がいるのと同じで、二次元好きな人の中にも見た目のいい人間とそうでない人間がいるだけの話っス。平均すれば、オタクの人たちと日本人全体との間に、違いなんてこれっぽっちもありゃしないっスよ』

『ですよね……』

なのに自分は、外見や持ち物だけであの男を「気持ち悪い」と決めつけてしまった。

『そもそもDiamond Feathersはそんなに変なゲームじゃないっス。リンさんも機会があったらぜひ一度――って、今はそんな話じゃなかったっスね』

彼もプレイしたことがあるらしい。意外な一面を見た気がした。『それよりリンさん。あまり自分を責めすぎないでください。リンさんはあの男よりましっス』

え？

『昔、学校の先生が言ったんスよ。「思っていいこと、言っていいこと、やっていいこと。この三つが同じわけがないだろう」と』

はっと胸を押さえた。

『他者に好き嫌いを感じるのは仕方ないっス。本能的な側面もあるっスから。けどリンさんは、「オタクは害悪だ、排除しろ」と声高に言いふらしたことはなかったっスよね？　今だって自責の念に駆られてるじゃないスか。それだけでも、不確実な根拠で外国人排斥を叫ぶ連中よりずっとまともっス。ま、今の和田政権みたいに、デモや街頭演説で「辞めろ」と言ってやらなきゃいけない場合もあるっスが――思ったことが正しい言動に直結するとは限らないことを、リンさんはちゃんと理解できてると思うっスよ』

行間の気遣いが胸にしみた。

『ありがとうございます。

でも、やっぱり、もう一度話せと言われると』

手のひらで身体をなぞられたときの、おぞましい感触が蘇《よみがえ》る。身動きの取れない相手を嬲《なぶ》りものにしようとした男だ。また襲われたら、と考えただけで唇が震える。

『大丈夫、とまでは言いませんが』

凛の心情を察したのか、追加のメッセージが表示された。『その男がリンさんを襲う可能性は、それほど高くないと思うっスよ』

え？

『相手の立場になって考えるっス。

リンさんがそいつを撃退できたのは幸運の産物かもしれませんが、向こうにとってはそうじゃないっス。明らかに力で優位に立てるはずの相手に返り討ちにされたんスよ？屈辱以上に、何だこいつは、と恐れを抱いたんじゃないでしょうか。

要はハッタリっス。また襲ったら今度こそ急所を潰すわよ、とでも啖呵《たんか》を切ってやれば、一発で震え上がるっスよ。男にとって、急所攻撃はトラウマ級に痛いものっスから』

その視点はなかった。……そういうものだろうか。

『もうひとつ。男はリンさんを襲う前、「言うことを聞けば手荒な真似《まね》はしない」とか言ってたらしいスね。

真の嗜虐《しぎゃく》趣味者ならそんな前置きはしないっス。そいつはきっと、犯罪者になることを恐れてたんスよ。あくまで合意の上、という建前が欲しかったんでしょうね』

『でも、実際は違いました』

『男はスマホで何者かと連絡を取っていたんスよね。臆測っスけど、その連絡相手が、男をそそのかしたんじゃないでしょうか。リンさんを嬲って口を噤《つぐ》ませろ、とか』

ぞっとした。……ありうる。男の連絡相手がAFPUの上層部の人間だったとしたら、男にとっては神託に等しかったはずだ。

『「口論中に突然」襲いかかられたんスよね。口論の中で、リンさんが男の地雷をそれと知らずに踏み抜いてしまったんじゃないスか？　触れてほしくない部分に触れられて、我を失ってしまったんスよ。

地雷さえ回避すれば、危険はグンと減るはずっス』

襲いかかられる直前の場面を思い返してみる。あなたの家族はどう思うか——そんな台詞《せりふ》をぶつけた気がする。

男の態度が豹変《ひょうへん》したのは、その直後だった。家族——それが男の『地雷』だったのだろうか。

『どう話を持っていくかは、現場のリンさんにお任せするっス。万一の事態になったら、何とか隙《すき》を突いてメッセージを送ってください。すぐ通報するっス』

肝心なところを丸投げされた感がなくもない。

が、男と一度対峙《たいじ》し、対話を断絶したのは自分だ。第三者に橋渡しを任せる方こそ丸投げに等しい。

覚悟を決めなければ、と、頭では理解したものの、こみ上げる不安と恐怖は抑えようもない。震える上半身に左腕を回していると、凛の心理状態を察したように、『ちりめん』からアドバイスが届いた。

『それと、もし交渉が不発に終わりそうになったら、今からお伝えすることを試して相手の反応を探ってください。

これは自分の勘っスが、男は何かを隠しています。リンさんの知らない重大な事実を』

後に続く文章へ目を通し、凛はまたも声を上げそうになった。

……どういうこと。

そんなものを、男は隠しているというのか？

※

『第二の部屋』へ繋がるドアの向こう側からノックが響いたのは、大輝が放心するさなかだった。

心臓が跳ねる。

幻聴かと思ったが、何秒かの間の後、再びノックの音が聞こえた。続けて、「ねえ、聞こえてる?」とわずかに震えを帯びた声。

「何だ」

慌ててスマホをポケットに入れ、大声を投げ返す。ドスを利かせようとして逆に上ずってしまった。まさか、凛の方から接触を図ってくるとは予想しなかった。

「話があるの。少しでいいから、耳を貸して」

――話?

「顔も見たくないんじゃなかったのかよ、俺のことは」

「見たくない。正直に言うけど、今、こうして話をするのだって嫌でたまらない。あなたがこっちに入ってきたら、脚の間をもう一回蹴ってやりたいくらい」

頬が引き攣《つ》った。……正直にも程があるだろう。

「じゃあ何の用だ」

「本当のことを知りたいの。

私たちに――私と神崎先輩、それとあなたの身に何があったのか。誰がどうして、何のために私たちをここに閉じ込めたのか。

あなただって、疑問に思っているんでしょう?　なぜ自分がこんな目に遭ったのか。

……それを考えるために、あなたが知っていることを知りたいの。

私も、自分が覚えている限りのことをあなたに話す。嘘は吐かない。だから——教えてほしいの。ここへ連れて来られるまでの間に、あなたが誰と会って、何を話して、何を見てどんなことをしたか。そういうことを」

凛の言葉は、まさに大輝の胸に疑問として渦巻いていたことでもあった——自分の身に何があったのか。知らねばならないと理性で思い、同時に、知ってはならないと本能が警告する疑問。

どうする……どうする。

必死に頭を悩ませた末、大輝は答えを返した。

「お断りだ。なぜ今、お前にそんなことを話さなきゃならない。

誰の仕業とか何が起こったとか、そんなのは警察が調べることだろう。どうせ警察にも話すんだ。同じ話をお前にするなど二度手間だ」

「あなたが私にしようとしたことも、正直に話すの？」

こいつ——

「俺を脅す気か⁉」

「そんなつもりはないわ。ただ……今のままだと、あ、あ、あなたも犯罪者に、さ、されてし、しまうか、か、かもしれない。

私は手を縛られたのに、あなたは自由だった。犯人はあなたに監禁の罪を負わせようとしていたのかもしれないの。たとえ私が、あなたに襲われかけたことを話さなくても、警察があなたに疑いをかける可能性はゼロじゃない。

そうなる前に……警察が来る前に、せめて、少しでも本当のことを知りたいの」

ドアの反対側から聞こえる声に、駆け引きの色は見えない。ただ切実に真実を知りたがっている、そんな声色だ。

しかし――

「恩着せがましいことをぬかしてんじゃねえよ。お前のセーターにも血が付いてただろうが。

『本当のことを知りたい』だと？　漫画の素人《しろうと》探偵か。お前が考えたところで何が解る――」

「なら、あなたも考えて」

……は⁉

「さっきも言ったけど、私もあなたに、私が知っていることを全部話すから。あなたはあなたで何があったかを考えて。私も、あなたが教えてくれたことを元にして、自分の身に何があったかを考える。

間違っていることだってたくさんあるかもしれない。けど、ひとりで考えるよりはずっと、本当の答えに近付けるかもしれないでしょ」

　こいつは――

　この女は何を言っているのか。まさか。

「互いの答案を見せ合って、答えが同じなら正解、とでも言うつもりか？

馬鹿馬鹿しい。多数決か」

「そうよ」

　即答だった。「ねえ――今の日本は民主主義国家だと思う？　それとも、和田政権に乗っ取られた独裁国家だと思う？」

「は？」

　いきなり話が飛んだ。「……何言ってやがる。民主主義国家に決まっているだろう。国会議員は正当な選挙で国民に選ばれたんだ。そして賛成多数で和田首相が選ばれた。どこが独裁国家だよ」

「多数決で選ばれたのだから和田首相は正しい、ということ？」

　息を呑《の》む。

　凛の言わんとすることを遅まきながら理解する。「多数決だから」と和田政権を肯定する者が、多数決を否定するのか――遠回しにそう糾弾しているのだ。

「……状況が違うだろうがよ。

『本当のこと』はひとつしかねえんだぞ。議員を選んだり法案を採決したりするのと一緒くたにするな。多数決の結果と、唯一《ゆいいつ》無二の真実が一致する保証がどこにあるんだよ」

反論に詰まった。

「『何が一番正しいか』を決める、という意味では同じでしょ？」

「確かに、私とあなたの答えが同じだからといって、それが『本当に起きたこと』とは限らない。

けど、神崎先輩が教えてくれた——ひとりひとりが信条や損得を抜きにして、正しい情報を得て議論して考え抜けば、コイン投げより高い確率で『本当の答え』を見つけ出せるはずだ、って。

そうすれば……皆で集めた答えは、もっと正しい答えに近付くんだって……それが、多数決のあるべき姿なんだって」

凛の語尾は震えていた。

彼女の言う「神崎先輩」とは、『コスモス』創立者の神崎京一郎のことだろうか。最初に対面した際、凛が隣室の死体に向かって同じ名を叫んでいたのを思い出す。凛にとっては単なる先輩やリーダー以上の存在だったのかもしれない。

だが。

──考え抜けば、コイン投げより高い確率で『本当の答え』を見つけ出せる。

──そうすれば……集めた答えは、もっと正しい答えに近付く。

何だと……何だそれは。

「そんな都合のいい話があるか。俺は名探偵じゃねえんだぞ。お前も同じだ。『船頭多くして船山に上る』って言葉を」

「最初から投げ出さないで！」

叫びが大輝を遮った。

「……あなたの言う通りよ。私たちは神様じゃないし名探偵でもない。だから本当の答えは解らない。pが0・5を上回れるかどうかなんて誰も保証してくれない。けれど、初めから諦めて他人任せにしていたら、それこそ何も解らない。誰かの用意した結論を考えなしに受け入れて従うなら、それは独裁と同じよ。もし『結論』が間違っていても、誰も正せない。

先輩が教えてくれた──神様の答えに、一番近付けるのは、理想の民主主義だけだって。余計なしがらみに囚《とら》われないで、正しい情報を共有して真剣に考え抜かなきゃ、本当の答えには辿り着けないのよ！」

喉《のど》を嗄《か》らすような絶叫だった。

……支離滅裂もいいところだった。

「考え抜けば答えを出せる」が「考え抜かなきゃ答えを出せない」へと強要めいた言い回しに変わっているし、「０・５を上回れる」や独裁云々《うんぬん》のくだりも意味不明だ。

いや、言わんとすることは解る。

警察に任せきりにしたところで、捜査が正しく行われ正しい結論が出る保証はない、ということだろう。カウンターたちをはじめ、ネット界隈《かいわい》の左派の連中は、総じて警察や司法機関を信用しないきらいがある。

もし警察が『コスモス』側に不利な発表を行ったら、世間はそれを事件の真実と見なす。そうなれば、連中の活動は致命的な打撃を受ける。三廻部凛は要するに、『コスモス』の破局を回避するために助力を乞《こ》うているのだ――敵である自分に。

ふざけるな、と一蹴《いっしゅう》するのは簡単だった。なぜ俺がお前らのために手を貸さねばならないのか、と。

しかし、大輝の唇は動かなかった。つい先刻《さっき》生じた精神の傷口を、凛の台詞の一節が抉《えぐ》った。

――誰かの用意した結論を考えなしに受け入れて従うなら――

俺はどうなんだ。

『鏑木』からのダイレクトメッセージを、「鏑木だから」というだけの理由で受け入れ、助けを求め、明らかな犯罪教唆《きょうさ》に乗ってしまった。凛から手痛いしっぺ返しを受けなければ——あるいは、『鏑木』が大輝の呼び方を誤らなければ、スマホの向こう側にいる『鏑木』が偽物《にせもの》とは勘付けなかったかもしれない。

なぜだ。

見た目も中身も子供でしかない女の、子供のような理想論が、どうしてこれほど自分を責めさいなむのか。

天井を見上げ、割れんほどに奥歯を嚙《か》む。何十秒かの沈黙の末、大輝は声を絞り出した。

「お断りだ。

何が本当の答えだ。いつまでも理想を振りかざして、何もできないまま破滅しろ。お前らにはお似合いの末路だ」

息を呑む気配がドア越しに伝わった。

返事はなかった。やがて、「そう」と諦念《ていねん》を帯びた声が響き、

「なら、こ、こっちから知りに行くから」

冷たい宣告と同時に、ドアノブが回った。

血の気が引いた。

想定外の事態だった──凛の方から、大輝のテリトリーに踏み込もうとしている。

「ば、馬鹿野郎！」

立ち上がりかけ、足がもつれて手と膝を突く。右手に激痛が走った。ドアノブを押さえようと左手を伸ばすも、虚《むな》しく空を切った。

いつの間にテーブルを外していたのか、ドアは蝶番《ちょうつがい》を小さく軋《きし》ませただけで、あっけなく『第二の部屋』の側へ引かれた。小柄な影が躍り出る。森の小動物のように素早い動きだった。

床へ無様にうずくまる大輝を、三廻部凛は一瞥《いちべつ》し、視線を『第一の部屋』の奥側へ移し──次の瞬間、顔を強張《こわば》らせ、片手で口を覆った。指の隙間から「嘘……！」と掠《かす》れた悲鳴が漏れる。

見られた。

全身の力が抜ける。凛は再び大輝を見やり、それを凝視し、ジーンズの右後ろのポケットから板状のものを取り出した。

スマホだ。凛を襲う際に見つけた、桃色の筐体《きょうたい》。凛が思わぬ反撃に出なければ、取り上げることができたかもしれない通信端末。

凛は硬い声で、スマホ越しに何者かへ語りかけた。

「あなたの予想通りだった。

こちらの部屋にも死体がある――誰だか解らない。真っ黒に焼け焦げてる」
『第一の部屋』の中央。
黒炭と化した人形《ひとがた》の塊が、大テーブルの下に横たわっている。
恐怖を帯びた凛の瞳《ひとみ》を、大輝は力なく見つめた。

第5章　神の答えについて

『大当たり、っスか』

凛の右手のスマホから「声」が響いた。駅の構内放送に似た、しかし抑揚にわずかな違和感のある声。

文章読み上げ機能だ。ブラウザやアプリに表示された文章を、リアルタイムで音声に変換する。最近のスマホはこんなこともできるのだと、凛は今日の今日まで全く知らなかった。

『リンさんの部屋に死体があるなら、男の部屋にも死体があるかもしれない。実はヤマ勘もいいところだったんスが……自分でも驚きっス』

驚愕《きょうがく》したのは凛も同じだった。

部屋の中央、大テーブルの下に、黒焦《くろこ》げの死体が転がっている。隣室の、顔を焼かれた死体以上に無残な姿だ。

ここにも死体があることを、男は素知らぬ顔で隠し通していた。

いや、本当なら、もっと早く気付いても不思議はなかった。男を撃退した直後、外へ逃げるためにこちらの部屋へ足を踏み入れていれば。

第二の死体の存在を『ちりめん』に示唆《しさ》されたときは、まさかと思った。しかし手首を縛られた状態で目覚めて以降、凛は隣の部屋をまともに覗いていない。ドアが開いたときも、凛の位置から見えたのは壁だけだ。隣室がこんなことになっているなど想像もしなかった。

乳白色の壁。死体と大テーブルの奥には、鉄製と思《おぼ》しき大扉。近くの床に、まだ乾きっていない嘔吐《おうと》の痕跡《こんせき》がある。男が漏らしたものだろうか。

凛から見て左奥の隅で、古い換気扇が回っている。一方、天井の空調機は沈黙を保っていた。種々の差はあれ、全体としては、凛の閉じ込められていた隣室と似た雰囲気の部屋だ。

『脱出できそうっスか?』

「……確認します」

奥の大扉へ向かい、ノブに手をかけて力を込める。開かない。閂《かんぬき》がかかっているのか、扉はわずかに揺れるだけで、凛の力では全くと言っていいほど動かなかった。

床との間には、一センチほどの隙間《すきま》が空いているだけだ。身体《からだ》どころか手さえ通せそうになかった。

扉の横にスイッチが二つ、上下に並んでいた。上のスイッチをいじると、換気扇が止まっては動いてを繰り返した。下のスイッチは電灯用のようだ。天井の空調機のスイッチは見当たらない。別の場所——恐らく大扉の外——にあるのだろう。

「駄目でした。外から塞《ふさ》がれてるみたいです」

『了解。そこまで甘くはなかった、ってことスかね』

他の扉は見当たらなかった。出られない、というのは真実だった。

部屋の角付近に、レース縁のハンカチが落ちていた。赤黒い染《し》みが広がっていた。

……血だ。サマーセーターの染みに目を落とす。こんなところまで対称的だった。

誰の血だろう。あの黒焦げの死体のものだろうか。『ちりめん』に伝えると、すぐさま問いが返った。

『そっちの死体、外傷とか確認できるっスか』

「無理です。焼かれ方がひどくて……床に血の跡はないみたいですけど」

素人目《しろうとめ》には刺傷の有無などとても判断できない。衣服も、死体もろとも燃えてしまったらしく、炭化した布状の断片が身体の所々に貼《は》り付いているだけだ。髪もロングヘアではないとかろうじて解《わか》る程度にしか残っていない。外見上は性別さえ解らない。

自分と京一郎以外に、この場所へ捕らわれた『コスモス』のメンバーがいたのか。けれど先刻《さっき》、グループＳＮＳを覗《のぞ》き見た限り、他に行方不明となったメンバーはいないようだった。としたら――

「……何だよ」

男が我に返ったように、凛の手のスマホを指差した。「誰だそいつは。何なんだ！」

「『誰だそいつは』、だそうです」

スマホに話しかける。音声入力機能だ。テレビのコマーシャルで、喋《しゃべ》るだけでレストランなどを検索してくれる場面を観《み》た覚えがあるが、これも実際に使うのは初めてだ。自分と男が「直接」やり取りする場面もあるだろうからセットアップしてほしい、と『ちりめん』に頼まれ、四苦八苦しながら設定したものだった。

台詞《せりふ》と同じ文章が打ち込まれているのを確認し、送信。逡巡《しゅんじゅん》を振り払い、大テーブルに沿って迂回《うかい》しながら、一メートル程度の距離まで男へ近付く。この位置なら男にも彼の声が届くはずだ。

彼からの返答は早かった。

『リンさんファンクラブ会員第一号っスよ。とりあえず初めまして、と挨拶《あいさつ》しとくっスかね』

「ふざけるな。部外者が何を勝手に割り込んで」

『この非常時に呑気《のんき》なこと言ってる場合っスか？　大体、そちらこそ自分のスマホで外と連絡取ってたらしいっスね。その誰かは今どうしてるんスか』

ぐっ、と男が喉《のど》を鳴らした。

『安心してください。アンタを取って喰うつもりはありません。ただ、少しばかり教えてほしいことがあるだけっス。

まず――自分の部屋に死体があるのとハンカチの件を、リンさんに黙っていたのはなぜっスか』

答えはなかった。

『リンさんは密室状態で死体と一緒にいた。自分も似た状況だったと知られたら、精神的な優位をひとつ失う。だから教えなかった。……違うっスか？』

男が目を剝《む》いた。

「何だ……何者だお前。一体誰だ」

『だから、リンさんファンの単なる一市民っスよ。

彼女から話は聞いたっスよね？　単刀直入に言います。アンタの知っていることを全部、リンさんに教えてあげてください。コスモスに手を貸すのは癪《しゃく》かもしれませんが、事実が明らかになることは、アンタにとっても決して悪いことではないはずっス』

「うるせえ！」

男が喚《わめ》いた。床に膝《ひざ》を突いたまま、二つの部屋を繫《つな》ぐドアを指差す。

「知った口を叩《たた》くな。お前ら出て行け。出て行けよっ」

『しょうがないスね』

やれやれ、という溜息《ためいき》が聞こえるようだった。

『アンタたちのリーダーの仇を討ちたい、とは思わないんスか？』

びくり、と男の身体が震えた。

――え？

「すみません。リーダーの仇《かたき》って一体」

『ああ、リンさんっスね。文字通りの意味っスよ。

そちらに転がっている黒焦げ死体は――ＡＦＰＵ代表、鏑木圭氏かもしれません』

鏑木圭⁉

大テーブルの下の禍々《まがまが》しい死体へ、反射的に視線を移す。凛も名前は知っていた。あの死体が、ＡＦＰＵの創立者、鏑木圭の成れの果てだというのか。

「その……どうして、そんなことが」

『ヤマ勘っス。今の段階では何の証拠もありません。

ただ――片方の部屋にコスモスのメンバーが二人いて、うち一人は創立者で、しかも死体になっているなら、もう一方の部屋も似た状況だったんじゃないかと思っただけっス』

生きて拘束された凛と、遺体となった京一郎。

生きて閉じ込められた男と、黒焦げの死体。

片方は『コスモス』、片方はAFPU。とすれば、黒焦げ死体の正体は――

「待ってください！ そんな……そんな馬鹿《ばか》げたこと」

『仰《おっしゃ》る通り。妄想もいいところっス。

ですが、今しがた確認したところ、鏑木圭氏のタイムラインは昨日夕刻、川崎での集会終了のアナウンスを最後に更新されていません。第三者的には、鏑木氏が生きているという確証を得られないのが現状っス。

そこにいるAFPUのお兄さんも、内心では同じ恐れを抱いてたんじゃないスかね』

「出て行け。早くしねえとぶっ殺すぞ！」

顔を紅潮させながら、しかし男は立ち上がろうとしなかった。頭は俯《うつむ》き、声は震えを帯びている。

駄目だ――少なくとも今は、まともに話ができる状況じゃない。

「……解った。気が変わったら、声をかけて」

言い置き、男の傍らを通り抜けてドアをくぐる。不意を突いて襲いかかる気配は、微《み》塵《じん》も感じられなかった。

ドアを閉める手を、凛はほんの少しだけ止めた。

「それと、ひとつだけ。

あなたを『気持ち悪いオタク』呼ばわりしたことは謝る。あなたの言う通りだったわ……私、心のどこかで、そういう人たちを見下してたと思う。ごめんなさい」

返答はなかった。凛はドアを静かに閉めた。吐き捨てるような叫び声が、ドアの向こうから響いた。

※

「何だよ……何なんだよっ」

床へ視線を落としたまま、大輝は呻《うめ》いた。

――余計なしがらみに囚《とら》われないで……真剣に考え抜かなきゃ、本当の答えには辿《たど》り着けないのよ！

――アンタたちのリーダーの仇を討ちたい、とは思わないんスか？

余計なお世話だ。どうして俺が、お前らの言いなりになど。

だが、心の声は言葉にならなかった。唇を噛《か》みながら、大輝はテーブルの下の死体へ目をやった。

なあ……あんたは本当に鏑木さんなのか。

教えてくれ。俺は一体、どうすればいいんだ。

大輝は初めから、家族に見放されていたわけでも、自由や平等といった綺麗事《きれいごと》が嫌いだったわけでもない。

自慢ではないが、中学校の始め頃までは優等生の部類に入っていた覚えがある。生来の体質か、幼い頃から太り気味で運動は苦手だったが、主要五教科は学力テストで満点か、悪くても九十点台。通知表には最高評価が付いていた。

ただ、友人は多くなかった。

誰かの顔色を窺《うかが》いながら、学校帰りにさして興味のない場所へ立ち寄ったり遊びに付き合ったりして、自分の時間を食い潰《つぶ》されるのが嫌いだった。誰かのプライベートへ首を突っ込む趣味はなかったし、逆に自分のテリトリーへ踏み込まれるのには猛烈な嫌悪《けんお》感を覚えた。

それよりは、ひとりで気ままに書店へ足を運び、漫画やライトノベルやCDの並ぶ棚を眺めて回ったり、雑誌コーナーで立ち読みしたりする方がずっと楽しかった。

漫画好きを自称する同級生も多くいたが、彼らが読んでいる作品といえば、週刊少年誌に連載されている有名作だけ。大輝のように、青年向け――十八禁という意味ではなく――コミックまでチェックして表紙買いする子供はいなかった。

ましてや、レコーダーで深夜アニメを録画し、家族の誰もテレビを観ていない時間に楽しむ〝ディープな〟サブカルチャー好きは、希少種中の希少種と言ってよかった。周囲に打ち明けても得することはないと解っていたので黙っていたが。

大輝の趣味に、両親はあまり良い顔をしなかったが、学校の成績で上位を維持していたので、声高に文句も言えないといった様子だった。

薔薇色《ばらいろ》ではなかったが嫌なことばかりでもない。後から思えば、恐らく二度と手に入らない、気楽で平穏な毎日だった。


『転落』が何をきっかけに始まったのか、大輝自身にも解らない。

趣味がバレたわけではなかった。「周囲から浮いている」。後から思えばただそれだけのことだったのだろう。

覚えているのは、中学校に進学してしばらく経《た》った頃から、クラスメイト――いや、学内全体が大輝の敵に回るようになったことだけだ。

手垢《てあか》のついた表現をすれば、いじめの標的になった。

家の支柱が白アリに喰い荒らされるように、学内での大輝の立ち位置は、大輝の気付かないところで脆《もろ》くなっていた。土台が崩れ、学内序列《スクールカースト》の最下層へ転げ落ちるまでに時間はかからなかった。

学校という閉鎖空間は、学業成績だけで序列が決まるわけではない。出る杭《くい》を叩く同調圧力の中で、頂点に立つ。そんな矛盾した要求をクリアするには、叩かれないぎりぎりのラインを見極めつつ自らの優位点を提示し、仲間を引き入れつつ発言力を高める社交力、俗に言う『コミュ力』を必要とする。

大輝に『仲間』はいなかった。

漫画やアニメの世界では、成績優秀、容姿端麗、運動神経抜群、かつ社交的で人気者というキャラクターが登場することがあるが、大輝には学業成績以外の全《すべ》てが不足していた。

他の生徒からの暴虐《ぼうぎゃく》は、日を追うごとにエスカレートしていった。

大掃除の時間、カースト上位の生徒から、教師の目の前で蹴《け》りを入れられたことさえあった。

現場を目《ま》の当たりにした女性教師は、加害者の生徒を叱《しか》るどころか何も言わず、逆に大輝へ、取ってつけたように告げた——我慢しなさい、と。

スクールカーストを、あってはならないと考えるどころか積極的に肯定する教師が、世の中には少なからずいるのだと、大輝は後に知った。

いじめは良くないと口で言いながら、スクールカーストをクラスの秩序維持に利用し、上位の生徒を「社交的」と評価し、下位の生徒に対しては「社会勉強だから」と忍耐を強いる。そんな、腐った教師どもが。

表で語ることと裏の言動が違うのは、カースト上位の連中も同じだった。

「世の中はどんどん国際化が進んでいます。日本に住む海外出身の人たちも増えています。でも日本ではまだまだ、海外の人たち、特にアジア出身の人たちへの偏見が根強いと聞きました。とても胸が痛みました。私は、日本に住む全ての人たちが、国籍に関係なく仲良くなって欲しいと思います。……」

そんな綺麗事だらけの作文を読み上げる、カースト最上位の女子がいた。下の名前は思い出せない。苗字《みょうじ》は松本《まつもと》と言った。野党議員の後援会会長の娘だった。

大輝に水着泥棒の濡《ぬ》れ衣《ぎぬ》を着せ、クラスメイトを扇動してホームルームで糾弾させ、教師のいないところで他の生徒たちに大輝の手足を押さえさせ、「キモいんだよ、腐った卵野郎」と腹を蹴り飛ばす女だった。

三者面談の日、大輝は教師と父へ、自分の受けた行為を残らずぶちまけた。

担任の教師は神妙な顔を作り、諭すような口調で告げた。

――でもね、大輝君。あなたにも……悪いところが少しもなかったとは言えないんじゃないかな。

――水着の件、本当にあなたがやったのではないの？　あなたが盗《と》ったのを見たと、松本さんが言っていたのよ。

父親は、自分が責め立てられたように視線を落とした。

──申し訳ありません。息子がご迷惑をおかけしたようで──

自分と世界との間に、巨大な亀裂《きれつ》の走る音を大輝は聞いた。

その夜、父は母と並んで大輝を責め立てた。

──水着を盗んだなど聞いていないぞ。どういうことだ。

そこから先の数十秒間を、大輝は記憶していない。

母親の悲鳴に我に返ったとき、鼻から血を流し床に倒れる父と、両手に椅子《いす》を握って振りかざす自分がいた。

大輝が通っていたのは、いじめゼロを標榜《ひょうぼう》する、名の通った中高一貫の私立校だった。居心地がよさそうに思えた。入試当日はそれなりに緊張したが、成績上位で合格できた。

全て幻想だった。「いじめゼロ」とは単に、いじめをもみ消し、無かったことにしているだけに過ぎなかった。

三者面談の次の日から、大輝は教室に足を踏み入れなくなった。

校門をくぐることはあっても、クラスメイトと顔を合わせることはほぼなくなった。最低限の出席日数を確保できる分と、学力試験のときだけ保健室に通い、中等部の卒業証書と高等部への進学資格を手に入れた。

が、高等部に上がっても、中高一貫の学校では生徒の顔触れはほとんど変わらない。高等部の教室に一度も顔を出さないまま、大輝は自宅の部屋にほぼ籠《こも》りきりとなり、程なくして学校を辞めた。

転校という選択肢は微塵《みじん》も浮かばなかった。

どこの学校も同じだ。序列に戦々恐々とする生徒と、見て見ぬふりをする教師。そんな奴《やつ》らばかりだ。

両親は何も言わなかった。

三者面談の夜以来、腫《は》れ物に触るような――というより、怪物を見るような目を向けるだけになった。

妹の藍里が、何をどこまで聞かされたかは定かでない。

恐らく、真実のひとかけらも知ってはいないだろう。ドロップアウトした兄へ、最初は悲しげな瞳《ひとみ》を向けていたが、一、二年もすると、その視線は侮蔑《ぶべつ》に満ちたものへ変わった。

仕事もしたくない、とまで考えていたわけではない。退学した当時はまだ、定職に就かねばという強迫観念が残っていた。

一年以上長続きした職場はなかった。

工事現場、飲食店、部品工場、研究所の検査員……様々な職を転々とした。仕事ぶりは決して悪くなかったはずだ。しかし高校中退という烙印《スティグマ》、そしてお世辞にも社交的と言えない性格は、働く先々で陰口と嫌がらせの対象になった。

学校も会社も、内側で行われていることは何も変わらなかった。弱者を労《いた》わりましょうと言いながら、「コミュニケーション社会の弱者」へは平然と人間以下の扱われ方を強いる。他者から手を差し伸べられるのは、可哀想《かわいそう》な弱者面《じゃくしゃづら》をした連中だけ。大輝のような人間が顧みられることはない。

何もかもに嫌気が差し、趣味にだけ耽溺《たんでき》しながら日々をやり過ごしていた頃——国民黎明《れいめい》党の非公式ネットサポーターズの募集要項と、ＡＦＰＵに巡り合った。

人生が変わったようだった。

谷底から半分だけ這《は》い上がったに過ぎなかったが、少なくとも過去何年もの暗黒期に比べれば、見える世界が格段に広がったように思えた。

ネットサポーターズの仕事は、仮想空間で相手を論破する訓練の場を与えてくれた。

仕事中のある日、野党議員の後援会会長を名乗る、「松本」という男のＳＮＳを見つけた。

学校時代の忌《い》まわしき記憶が蘇《よみがえ》った。大輝は男のＳＮＳのログを探り、住所を特定し、何の気なしに書いたのであろう、女性蔑視的ないくつかの些細《ささい》な記述を掘り当てた。後は、情報を上に上げるだけでよかった。男のＳＮＳは炎上し、本来は同胞であろうはずのリベラル連中からも非難が集中した。男は後援会会長の座と職を失い、野党議員は無様な釈明に追われ、次の選挙で落選した。「松本」の娘も就職の内定がご破算になったらしいと、後で聞いた。

そしてＡＦＰＵは、大輝に居場所を与えてくれた。

他の会員たちに深く立ち入ることも、逆に立ち入られることもない。弱者面をした在日外国人の犯罪を糾弾するという、ただひとつの目的のために、各地から大勢が集まり、声と心をひとつにし、再び各々《おのおの》の場所へ戻っていく。その距離感と一体感が心地よかった。

社交性とは縁遠いはずの自分が、他の会員たちとはなぜか、気楽に言葉を交わすことができた。さすがに最初は恐る恐るだったが、いざ話してみると、皆、程度の差はあれ、大輝と似たような疎外《そがい》感や孤独、そして、誰からも手を差し伸べられないことへの怒りを抱えていた。

何より、大輝の心を摑《つか》んだのは、ＡＦＰＵの創立者である鏑木圭だった。

幹部と一般会員の分け隔てなく、鏑木は人懐《ひとなつ》っこい笑顔で会員たちに挨拶し、熱弁をふるった。

――マイノリティはみんな聖者やと、世間の連中はイメージしとる。

――そんな馬鹿な話あらへん。たとえマイノリティだろうと犯罪者は犯罪者や。リベラルの優等生連中は、マイノリティへの批判が差別主義者のレッテルに繋がるとビビっとるだけや。

――綺麗事を抜かす連中に何ができる。俺らがやったろやないか。

……その鏑木の最期《さいご》の姿が、あの真っ黒な死体だというのか。

鏑木を喪《うしな》ったらＡＦＰＵはどうなる。ようやく見つけたと思った、俺の居場所はどうなる。

どうすればいい――

※

『ごめんなさい……私が、もう少し交渉上手だったら』

文章読み上げ機能と音声入力機能をオフにし、凛はＳＮＳアプリへ文章を打ち込んだ。ややあって、『いえ、自分も同罪っス』との返答が表示される。

『それに、全くの空振りだったわけじゃありません。重要な情報をいくつか入手できたっス』

死体がもうひとつ存在し――しかもAFPUの創立者かもしれないこと。外部への脱出経路はやはり塞がれていること。犯行の痕跡かもしれない血染めのハンカチ。

だが、真相に近付いたという手ごたえはなかった。むしろ、混乱に拍車がかかった気さえする。

隣室の死体が、『ちりめん』の推測通り、AFPU代表の鏑木圭だとしたら、犯人の目的は何なのか。

死んでいたのが京一郎だけなら、『コスモス』を敵視する人間の仕業だと無理やり納得することもできた。けれど、AFPUの側にまで死者が出たとなると、様相は大きく変わってしまう。

一歩間違えれば、犯人は『コスモス』ばかりでなく、敵ではないはずのAFPUの会員たちから、憎悪《ぞうお》を一身に浴びることになりかねない。

それとも、『コスモス』や凛へ濡れ衣を着せるつもりだったのだろうか。ならどうして、AFPUのメンバーである男も一緒に閉じ込めたのか。憎悪の矛先をいたずらに狂わせるだけじゃないのか。

それ以前に、鏑木圭の死は、AFPUそのものの瓦解《がかい》に繋がる可能性さえある。

この数年間でAFPUが勢力を拡大できたのは、ネット上の巧みな宣伝活動もさることなから、創立者である鏑木自身の求心力によるところが大きい、という話を以前耳にした。ＡＦＰＵの内部事情を凛はよく知らない。けれど、絶対的なカリスマを喪ったとき、果たしてＡＦＰＵは体制を維持できるのだろうか。……

凛は慌《あわ》てて首を振った。

全て想像だ。証拠なんて何もない。いくら考えを巡らせたところで、土台があやふやではトランプの塔を建てるようなものだ。

凛の懸念《けねん》を察したように、『ちりめん』から追加のメッセージが書き込まれた。

『とはいえ、もう少し手がかりが欲しいところっスね。リンさん、つらいことをお願いします。神崎さんの遺体をもう少し調べられますか』

え⁉

『写真を見せてもらいましたが、彼の死因がよく解らないんスよ。まるで、部屋の奥に向かう途中で突然ばたっと倒れたようで。

致命傷を負った被害者が、部屋に逃れてそのまま息絶える、というのはミステリの古典スけど、顔の火傷《やけど》以外に外傷はないし、血痕もなかった——んスよね』

『私の目に見える限りは、ですけど』

うつぶせになった遺体の下から、血が滲《にじ》み出ている様子はない。遺体の背面にも——後頭部、うなじ、背中、臀部《でんぶ》から脚に至るまで——これといった傷は見当たらない。

『頭を殴られたんでしょうか。私が傷を見落としているだけで』

頭部へ打撃を受けてから命を落とすまでの間に、ある程度時間を要する場合がある、という話を耳にしたことがある。髪の毛の下に瘤《こぶ》ができていて、素人の自分には解らないだけかもしれない。

が、触って確かめるには、途方もない抵抗があった――京一郎の死を、否応《いやおう》なく実感させられるようで。

『可能性はなくもないですが、遺体や周囲の様子とどうもかみ合わないんスよね。神崎さんが他の場所で殴られて、リンさんのいた部屋へ逃げ込んだとしたら、犯人が放っておくはずがないと思うんスよ。自分が犯人なら、とどめを刺しに神崎さんの後を追うっス』

追って、滅多打ちにしたはずだ――と言いたいのだろう。遺体の頭部はもっとひどい状態になっていたに違いない。不快な想像に凛は口を押さえた。

『先輩がドアを押さえて、犯人が入れなかった……とか』

『その場合、神崎さんの遺体は部屋の真ん中でなく、ドアの近くにあったはずっス。彼が亡《な》くなった後、犯人がわざわざ遺体を動かした理由も解りませんし』

『先輩はこの部屋で襲われた、ということですか』

『にしては、争った気配がなさすぎるんスよね。部屋には小テーブルがあったのに、護身用の盾として使った様子もないみたいスし』

確かに、小テーブルにはこれといった破損が見られない。遺体の衣服にもあまり乱れがない。

なら――

『毒入りのカプセルを飲まされたとか、注射を打たれたとか』

『としたら、遺体はもっと苦しんだ格好だったでしょうし、多少なりとも嘔吐の痕跡が残ると思うっス。

リンさん。神崎さんの口元を確認できますか。できたら写真も送ってほしいっス。

それと、死亡推定時刻の当たりも付けたいっス。死斑《しはん》があったらその写真もお願いします。可能なら、指などで押して消えるかどうかも』

長いことためらった後、凛は勇気を振り絞り、『解りました』と返した。

目元が潤《うる》むのをこらえつつ、遺体に近付き、焼け爛《ただ》れた口元へと恐る恐る顔を寄せる。

赤黒く腫れ上がった唇が上下に軽く開き、前歯が覗いている。口の周囲も中も、嘔吐に汚れた様子はなかった。床にも、胃液の痕跡らしきものは見当たらない。

心の中で京一郎に詫《わ》びながら、凛はスマホを構え、写真を撮った。距離が近すぎたせいか若干ピンボケ気味になってしまったが、汚れの有無を伝えるには充分だ。

と、かすかな違和感を覚えた。

もう一度、遺体の口へ目を移す。下の前歯の表面の一部が、わずかに細長く出っ張っている——ように見える。歯石だろうか。嘔吐の汚れではなさそうだが……しかしそれ以上詳しく調べることはできなかった。遺体の唇を押し下げねばならないし、何より、無残に焼かれた顔をこれ以上見ていられなかった。かろうじて軽傷と呼べるのは左目の辺りだけ。瞼《まぶた》の隙間《すきま》から、光を失った眼球が覗いていた。

後は……死斑だ。

死後、ある程度時間が経つと、体内の血が重力によって遺体の下に溜まり、死斑となって皮膚に浮き出る——という蘊蓄《うんちく》が披露される場面を、子供の頃にサスペンスドラマで観た覚えがある。

ただ、死斑からどのように死亡推定時刻を絞り込むのか、凛には全く知識がない。『ちりめん』にはできるのだろうか。ますます正体が解らなくなった。

死体はズボンとYシャツに覆《おお》われ、皮膚が剝き出しになっているのは顔と両手だけだった。顔は先程確認したが、焼け爛れて死斑も何もあったものではない。

遺体の右手へ目を移す。手の甲は血の気が無くなっていた。小指の方から側面を覗くと、下——床を向いた手のひらの側に、暗い紫色の斑点のようなものが浮かんでいた。

これが死斑だろうか。指先で触れるのがためらわれ、握り拳《こぶし》を作って関節で軽く押す。冷たい感触が伝わり、凛は慌てて手を引っ込めた。紫色の斑点が消える様子はなかった。

遺体の手も写真に収め、その場を離れると、凛は簡単なメッセージを添えて写真を送信した。

『つらいことさせて申し訳ないっス』

彼からは程なく返信があった。『毒の件ですが、やっぱり一服盛られた感じじゃないっスね。少なくとも、亜砒酸《あひさん》みたいに嘔吐作用のあるものではないようっス』

『カプセルじゃなかったら……もしかして、毒ガスでしょうか』

天井を見上げる。空調機は未《いま》だ沈黙を保っている。調度品のほとんどない、がらりとした空間。……歴史に悪名高いナチスのガス室も、こんな雰囲気だったのだろうか。もし、空調機から殺傷力のある気体が流れ込んだら。

『それはありえません。だって、リンさんも無事では済まなかったはずじゃないスか』

あ――と漏らしかけてまた口を押える。間抜けにも程がある。

『神崎さんが何かの持病を患《わずら》っていた、とかご存じないスか？　喘息《ぜんそく》の発作で死に至ることもあるらしいっス』

『いいえ、そういう話は何も。私の知っている限り、先輩は健康そのものでした』

薬を飲んでいるところを見たこともない。もし持病があるなら、少なくとも主要メンバーには明かしていたはずだ。

『謎《なぞ》っスね……すいません、死因は脇《わき》に措《お》かせてください。

それで死斑ですが、素人判断でざっくり死後八時間以上二十四時間以内ってとこスかね。かなり大雑把っスが、亡くなられてからそれなりに時間が経っていると思うっス』

『そんなことまで解るんですか？』

『死斑の出方を検索サイトで調べただけっスよ。正確な死亡推定時刻は、司法解剖なりして専門家に判断してもらうしかないっス』

解剖……心臓にずきりと痛みが走る。

『もっとも、リンさんが連れ去られたのが昨夕——二十四時間以上前らしいのを踏まえると、あまり絞り込みにはならないスね。申し訳ないっス』

『いえ、ありがとうございます』

京一郎が命を落としたのは、自分がここへ連れ込まれた後ということだろうか。死後八時間から二十四時間も過ぎているのなら、その間に犯人が何かを起こす——黒焦げの男の命を併せて奪い、凛と隣室の男ともども閉じ込めて逃げる——時間的余裕は充分ある。

『アプローチを変えましょう。

リンさん。二つの部屋を繋ぐドアの下を詳しく見てもらえませんか』

ドアの下？

『テーブルがドアの前に置かれていたというのが気になるんスよ。しかも上下さかさまに。

床とドアの隙間、どのくらい空いてます？　せいぜい一センチくらいじゃないスか。テーブルの天板の厚みを考慮すれば、紐《ひも》を通して外から引っ張るなんてことしたら、ほぼ確実にドアと紐が擦れるはずっス。そういう痕跡が残ってないスか』

はっとした。そこまで細かく考えていなかった。

『見てみます』

男の気配に注意しつつ、足を忍ばせてドアに歩み寄り、床との隙間の辺りを観察する。

これといった痕跡は見つからなかった。

下縁はささくれ立っていたが、細いロープで擦《こす》られたような目立った傷はない。ビニール紐の繊維も残っていない。少なくとも、凜のいる部屋に面した側には、紐が使われたと解る痕跡は存在しなかった。

フラッシュをオフにして、ドアの下、床との隙間の辺りを撮影。併せて、ドアのすぐ横にどかしていたテーブルも撮り、送信する。

遺体の画像がスマホの内蔵メモリに残っていた。ドアとテーブルの写真ともども、まとめて消去する。必要な分は『ちりめん』に送った。京一郎の変わり果てた姿や、探偵ごっこの証拠が手元の端末に残っているのが、途方もない罪悪のように思えた。

彼からの返答はしばらくなかった。

『どう思われますか?』

『……なしっスね。

いただいた写真を見ましたが、ドアと床の隙間よりテーブルの天板の方が少し厚いくらいっス。これじゃ間違いなく、紐とドアが擦れます。絶対に跡が残るはずっス。

ドアの反対側も見ないと確実なことは言えませんが、紐でテーブルを引っ張った説はかなり考えづらくなったっス』

「え――」

どういうこと。『ちりめん』の推測が正しいとしたら、凛のいた部屋は、や、やっぱり密閉状態だった、ことになってしまう。

「おい」

不意に声が響き、凛は飛び上がった。

隣室からだった。閉ざされたドアの反対側から男の声がする。

「何をごそごそやってんだ。調べものか?」

「……だったら何」

あなたには関係ないでしょう、という台詞をかろうじて飲み込む。先程、気が変わったら声をかけてと言い置いたのは自分だった。

「この期《ご》に及んでまだ現実が見えてねえのか。無駄な努力が好きな奴だな」

「やり終える前から無駄だと理解できるほど、物解りが良くないの」

「だろうな。でなかったら『コスモス』になんか入りゃしねえか」

「その言い方はやめて」

　さすがに頭に血が上った。

「私はまだいい。でも『コスモス』の他のメンバーまで馬鹿にしないで。大体、そう言うあなたこそ、どうしてＡＦＰＵに入ったの。在日外国人たちが日本人より特段に優遇されてるわけじゃないことくらい、賢いあなたならすぐ調べられたはずでしょ。弱い立場の人たちを責め立てるのがそんなに楽しかったの？」

　皮肉交じりの台詞になってしまい、慌てて口を押える。

　長い沈黙が訪れた。気まずさに耐えきれず言葉を紡《つむ》ごうとした矢先、「ああ、そうだよ」と男が返した。

「楽しかったぜ。痛快だった。居心地が良かった。どこが悪い」

「どこが――って！」

「お前、ライブに行ったことはあるか」

「は？」

　話が飛んだ。「ライブって……ロックバンドとかアイドルとかの？」

「それだ。ま、世間知らずのお前に訊《き》いたところで答えは解り切ったようなもんか」

「余計なお世話よ」

ゲームもろくに触らせてもらえなかった自分が、芸能人のライブを観た経験などあるわけがない。そもそも、ライブと今の状況に何の関係があるのか。

「俺はあるぜ。もう十回以上になるか。

お前には解らないだろうが、とにかく観客の一体感が凄《すげ》えんだ。出身も職業も、世代も性別もバラバラなファンたちが、生のステージで演者を応援するために、全国各地から集まって、リズムに合わせて同じ色のサイリウムを振って、同じタイミングで一斉にコールを響かせるんだ。万単位の人数で、だぜ？

隣席の観客の名前も解らねえ。ライブが終わったら挨拶して解散。有志で打ち上げすることはあっても、その他大多数の観客とは一期一会《いちえ》でそれっきりだ。

けどよ。そんな薄い繋がりしかない観客同士でも、ライブ会場にいる間は掛け声までぴったり合わせせられるんだ。そして実感するんだ――自分はひとりじゃない、思想や嗜《し》好《こう》を共有できる仲間が大勢いるんだと。初めてライブに行ったときは、ステージより観客席を見てる時間の方が長かったかもしれねえ。

同じだ。ＡＦＰＵの集会も。

そりゃ、ドームやＳＳＡの公演に比べりゃ規模は全然小さいし目的も違う。だが、参加者たちの関わり方や、やっていることの根幹は同じだ。日頃から付き合いがあるわけでもない、住所も本名も知らないメンバーたちが各地から集まって、同じ怒りを胸に同じフレーズを叫ぶんだ。俺のことなんか知ろうともしない家族や周りの連中より、よほど身近に感じられるんだ。

……どこの新興宗教だ、と思うか？　思いたきゃ勝手に思え。好きなアイドルのコンサートに行くだけの普通のファンにも、同じセリフを吐けるならな。

大体、やってることはお前らだって似たようなもんじゃねえのかよ」

硬直した。


――和田は辞めろ！

――憲法守れ！

――集団的自衛権は要らない！

――国民なめんな！


決して忘れることのない、四年前の夏の記憶が、鮮烈な映像となって蘇る。

……違わない。

年齢も服装も千差万別の、互いに顔を合わせたこともない大勢の人たちが、和田政権への怒りというただひとつの共通項をもって、日本のあちこちから集まって国会前を埋め尽くした。

自分もそうだった。誰に命令されたわけじゃない。両親やクラスメイトに知られるのを恐れてさえいた。それでも居ても立ってもいられなくて、ネットで見た告知だけを頼りに、迷路のような地下鉄を乗り継いで国会議事堂前駅を降り——以後の人生航路を変えることになる、熱気渦巻く光景に出会った。

自分の胸中に抑え込まれていたのと同じ思いを持つ人たちが、こんなにたくさんいて、こんなにも熱く大きな声を上げている。

心の壁が崩れ落ちるようだった。苦しくても押し黙らなくていいんだ、声を上げていいんだ——そう思えた。

何が違うのか。

ライブや集会で声を上げ、他の参加者との一体感と充足感を味わったという、ドアの向こうの男と——国会前に集まった何万もの人たちを目にして、生き方を変えられた自分との間に、どんな違いがあるのか。

目的だけだ。

凛たちは和田政権の暴政を止めるために。男たちは在日外国人の犯罪を糾弾するために。進む方向が逆だっただけで、自分たちと彼らを動かしたものの根源は、本質的に同じだったんじゃないのか。

自分はどうして国会前に行ったのか。大規模な安保法制反対集会が行われると知って、何が自分を突き動かしたのか。

和田要吾を辞めさせようという正義感か。世の中を変えなければならないという使命感か。

そうじゃない。

巨悪を止めるとか日本を変えるとか、大それたことを考えていたわけじゃない。

ただ――嫌だった。

弱い立場に立たされた人たちが、強い立場に安住する人たちから、全てを奪われ、苦しみを与えられ、理不尽な不幸を味わうのを、ただ見ているだけなのが耐えられなかった。

それだけだ。

折しも、叔母夫婦の喫茶店が、凛の父親の手で潰され、跡地にコンビニエンスストアが建った頃だった。決して繁盛《はんじょう》していたわけではなかったけれど、暖かく落ち着いた雰囲気の喫茶店は、全国で数千店舗を数える、小奇麗なコンビニのひとつへと姿を変え――そこで働く店長やアルバイトの人たちは、本部からの過剰なノルマや理不尽な指示に疲弊していると聞いた。

労働人口が増加した、と和田政権は自らの経済政策を誇らしげに語る。けれど、凛のクラスメイトの中には、小遣い稼ぎでも社会勉強でもなく、生活のために、ただ生きていくために、勉強時間や睡眠時間を削ってアルバイトに奔走する生徒が何人もいた。

親の賃金が低ければ、それを補うために子供が働くしかない。年金ももらえず老後の貯《たくわ》えもなければ、仕事を引退するわけにはいかない。労働人口が増えるのは当たり前だ。けれどテレビは、ただ「労働人口が増えた」と言うだけで、どんな人たちが増えたかを決して語ろうとしない。

生活のために自分の時間を犠牲にせざるを得ない。そんな人たちの苦労を、凛の父は「自己責任だ」と切り捨てた。

――賃金が低いのは努力が足りないからだ。彼らはツケを払っているだけだ。

自身が裕福な家に生まれ、祖父から労せずして事業を受け継いだ――という事実を、綺麗さっぱり忘れたかのような口ぶりだった。

父親との間に、決定的な断絶が生じたのはそのときからだ。

優位な立場にいる人間が、そうでない人たちを嗤《わら》い搾取《さくしゅ》する。その姿が、労働人口の増加を嘯《うそぶ》く和田政権の姿に重なった。

凛にとって和田政権は――人々を戦争に行かせることに繋《つな》がる「安保法制」を強引に推し進める政権は――一握りの強い人々の都合で多くの弱い人たちを苦しめる、象徴のように思えた。

——人間が理性で動くなどまやかしに過ぎない。

——どんなに論理的な発言をしたとしても、その背後には、その論理を信じたいという感情や欲望が潜んでいる。

そうだ。

自分は初めから、きちんと政治を勉強していたわけじゃない。

大好きだった叔母一家が、父親の手でどん底に落とされ、親しかった従弟《いとこ》に憎悪の目を向けられたのが、悲しく苦しくて——黎明党政権、和田政権の下で、同じ目に遭わされる人たちが増えていくのを許せなかった。自分を国会前に向かわせたのは、ただ、その思いひとつだった。

同じじゃないのか。

ドアの向こうの男をはじめとしたＡＦＰＵの会員たちは、凛と同じように、「特権的な立場にいる人間」を認められなかったんじゃないのか。ただ、敵意の矛先が在日外国人に向かっただけで。

凛たちは和田政権を「強い立場の人々」の象徴と捉《とら》え、ＡＦＰＵの会員たちは在日外国人を「特権的な人々」と捉えた。それだけの違いでしかないんじゃないのか。

もちろん、彼らの行ってきた行為は「それだけ」と片付けられるものじゃない。根拠に乏しい理屈で、実際には何の特権も持たない人々へ罵声《ばせい》を浴びせる行為が免罪されるはずもない。

けれど。

自分がもし、叔母一家の不幸を目の当たりにしなかったら。

父親が叔母夫婦に温情を与えていたら。あるいは、そもそも凛が今の両親の下に生まれなかったら。

弱い立場にいる人たちの苦しみへ、自分は目を向けただろうか。父と同様に「人々が苦しむのは彼らの自己責任だ」と切り捨てることが、決してなかったと断言できるだろうか。

隣室の男が、どんなきっかけでAFPUに足を踏み入れたかは解《わか》らない。けれど、もし自分が、男とそっくり同じ人生を歩んでいたら。

自分はAFPUに入らなかったと、胸を張って言えるだろうか……？

『リンさん、どうしました？』

スマホに視線を落とすと、やり取りが途切れたのを心配してか、『ちりめん』からメッセージが届いている。『大丈夫です』簡単に返信してから、凛は息を整え、ドアに向き直った。

「一緒にしないで。自分の心の慰めのためなら、社会的少数者《マイノリティ》にひどいことを言っても構わないというの？」

「てめぇ――」

「けど」

男の言葉に構わず、凛は続けた。

「そうね……あなたがどういう気分だったかは、解らなくもない。私も、『和田は辞めろ』とコールするときは気持ちが昂《たかぶ》ったから。それを在日外国人たちに向けるあなたたちは、正直に言って最低だと思うけど」

「いい子ぶってんじゃねえよ、この偽善者が」

男が吐き捨てる。先刻《さっき》までの毒々しさは薄れ、代わりに呆《あき》れの成分が混じっていた。

「お前みたいな奴が、無い頭をいくら絞ったところで『本当の答え』には一歩も近付けやしねえよ」

「え――」

「『知っていることを全部話す』と言ったな。約束を果たせ。お前がここに連れて来られるまでのことを全部教えろ。俺が先に『本当の答え』に辿《たど》り着いてやる。てめぇになんか一ミリたりとも語ってやるものかよ」

耳を疑った。

つい先程、凛の願いを頑《かたく》なに拒絶した男の口から、真実を求める言葉が紡がれた。

スマホを握っていない側の手で、凛は襟元を握り締め――答えを返した。

「都合のいい解釈しないで。それ、ちょっと違うでしょ。

あなたも、自分の知っていることを私に話す。そういう約束だったはずよ」

※

「……は⁉」

大輝は思わず声を上げた。「それじゃ何か。やっぱりお前も、ここに閉じ込められたときのことを全然覚えてねえのかよ」

「嘘《うそ》じゃないわ。本当に思い出せないの。……神崎先輩から連絡を受けて、部屋を出て――そこから先の記憶が、消しゴムをかけられたようになっていて」

三廻部凛が眉根《まゆね》をひそめた。偏頭痛を患ったかのような苦痛の表情に、わざとらしい素振りは感じられない。この女に芝居の才覚がないことを、目覚めてからの短い応酬の中で大輝は学んでいた。

――『第一の部屋』と『第二の部屋』の間のドアは開け放たれていた。

代わりに小テーブルが、二つの部屋の境界線上に、天板を床に付けた状態で置かれている。天井を向いた四つ脚のうち二本に、白いビニール紐が何往復か巻き付けられ、朝鮮半島の国境三十八度線のごとく二部屋を仕切っている。大輝と凛は、白い簡易境界線を挟む形で腰を下ろしていた。

凛曰《いわ》く「一応の安全策」らしい。大輝の座る位置から、紐の隙間を縫って腕を伸ばしても、凛の身体《からだ》には届かない。立ち上がって紐を取り払ったり乗り越えようとしたりすれば、何秒間かの、しかし決定的な猶予《ゆうよ》を凛に与えることになる。

この期に及んで凛の身体をどうこうする気はなかったが、動物園の獣よろしく露骨に『柵《さく》』を作られるのは少々癇《かん》に障《さわ》った。こちらに前科があると言われては黙るしかなかったが。

「どう思われます？」

凛がスマホに語りかけ、指先で画面に触れる。ややあって、落ち着いた、しかし先刻と同じく抑揚に違和感のある「声」が聞こえた。

『そこの男の言った通り、睡眠薬の類《たぐい》が使われた可能性は否定できないっスね。いえ、十中八九使われたと思います』

「声」の主は、凛のフォロワーのひとりらしい。素性や住所は凛も知らないという。とてつもなく怪しい奴だ。聞こえる「声」は、文章読み上げ機能の音声ライブラリ——公共放送のアナウンサーに似た女性の声だ——から作られたものなので、スマホの向こう側にいる本体が実際にどんな声をしているかは解らない。四、五十代のおっさんかもしれないし、もっと年を食った老人かもしれない。今解るのは、こいつが凛のフォロワーであり、思想的に凛と近い側にいるということだけだ。

苦々しさを噛《か》みしめつつ大輝は反論した。

「閉じ込められた二人が二人とも、肝心なところだけ記憶を飛ばされたなんて都合のいい話があるかよ。催眠術をかけられたと言われた方がよっぽどましだぜ」

『ではこう考えてください。あなたたちが仮に、意識を保ったままそこへ連れ込まれたら』

「いや、それこそありえねえだろ。犯人は俺たちに堂々と姿を見せたってことじゃねえか。覆面でもしてたのか？

それより、俺たちが泥酔《でいすい》して意識を失って、気付いたらここにいた、という状況にした方が」

唇が止まった。

『まさにそういう状況だったんじゃないスかね。実際には。

例えば——犯人はあなたたちを各々、口八丁手八丁で呑《の》み屋に誘い、あなたたちが手洗いに立った隙を突いて、飲み物に睡眠薬を混ぜた。前後不覚になったのを見計らい、酔った知人に肩を貸す体《てい》で店を出て電車に乗り、目的地の駅まで着いたところで、あらかじめ用意したクルマを使い、あなたたちが今いる場所へ連れ込んだ。……

あなたたちの記憶に障害が出たのは、クスリの量が多すぎたか、効果がきついものだったか、いずれにしても犯人が元々意図したことではなかったはずっス。あるいは、事前に人体実験して、記憶喪失の作用があることまでは把握していたかもしれませんが、薬物の効き目には個体差がありますからね。少なくとも、一時間や分単位の記憶消去を狙《ねら》っていたとは考えにくいっス。

犯人は元から、記憶喪失を当てにしていなかった。あなたたちの記憶障害は犯人にとって嬉《うれ》しい誤算だった――ってとこスかね』

こちらは全く嬉しくない。

「あの、私、お酒呑めませんけど」

『実際にアルコールを摂取させる必要はないんスよ。ソフトドリンクかお冷やに睡眠薬を混ぜるだけっス。酒類がメニューにあってそれなりに混んだ店なら、リンさんがお酒を口にしなかったかどうかなんて、店員には解りゃしませんから。

リンさんの場合は、前後不覚になる前のタイミングで店を出たんじゃないスかね。例えば、駅で一度別れて後をつけ、電車内でリンさんが寝入ったところで、知人のふりをして再び近付いて……といった感じで。

疲れが溜《た》まって電車を乗り過ごした経験、無いスか？　そういうシチュエーションだったと、リンさん自身に思わせられればいいんス』

凛の頰が赤くなった。……あるのか。いや、自分も無いとは言えないが。

「引っかかるぜ。どうして電車なんだよ。クルマがあるなら、店を出た時点でさっさとお持ち帰りしちまえばいいじゃねえか」

『例えばと言ったじゃないスか。本当に電車を使ったかどうかは保証できません。ただ、そう考えた根拠はあるっス。アンタが最後に――覚えている範囲でっスよ――いたのは秋葉原。そして、今いるのは大宮駅近く。

東京周辺に住んでいて、ＪＲ線をよく利用するなら、何かピンと来ないっスか？』

はっとした。

「上野東京ラインか！」

『乗換検索サイトでちょいと調べたんスが、秋葉原から上野で乗り換えれば、後は大宮まで一直線みたいスね。

で、リンさんの場合は』

「湘南新宿ライン……？」

『こっちは渋谷から乗り換えなし。大宮までダイレクトに繫がるっス』

だから大宮なのか。上野東京ラインと湘南新宿ライン、ＪＲ山手線の東西両端をかすめる二路線の合流地点。

どちらを先にお持ち帰りしたのか。記憶の途切れた時間帯を考慮すれば、恐らく凛の方だ。例えば——渋谷から大宮まで、湘南新宿ライン経由で彼女を連れて行った後、今度は上野東京ライン経由で秋葉原へ取って返し、大輝を大宮まで誘導した。まるで大昔のトラベルミステリだ。

ふと見ると、凛の顔色が一転していた。かすかに青ざめながら、「待って」と小声で呟《つぶや》く。

「待ってください。あなたの考えが正しいなら。

……犯人は、私たちの顔見知り……？」

息を呑む。

犯人が自分たちを酒場へ誘い、隙を突いて薬を盛ったとすれば、赤の他人の犯行ではありえない。だが。

「おかしいぞ。俺とお前に共通の知人なんているのかよ」

片やＡＦＰＵ。片や『コスモス』。思想的に正反対の二陣営へ、同時に所属するなど想像の外だ。百歩譲ってそんな人間がいたとして、バレたら鏑木も『コスモス』も黙ってはいまい。

『先走るのは早いっス。

自分の想像が当たっているとは限りませんし、仮に当たったとしても、犯人がひとりとは限らないっス。

アンタへ一服盛った人間。リンさんを眠らせた人間。あなたたちをそこへ閉じ込めた人間。アンタの部屋の死体を焼いた人間。神崎さんを死に至らしめた人間。

これらがみんな同一人物であるという保証は、今のところ何もないんスよ』

組織的な犯行だというのか。

ぞっとしない想像だった。何の陰謀小説だ。暴力団やら謎の組織やらが暗躍して、こんな手の込んだ状況を作り上げたというのか。

『複数犯だとして、全員が同等の立場にいたとも言えないスけどね。

例えば、AFPUか「コスモス」にいる誰かの弱みを握って、脅しをかけた可能性も考えられるっス。「弱みをバラされたくなかったら薬を盛れ。やるのはそれだけでいい」――これくらいの脅しだったら、充分に屈したかもしれないス。

とにかく、妄想を巡らせるだけならいくらでもできるっスよ』

文章読み上げ機能の坦々《たんたん》とした「声」に、混じるはずのない自嘲《じちょう》が滞留しているようだった。

「……なら、私たちを前後不覚にさせても、あまり変わらないんじゃないですか。

だって、こんな状況に陥ったら、遅かれ早かれ『最後に顔を合わせた人』を疑ってしまうのは、避けられないような」

「だから、あなたたちにスマホを持たせたとは考えられないっスか？　何食わぬ顔をして、ＳＮＳ経由でメッセージを送り――あなたたちが現状をどう捉えているかを探るために」

戦慄《せんりつ》が走った。

――だいぶ酔ってたようやけど、二日酔いは大丈夫か？

あのメッセージは、大輝の疑惑がどこへ向いているかを聞き出すためだったのか。自分はまんまと引っかかり、秋葉原での記憶が飛んでいることを伝えてしまった。

――秋葉原駅の近くでばったり出くわしたんや。

――解散したのは十二時過ぎだったな。

大輝と二人で呑んだ、と『鏑木』が言い出したのは、記憶の断絶の件を伝えた後だ。

思いがけぬ幸運が転がり込んだことを知り、犯人はありもしない「真実」を大輝の耳元へ囁《ささや》いた。

「犯人は、鏑木さんのＳＮＳアカウントにログインできた人間――ってことかよ」

『もっと突っ込んでみましょう。

犯人は、ＡＦＰＵ代表の鏑木圭氏に近付き、彼のスマホを手に入れることができた人間だ、と』

大輝のスマホへ何者かから着信があったことは、凛と、彼女のスマホの向こうにいる正体不明のこいつに露見している。情報交換の延長線上で、偽《にせ》の『鏑木』とのやり取りについては——最後に送り付けられたニュースへのリンクを含め——嫌々ながら二人へ伝達済みだった。

鏑木は、AFPUの会員たちに親身に接していた。裏返せば。

「AFPUの誰かが、鏑木氏に近付いて……手にかけて、ここにいる彼を酔わせて閉じ込めて。『コスモス』の誰かを脅して、私も一緒に閉じ込めて——神崎先輩も……⁉」

『可能性のひとつではあるっスね』

AFPUの中に、犯人が？

馬鹿《ばか》な。なぜ鏑木を殺す必要がある。鏑木は名実ともにAFPUの中核だ。その彼を喪《うしな》えば、AFPUは空中分解しかねない。

突発的な犯行だったのか？　いや。俺に加えて『コスモス』の女まで巻き込んでおいて、ただの衝動だったなどありえない。明らかに計画的な犯行だ。

しかも。

——死亡していたのは神奈川県在住の富田比呂美さん（29）。

——富田さんは前日十六日、「川崎へイベントに行く」と家族に伝え……連絡が取れなくなっていたという。

『秋葉原のホテルでの殺人事件ですが、フェイクではないっスね。他のニュースサイトや首都圏のテレビでも報じられたっス。被害者の富田比呂美女史が、鏑木氏殺害の巻き添えを食った可能性は大いにあるっス。

ＡＦＰＵのグループＳＮＳとかで、彼女の話は出てないスか？』

「……いや、知らねえ。

公式連絡網や名簿のようなものが出回ってるわけじゃねえんだ。集会の日程といった業務連絡は、鏑木さんがＳＮＳで発信する。それを各人が個別にチェックするか、リツイートで回覧するんだ。

幹部の人たち専用のグループＳＮＳはあるだろうが、俺たち一般会員用のは、少なくとも公式には存在しない。親しくなった会員同士が個人的に相互フォローする程度だ」

大輝は富田のアカウントを知らない。ネット上で積極的に発言するタイプではなかったらしく、そもそもＳＮＳをやっていたかどうかも定かでなかった。

『彼女の下の名前も、ニュースを見るまで知らなかった、と』

いちいち癇に障るところを突いてくる。

「でも」

凛が険しい顔で呟いた。「秋葉原の殺人事件の犯人が、私たちを閉じ込めた犯人と同じだとしたら、そのニュースをわざわざ彼に伝えたのはなぜ？」

『脅しでしょうね。他の会員には伝えるな、警察にも通報するな、さもなければお前が、い、い、犯人にされるぞ、という。血痕《けっこん》の付いたハンカチも、意図するところは恐らく同じっス』

「私のサマーセーターの血も……？」

『リンさんの着ているセーター、サイズが大きめって話でしたよね。多少無理すれば男でも着られるんじゃないスか？　富田女史の身体から凶器を引っこ抜く際、自分の服へ血が付かないよう拝借したのかもしれません』

凛の記憶が途切れたのは、大輝より何時間か前らしい。犯人が先に凛をここへ連れ込み、サマーセーターを脱がせて秋葉原へ取って返した、と考えれば辻褄《つじつま》が合う。そして大輝を連れ込んだ後、血痕付きのサマーセーターを凛へ再び着せた。

大輝の胸ポケットに入っていたハンカチは恐らく、凶器の血を拭《ぬぐ》うのに使われたものだ。レース縁のデザインからするに、富田自身の持ち物だったのだろうか。

『リンさんの隣の男が記憶を失っていたことは、彼自身から犯人に伝わっているっス。自分が彼女を殺してしまったのでは、と疑心暗鬼を喚起させる意図もあったでしょう。ま、実際に殺《や》っちゃった可能性もゼロではないっスが』

「黙れ」

大輝にとっては全く冗談で済まされない。

ただ、濡《ぬ》れ衣《ぎぬ》を着せられるにせよ、本当に大輝の犯行だったにせよ——嫌な想像だが
——捜査の手は遅かれ早かれ自分にも及ぶ。何しろ、川崎の集会で富田と会話を交わしているのだ。重要参考人のひとりが消息を絶ったとなれば、警察の疑惑の目は確実に自分へ向く。

タイムリミットは恐らく、想像以上に間近に迫っている。それまでに何としても真相を暴《あば》かなければ、待ち受けているのは身の破滅だ。

凛を見やる。ビニール紐の柵の向かいに座る小柄な少女は、不安と困惑をにじませた顔でスマホを見つめている。

この女が犯人かもしれないという疑念は、大輝の中からすでに消え失《う》せていた。悪だくみの類に全く向かない人間だということは、生身で対峙《たいじ》して充分に理解できた。

怪しいのはむしろ、スマホ越しに偉そうな臆測《おくそく》を喋《しゃべ》るこいつ、、、の方だが……二名を監禁し、二名を殺し、さらに一名の殺害にも関与しているかもしれない人間が、被害者当人たち相手に探偵ごっこに興じるのも妙な話だ。

いや、偽の『鏑木』もまさに似たことをやっていたが……あいつの目的は俺を誘導することだった。こいつはどこか違う。臆測で大輝と凛を引っ張ってはいるが、大輝に反

論の余地を残していたし、臆測も一応は筋が通っている。

何者だ。ただの「凛の一ファン」とはとても思えない。

とはいえ。

凛が犯人でないなら、隣室に横たわる男を殺したのは誰か。どうやって『第二の部屋』を脱け出したのか。

大輝が最初に『第二の部屋』へ入ったとき、テーブルがドアを塞《ふさ》いでいた。開けようとした瞬間の重い手応《てごた》えが、今もはっきり手に残っている。

外から紐でテーブルを引っ張ったという『鏑木』の説明に一時は納得してしまったが、凛たちによる「ドアと紐が擦れるはずだ」との指摘は完全に盲点だった。『第一の部屋』に面した側も調べてみたが、紐で擦られた痕跡はどこにもなかった。

壁に隠し扉でもあったのか。しかし先刻足を踏み入れた際、それらしき継ぎ目はどこにも見えなかった。天井の空調機に穴が開いていたのか。通り抜けるには足場が必要だ。踏み台となる小テーブルはドアの際《きわ》に、しかもさかさまに置かれていたのだ。

そもそも——

「誰なんだよ、あれらの死体は」

「え?」

『どういう意味スか』

「こっちの部屋の黒焦《くろこ》げ死体が鏑木さんかもしれない、とお前は言ったな。だがその臆測を支えているのは、鏑木さんのタイムラインが止まっていることと、俺がダイレクトメッセージでやり取りしていたのが『鏑木』さんの偽物だったらしいことだけだ。死体が本当に鏑木さんだという証拠はどこにもない。

同じだ。そっちの部屋の死体が、本当に『コスモス』の神崎京一郎だという証拠がどこにあるんだよ？」

※

男が何を口にしたのか、凛はとっさに理解できなかった。

「な……何を言ってるの」

男を凝視し、うつぶせに横たわる死体へ目を向ける、「だって、あの服は神崎先輩の着ていた服よ。腕時計だって、髪型だって、背格好だって、先輩の――」

「似た背格好の別人でないと断言できるのかよ。服ならいくらでも着せ替えできるだろうが。そもそも、あの死体は顔を焼かれているんだ。素顔の解らない死体が実は別人だった、ってのは推理ものの定番だろう」

絶句した。

最初に死体を見た瞬間から、京一郎だ、という直感があった。髪型も背格好も、身に着けているものも京一郎のそれと同じだった。自分に加えて京一郎も連絡が途絶えているらしいと、『コスモス』のグループSNSや『ちりめん』のメッセージから知った。が、それだけだ。服を脱がせてほくろの位置を調べたりしたわけじゃない。凛の直感は乱暴に言えば、外面だけの第一印象でしかない。

「俺とお前に共通の知人なんていないるのか、と言ったよな。けどそれは、鏑木さんと神崎京一郎も同じだ。

どうして二人の死体がここにあるんだよ。下っ端《ぱ》の俺たちはともかく、AFPUと『コスモス』の創立者だぞ？　俺たち以上に共通項なんかありゃしねえだろ。だったら、前提条件自体を疑ってかかるべきなんじゃねえのか。

それとも何か。赤の他人には解らない身体の特徴を知っているほど、お前らは親密な仲だったのかよ」

「違うわ！」

叫びを放った。「先輩は……私に親しく接してくれた。でも、それだけ。大学の先輩と後輩で……『コスモス』の創立者とメンバーで……本当に、ただ、それだけだった」

それ以上の関係を望んでいなかったか、と問われたら、きっと答えられない。現実には、『コスモス』としてなすべき目的と活動があって――自分と京一郎の関係は、和田政権への抗議活動の枠内から出るものではなかった。

問われて思い知らされる。

『コスモス』から離れた、ただの神崎京一郎としての彼を、凛は全くと言っていいほど知らないのだ。……恋人のような存在がいなかったのかどうかも。

頬を一筋、熱いものが伝った。「お、おい」男の顔に狼狽《ろうばい》が浮かぶ。『あー、ちょっといいスか』凛のスマホから、文章読み上げ機能の無機質な、しかしどこか苛立《いらだ》った声が響いた。

『アンタの言う通り、現時点では、二つの死体が神崎京一郎氏と鏑木圭氏のものであるという確証はありません』

が、物証ならちゃんとあるっス』

「物証？」

『死体そのものっスよ。現代科学にはＤＮＡ型鑑定があるってこと、まさか知らないわけじゃないっスよね？』

男が呻《うめ》いた。

『死体の身元を確定できないのは、あくまで「現時点で」という但《ただ》し書き付きに過ぎません。顔を焼いたくらいじゃ現代法医学はごまかせないっス。

第一、神崎氏と思われる死体は、指紋すら潰されてないじゃないスか。犯人は最初から、死体の身元を永遠にごまかす気なんてさらさらなかったんスよ』

「あ――」

今度は凛が声を漏らす。

「い、いや待て。じゃあ黒焦げの死体はどうなんだ」

『完全な灰になるまで焼かれてるわけじゃないっスよね？　細胞が残っていれば、DNAの採取は可能っス』

男の顔が歪《ゆが》んだ。反論の糸口を見つけられずにいる様子だ。やがてその口から、苦し紛れの言葉が漏れた。

「だからって――別人じゃないとも言えねえだろうが」

『仰《おっしゃ》る通り。DNA型鑑定したらやっぱりアンタの言う通り別人だった、という可能性は充分あります。

が、神崎氏らしき死体は、神崎氏の服と腕時計を身に着けています。仮に死体が別人だったとしても、神崎氏が何かしらの形で事件に関わっているのは、ほぼ間違いないと思われるっス。

で、一方の鏑木氏は』

「スマホ……かよ」

『鏑木氏の偽物が、本人のアカウントでアンタに連絡を取ったくらいスからね』

しばしの沈黙が訪れた。

京一郎と鏑木圭。二人のものと思われる死体がそれぞれの部屋にある。どちらも今は、当人かどうか確証を取れないが、後で調べれば充分解る程度には遺体が保存されている。仮に生きていたとしても、何らかの形でほぼ確実に事件に巻き込まれている。……

理解がなかなか追いつかないが、状況を整理するとこんな感じだろうか。でも。

「やっぱり解りません。犯人が、二人の身元を最後まで隠す気がなかったとしたら、どうして顔や全身を焼かなきゃいけなかったんですか」

『そこなんスよねぇ……リンさんたちを一時的にでも騙《だま》すためだったとして、果たして何の意味があったのか』

彼の言葉が滞る。「おいおい」男が揶揄《やゆ》の台詞《せりふ》を投げた。

「さっきまでの威勢はどうした、安楽椅子《いす》探偵さんよ。さっさと名推理を披露してみやがれ」

『自分は探偵でも何でもありません。リンさんファンの単なる一市民に過ぎないんスよ。アンタこそ頭を働かせてください。

正しい情報を全員で共有し、全員で真剣に考え抜いてこその多数決であり民主主義だ、とリンさんが言ったのを聞いてなかったんスか？』

「その『正しい情報』が足りねえんだよ。

偉そうなこと言う暇があったら、お前ももう少し協力しろ。俺たちのいるここは誰の家なんだ。調べてくれ。こっちはスマホの充電器がないんだ。余計なバッテリーを使いたくないんだよ」

凛のスマホのバッテリー残量は五十パーセントを切っていた。当初は八割残っていたが、『ちりめん』との通信や文章読み上げ機能などで、思いのほか電力を消費してしまったらしい。今のペースでは、日付が変わる頃にはバッテリー切れになってしまう。『ちりめん』も状況を察したのか、文句を挟むことなく、『了解っス』の一言とともに静かになった。少し時間がかかりそうだ。凛は音声入出力機能を一旦《いったん》オフにした。

……全員で真剣に考え抜いて、か。

今までは、場の流れで『ちりめん』に寄りかかる格好になってしまった。けど、彼は万能の探偵じゃないし、あくまで凛に頼まれた一協力者でしかない。

他人任せじゃ駄目だ。当事者の自分が――自分たちが考えなきゃ、本当の答えには辿り着けない。

ひとまず想像してみよう。記憶の無くなる直前の昨夕からここで目を覚ますまでの間に、何があったかを。

昨夕の最後の記憶は、京一郎に呼び出され、寮の部屋を出たところまでだ。

そこからどうなっただろう。京一郎に会って、話をして……散会した後で別の誰かに会って、薬を飲まされた、としたら。

履歴――

連絡を受けたか、あるいは凛から連絡を取ったか。どちらにしても、京一郎以外の誰かとのやり取りの履歴が残っているかもしれない。先刻は、『コスモス』の誰かが自分を探していないかどうかに気を取られ、細かい時刻までチェックしていなかった。

忍と由梨乃からの着信より前の通話履歴を、スクロールで確認する。

『2019/06/16 17:02 神崎先輩』。前日の通話履歴はここで終わっていた。次はほぼ一日飛んで、忍からの安否確認と思われる着信が続いている。

ＳＮＳもほぼ同様だった。

京一郎からの電話のおよそ一時間後、凛から京一郎へ『着きました。改札の前で待っています』のダイレクトメッセージが送られている。すぐに顔を合わせたのか、京一郎からの返信はなかった。

それだけだ。以後、日付が変わり、忍からのメッセージが届くまでの間に、凛が他の誰かと連絡を取り合った記録がない。

ということは。

凛に薬を飲ませてここへ連れて来たのは、京一郎本人ということにならないか。

どろりとした感覚が、胸の奥に湧《わ》き上がる。

神崎先輩が⁉　どうして。凛に邪《よこしま》なことをするつもりだったのか。それとも……『ちりめん』が触れた通り、誰かに弱みを握られていたのか。

あの京一郎に弱み？　凛の知る限り、彼は不正や違法行為を働く人じゃなかった。脅されて犯罪の片棒を担《かつ》がねばならないほどの、どんな弱みがあったのか。

……でも。

ついさっき吐露したばかりじゃないか。凛が知る京一郎はあくまで、『コスモス』の主要メンバーとしての彼でしかない。プライベートの京一郎を、凛はごくわずかしか知らない。都内出身であること。SNSのアカウント、電話番号。それだけだ。家族構成も住所も、恋人がいたのかどうかも知らない。打ち上げの場でさえ、彼は自分のことをあまり語らない人だった。

他の『コスモス』のメンバーも、京一郎のプライベートを大して知らなかったはずだ。部屋に招かれた男性メンバーはいたかもしれないが……もし、メンバーの誰も知らない何らかの秘密を、京一郎が抱えていたとしたら。

何の根拠もない臆測だ。単に履歴がなかっただけで、自分は京一郎と別れた後、他の顔見知りとばったり出くわしたのかもしれない。

しかし、一度生じた暗い想像は、理性の制止を無視して勝手に走り始めていた。凛を連れ込んだのが京一郎だったとして、その後はどうなったのか。

犯人——京一郎に命令を下した誰かがいたはずだ。弱みを握られていたとしたら、京一郎に抗《あらが》う術《すべ》はなかっただろう。そして犯人は京一郎の自由を奪い、顔を焼き……どうやってか命を奪った。

その後、犯人は京一郎と凜をこの部屋へ運び込み、大扉を閉ざした。細かい部分は虫食いだらけだが、およその時系列はこのようなものだったに違いない。

この流れのどこで、ＡＦＰＵの男や鏑木が合流したかは解らない。男は、少なくとも昨夜の二十時半過ぎまで秋葉原にいたという。とすると、男と鏑木——と思われる焼け焦げた死体——が運び込まれたのは、凜と京一郎が運ばれた後、大扉が閉ざされる前だろうか。

しかも犯人は、『ちりめん』の推測が正しければ、ＡＦＰＵ会員の富田という女性をも殺害している。

男の記憶では、富田は鏑木と腕を組んで談笑していたという。恋人同士だったのだろうか。鏑木が命を奪われる際の巻き添えになったとしたら……ＡＦＰＵに加わった罰と呼ぶにはあまりに重すぎる。

事件の大枠は、ぼんやりとだが見えてきた——と思う。

しかし、犯人の目的や細部はまるで解らない。『コスモス』とＡＦＰＵ。思想の全く異なる二つの団体へ、一度に害をなそうとした動機は何か。

和田政権の差し金……だろうか。

ＡＦＰＵを生贄《いけにえ》にして、『コスモス』をはじめとした反和田政権勢力を壊滅させようとしたのだろうか。メディアコントロールだけでは不十分と考えたのか。

先刻も思ったが、あまりに手荒過ぎないか。単なる市民運動団体に対してここまでする意味があるのだろうか。……けれどいくら考えても、有力な理由が他に見えてこない。

細部もそうだ。犯人はどうやって、ドアの下に傷もつけず、テーブルをドアの前に置けたのか。

蝶番《ちょうつがい》を外したのだろうか。しかしドアは、凛のいた部屋から見て内開きだ。蝶番も内側にある。男のいた部屋からは取り付けも取り外しもできない。

京一郎の件もだ。何らかの弱みを握られていたのでは、という前提で想像を巡らせてきたが――メンバーであるはずの凛を裏切り、自らも拘束を受け入れるほどの「弱み」とは何だったのか。

犯人はどうして京一郎の顔を焼いたのか。顔を焼いておきながら、なぜ指紋をそのままにしたのか。警察が駆けつけるまでの間だけ、凛や男に身元を伏せておければよかったのか。……

おかしな感覚だった。身元が特定されたわけでもないのに、自分はあの遺体を京一郎と見なしている。彼が別の場所で生きているかもしれないと、本来なら願い信じるべきなのに。

　スマホの通話履歴に再び目を落とす。昨日の最後に記された『神崎先輩』からの着信。今ここで折り返しのコールをすれば、彼は電話に出てくれるのだろうか——

「スマホ……⁉」

　そうだ、完全に失念していた。京一郎のスマホはどこにあるのか。

「おい、さっきから何をぶつぶつ言ってやがる」

　男のぼやきを無視し、着信履歴から京一郎の番号へかける。鼓動が速まるのを感じながら耳を澄ませたが、スマホから響いたのは『おかけになった電話は、電波の届かない場所に——』という無機質なメッセージだった。着信音も聞こえない。

　腰を上げ、遺体へ近寄る。ズボンや上着へ目を凝らし、手の甲で恐る恐る触れてもみたが、スマホはどこにもなかった。

「どうした。手がかりでも見つかったのかよ」

　男のぶっきらぼうな問いに、凛は肩を落としつつ首を振った。

「神崎先輩がスマホを持っているかも、と思ったけれど……電話も繋《つな》がらなかった」

　そうかよ、と男は投げやりに返し、「いや待て」と上半身を跳ね起こした。

「俺とお前はスマホを持っていたのに、どうしてそこの死体はスマホを持っていないんだ」

京一郎かもしれない遺体を「そこの」呼ばわりされ、不快感が頭をかすめたが……言われてみれば確かに引っかかる。

「私とあなたは生かされて、先輩は、その……手にかけられた、から？」

「理由になってねえよ。俺とお前の分を合わせて二台も置きっぱなしにしたんだ。もう一台増えたって、犯人にとっては大して変わらないだろうが。

大体、そこの死体が外から引きずられたように見えるのかよ。『突然ばたっと倒れたように見える』とあいつも言ってたんだろう？　神崎――ってことにとりあえずしてやる――も生きたまま閉じ込められたかもしれないんだ。俺たちのスマホの有り無しが、閉じ込められたときの生死で決まったなら、同じように神崎のスマホも残されていて何の問題がある」

反論できなかった。

犯人が、外部へ通報させるために凛と男にスマホを持たせたのだとしたら、京一郎にも同じようにスマホを持たせていいはずだ。

なぜ京一郎はスマホを取り上げられたのか。

いや……初めから持っていなかったのか？　自分の直感が間違っていて、あの死体は男の言う通り、実は別人のものなのか。

あなたはどう思うの――と問い返しかけ、唇が固まった。

男の顔面が蒼白《そうはく》と化していた。

「スマホを奪われた……顔が解らない……」

熱に浮かされたように立ち上がり、大テーブル――黒焦げの死体の方へ数歩近付き、突然凛へ振り返る。

「おい、神崎京一郎の身長は何センチだ」

「え」

突然の問いに気圧《けお》される。「いきなり訊《き》かれても……細かい数字なんて知らない。けど、あなたより五センチくらい高かったと思う」

「体形は」

「この――遺体と、ほとんど同じ。すらりとして……少なくとも、極端に痩《や》せたり太ったりはしてない」

「他に特徴は。目立つほくろや痣《あざ》が顔にあったか⁉」

「……左の頬にほくろがひとつ。そんなに大きくなかったけれど」

畜生、と吐き捨て、男は怒鳴った。

「テーブルをどかせ。そっちの部屋に入らせろ。……今さらてめえに手出しなんかしねえよ！　早くしろ」

「いちいち怒鳴らないで。頼み方も知らないの？」

反発しつつも、男の切羽詰まった雰囲気を感じ取り、凛はテーブルを部屋の奥へ引きずった。二本の脚に巻き付いたビニール紐《ひも》の柵が、部屋の境界線から離れる。生じた隙間から、男は身体をねじ込むように、凛のいる部屋へ入った。彼女には見向きもせず、部屋の中央の遺体へ駆け寄る。

「何するの⁉」

「黙ってろ」

男はチノパンの前側の左ポケットを探り、紺色のハンカチを取り出した。皺《しわ》だらけだ。

「……汗かきなんだよ。持ってちゃ悪いか」凛の視線を感じたのか、男が苦々しく吐き捨てる。凛は慌《あわ》てて首を振った。

凛が見守る中、男は左手でぎこちなく、遺体の片手をハンカチ越しに持ち上げた。左手首に巻かれた腕時計を食い入るように見つめ、「嘘《うそ》だろ……そんな」と呆《ほう》けた呟きを漏らし、遺体の手を再び床へ置いた。

「ちょっと、どうしたの」

答えはしばらくなかった。幽霊でも見たような青い顔で、男は首を振った。

「この時計、鏑木さんが着けていたのと同じだ」

「……え⁉」

解らねえのか、と男が怒気混じりの声を返した。

「この死体は鏑木さん、んだ」

身長と体形も同じくらいだ。服と髪型が変わっていたから気付かなかった……畜生！」

「な」

絶句した。「……何を言ってるの。この人は神崎先輩じゃないの⁉　身体《からだ》つきが一緒で、同じ時計って」

偶然じゃないのか。およそ百七十センチ台で細身に近いなんて、日本人男性としてはそれほど珍しくないはずだ。時計も見覚えがある。打ち上げで京一郎が左手に着けていた。二人の男性が同じメーカーの時計を使用する確率は、体型の一致率ほど高いとは言わないが、決してゼロでもない。

だが男の言い回しは、まるで――

「お前と神崎は頻繁に会っていたんだろうが、俺は、鏑木さんと毎日のように対面したわけじゃない。リアルで顔を見るのは二、三ヶ月に一度の集会のときだけだ。しかも決まってサングラスをかけていた。巻き毛の髪だって、直に触って本物だと確認したことはない。鏑木さんがどこに住んでいるのか、俺は知らない」

何を――何を言おうとしているのだ。この男は。

「しかもこの死体は顔を焼かれている。ほくろがあったのかどうか――いや、ファ、ンデ、ー、ション、か何かで隠されて、いなかったか、どうかなんて解りゃしない。」

鏑木圭イコール神崎京一郎なんだ。二人は同じ人間だったんだ」

一瞬、頭の中が空白になった。

和田政権への反対運動団体を立ち上げた京一郎と、在日外国人への差別扇動団体を作った鏑木圭が——同一人物？

「馬鹿言わないで！　そんな、とんでもない話」

「俺だって信じたくねえよ。どこの陳腐なミステリかと思うぜ。

だがな、考えてみろ。ＡＦＰＵと『コスモス』、立場も主義主張も違う俺たちがどうして同じ事件に巻き込まれたんだ。どちらかが相手の誰かの弱みを握った、と考えるより、両者の組織に何らかの繋がりがあったと考える方がよほど自然だろう。

鏑木さん……いや、神崎か。奴《やつ》が何のためにこんなふざけた遊びをしたかは——正反対の組織を立ち上げたかは解《わか》らねえ。裏アカウントをリアルで作る気分だったのかもしれん。

だが、もしその秘密を、どちらかの組織の誰かが知ったら？　裏切られた気分になるんじゃねえのか」

愕然《がくぜん》とした。

それが事件の動機だというのか。よりによって組織の主導者が、自分たちを裏切っていたことへの憤怒《ふんぬ》……？

「神崎のスマホが無くなっていたのは、それが鏑木さんの身元と紐づいている可能性を犯人が恐れたからだ。まあ、実際は『神崎』用と『鏑木さん』用の二台持ちだったろうが……とにかく犯人は、証拠隠滅と俺への誘導を兼ねて、二人のスマホを持ち去ったんだ」

「待って。それなら、隣の部屋の死体は誰なの⁉」

「身代わりだろう、鏑木さんの。

DNA型鑑定で身元は解るとあの野郎は言っていたが、もし俺が『あれは鏑木さんだ』と証言したら、警察は遺体をそこまで詳しく分析しないかもしれん。そもそも、犯人が『丸焼けにさえすれば身元をごまかせる』と浅はかに考えていた可能性だってある」

「私たちが生きたまま閉じ込められたのは、片方の死体が神崎さんで、もう片方が鏑木だと……神崎先輩と鏑木が別人だと、私たちに証言させるためだったというの？」

「相反する団体の創立者が同じだったなど、大スキャンダルもいいところじゃねえか。……殺人の時点でスキャンダルだと言われたらそれまでだけどよ」

「おかしいわ。昨日は川崎でＡＦＰＵの集会があって――夕刻から秋葉原で打ち上げがあったんでしょう？　でも、私は同じ頃、神崎先輩から連絡を受けて」

「そこから記憶が途切れてるんじゃなかったのかよ」

無言を返すしかなかった。

男の臆測は、荒唐無稽《むけい》と呼ぶしかない代物《しろもの》だ。少なくとも凛には、飛躍が過ぎてとても受け入れられるものではない。

が、反論を見つけ出すこともできなかった。男が続けた。

「同じ時計をつけていたのは偶然の一致、とお前は思っただろうが、俺の考えは逆だ。メーカーどころかモデルまで同じなんて都合のいい偶然があるものかよ」

と――

手元のスマホが震えた。『ちりめん』からのメッセージだった。慌てて音声入出力機能を戻す。

『お待たせしました。その場所の来歴が解ったっス。

驚かないでください。一年前に自殺した、財務官僚の邸宅っス』

財務官僚――自殺？

『人の住んでる場所で二人も監禁なんて、普通じゃ考えづらいっスからね。いわくつきの場所じゃないかと、事故物件サイトを当たったらビンゴでした』

「その自殺事件って、もしかして……『須郷《すごう》学園』疑惑の？」

『事故物件サイトにニュースのリンクが張ってあったっス。それを信じるなら、っスが』

ある地方の国有地が、ありえないほど低い査定額で私学へ売却された疑惑事件だ。理事長が和田要吾と交友の深かった人物ということで、何らかの忖度《そんたく》が行われたのではないかと国会で追及もされた。

そんな中、財務省の担当者とされる官僚が自殺した。大手メディアやニュースサイトでは短く報じられただけだったが、和田政権に否定的なネットユーザーの間では「また口封じか」と騒ぎになった。

須郷疑惑に関し、官邸側は「説明は尽くされた」としたが、評価額査定に関する疑問点の多くは不明確なままで、今なお与野党対立の火種のひとつとなっている。

その、和田政権の疑惑と深い因縁を持つ場所に、自分たちが？

『自殺した担当者の名前までは解りませんでしたが、今は事実上の空き家になってるみたいスね。リンさんたちがいるのは、恐らく地下室の類《たぐい》じゃないかと。

どうでしょう。考察の足しになるか、不確定要素が増えただけかは難しいところっスが』

「須郷疑惑……!?」

男の表情に困惑が見え隠れしている。凛はスマホに顔を近付け、「実は、その考察のことなんですが」と口を開いた。

――男の唱えた「神崎京一郎＝鏑木圭説」をかいつまんで語り、送信ボタンに触れる。

一蹴《いっしゅう》されるだろうなと思っていたら、戻ったのは『あながち冗談で済ませられないかもしれないスよ』という予想外の返答だった。

「どういうことですか⁉」

『腕時計っス。

スマホ全盛のご時世、時計を持たない若者が増えていると聞くっス。両極端な政治運動団体の主宰者が同じ腕時計を持っているのは、ちょっと見過ごせないっスよ。そこの男と意見が一致するのは癪《しゃく》っスが。

ま、同一人物というのはさすがに飛躍のしすぎだと思うスけど』

「一言どころか二言多いんだよ。どうして断言できるんだ」

『鏑木氏は昨夜十九時半頃まで秋葉原で打ち上げして、二十時半過ぎに富田女史と談笑していた、と言ったのはアンタじゃないスか。

アンタの説が正しいなら、鏑木氏＝神崎さんは、夕方にリンさんを渋谷へ呼び出しておきながらすっぽかし、その一方で秋葉原で富田女史と遊んでいたことになるんスよ。ちぐはぐだと思わないスか？』

不自然さを感じてはいたのだろう。男は声を落とした。

「じゃあ、同一人物じゃなければ何なんだ」

『こうは考えられないっスか？

――何かの記念に、お揃いの時計が両者へ贈られたと』

男が息を呑《の》んだ。

「血縁関係か⁉」

『兄弟か、それに近い縁者か……今は臆測しか言えませんが、両者は遠からぬ関係にあった可能性があるっス。そしてどういう因果を辿《たど》ったか、二人は相異なる団体を立ち上げた。……

神崎さんのスマホが奪われたのは、鏑木圭氏と何らかの連絡を取った痕跡が残っていたからかもしれません』

「犯人は、二人の繋がりを知って……？」

『同一人物説よりはありえると思うっス。

二人が、程度の差はあれ焼かれていたのは、二人の顔が似ているのを気付かれたくなかったからじゃないスかね』

筋は通る。

正直なところ、京一郎と鏑木圭が血縁関係にあったというのは、同一人物説と同じくらい信じがたいが……少なくとも、何らかの繋がりがあったという推測は腑《ふ》に落ちる。

そうとでも考えなければ、凜と男が同じ空間に閉じ込められた理由に説明がつかない。

……だが。

一方で、喉《のど》に小骨が刺さったような違和感を覚えるのも事実だった。

顔が似ているのを気付かれたくなかった、と『ちりめん』は推測したが……それなら、どちらか一方の顔だけ焼けば済んだのではないか。

嫌な想像になるが……自分が犯人なら、鏑木だけ焼く。サングラスをかけ、他の会員との接触も少なかったという鏑木はともかく、『コスモス』のメンバーとひっきりなしに顔を合わせていた京一郎の顔を焼くメリットがどこにあるのか。

それに、なぜ鏑木――と思われる死体――は全身を焼かれているのか。顔だけ焼かれた京一郎と比べて、明らかに過剰だ。

何か……何かあるんじゃないか。他の理由が。京一郎は顔だけ焼かれ、鏑木は全身を焼かれた理由が。

顔を焼く。死体を燃やす――

脳裏を閃光《せんこう》が走った。

見えない雷に撃たれた、としか表現しようのない感覚だった。……京一郎の個人授業を受けたときよりさらに強い衝撃。

「煙……」

そんな……そんなことが。

「は？　何だって」

「死体が焼かれていた。犯人は火を使えたの。なら――大扉の外で何かを燃やしたらどうなるの？」

男が硬直した。

「扉と床の隙間《すきま》から、煙が流れ込む――」

「神崎先輩は死んでなかった。顔を焼かれた後、昏睡《こんすい》状態の私たちと一緒に、生きたままこの場所に閉じ込められた。……扉は開かない。私たちも目を覚まさない。そんな状態でもし、扉の下から煙が流れ込んで……少しずつ床に溜《た》まっていったら」

「馬鹿《ばか》か、溜まるわけねえだろ。火から出た煙は熱を持ってるんだぞ。熱い空気と冷たい空気のどっちが重いか、そんなのは小学生の」

男が言葉を切る。「……いや、とも言い切れねえか。火元から扉までそれなりに距離があって、扉へ到達するまでに冷えれば。

おまけに空調が切れていたら、この季節だ、室温は上がるし空気も淀《よど》む。空気より重い二酸化炭素満載の煙が、床へ溜まってもおかしく――」

男の唇が震えた。

「おい待て。俺が、大テーブルの上に寝かされたのは――煙を吸わないよう、床から垂直方向に少しでも距離を取るためだったのか！」

「先輩はきっと、あなたを助けようとしたんだと思う。あなたがＡＦＰＵの人間だなんて解らなかったでしょうし……男の人の力なら、あなたを何とか担ぎ上げられたはず」

たとえ素性を知ったとしても、見殺しにできなかったはずだ。京一郎はそういう人だ。

全身を天板に寝かせるのではなく、例えば下半身を床に膝立ちさせて上半身だけ大テーブルにもたれさせるといった方法もあっただろう。けれど、煙が時々刻々と忍び寄る中、いつずり落ちないとも限らない不安定な体勢を取らせるわけにはいかなかった。

「なら、お前が両手を縛られたのは」

「同じ理由だと思う。拘束するためじゃなくて……顔が床から離れるよう、私の上半身を持ち上げるためだったの、きっと」

大テーブルには男が横たわり、凛を寝かせるスペースがない。隣室の小テーブルは、人ひとりを寝かせられるほどの大きさがなかった。あるいは、座布団《ざぶとん》を重ねるように、男の身体の上へ凛を無理やり寝かせることもできたかもしれないが……下の男が息苦しさに身動きしようものなら、凛の身体が床へ転《つ》げ落ちてしまいかねない。

だから京一郎はやむなく、凛の上半身を吊り上げた。男の胸ポケットのハンカチや、凛のサマーセーターの血痕《けっこん》にも気付いただろうが、意味や意図にまで考察を巡らせる余裕はなかったはずだ。

「ドアの前にテーブルを置いたのも、たぶん神崎先輩。……煙が部屋に入るのを、少しでも防ごうとしたんだと思う」

「あんなテーブルでどうやって防ぐんだよ。ドアの下にも隙間が」

　男が言葉を詰まらせる。後を継いだのは『ちりめん』だった。

『だからテーブルがひっくり返っていたんスか！　ドア下の隙間を、天板の厚みで塞ぐために』

　ドアの下に紐の擦れた跡がなかったのも当然だ。最初からそんな方法など使われていなかったのだから。

　大扉の隙間を塞がなかったのは、小テーブルの横幅が足りなすぎたからだろう。一方、大テーブルは楕円状だ。ほぼ点でしか隙間を塞げない。衣服で埋めようにも、繊維の隙間から煙が漏れ出すのは防ぎようがない。

「いや待て。

　部屋を繋ぐドアの隙間を塞いだら、俺のいる部屋に煙が溜まり放題じゃねえか。神崎は俺を見殺しにする気だったのか」

『アンタの部屋には換気扇があったじゃないスか。そこから煙が抜けるのを祈ってたんでしょうよ。二つの部屋を繋ぐドアを下手に開放したら、却《かえ》って煙の抜ける速度が落ちると考えたのかもしれません。

　それに、得体の知れない男より、普段から気心の知れた異性を優先するのは、非常時の男の心理として当然だと思わないっスか？』

男が呻く。

京一郎の性格上、そこまで露骨に男を見殺しにしようとしたとも思えないが――もし自分が京一郎の立場だったら、果たして男の安否の方を優先できたかどうか。

小テーブルの天板で床とドアの隙間を塞《ふさ》ぐといっても、幅は小テーブルの方がやや狭い。煙の侵入を完璧《かんぺき》に防ぐのは難しかっただろう。そうなればむしろ、換気口のない凛の側の部屋の方が危険だ。

小テーブルの傍にビニール紐が丸められていたのは、小テーブルでは埋められない隙間を少しでも塞ぐためだったのかもしれない。

「『気心の知れた異性』の両手をよく縛れたもんだな。身体を持ち上げるなら、両脇《りょうわき》に紐を通すだけでよかっただろう。床からの高さというなら、横座りさせずに立たせりゃよかったじゃねえか。

そもそも、何で俺じゃなく三廻部を吊るしたんだ。色々とまずいだろうが、後々を考えれば」

『アンタが言うと実に説得力があるっスね』

「うるせえよ」

「……フックの強度が心配だったんだと思う。

私のいた部屋の隅に、フ、フ、フックが折れて、て、転がって、て、い、いた。……神崎先輩も、最初はあなたの言ったようなやり方で、私を壁際に立たせておこうとしたんだと思う。けど」

　折れたフックを目の当《ま》たりにして、強度が不安になった。壁にはフックが残りひとつしかない。たとえ小柄な凛でも、全体重をかけさせるリスクは冒せなかった。仕方なく、京一郎は凛を横座りにして両手を吊るした。

『確かに、下半身を床につければフックへの荷重は軽減できるっスね』

　無機質な合成音声に、驚嘆の念が混じっているように聞こえた——のは、自惚《うぬぼ》れが過ぎるだろうか。

『顔と床との距離は短くなっちゃいますが、床に寝かせるより遥《はる》かにましっス。吊るされ役に選ばれたのがそこの男でなくリンさんだったのも、男女の体重差を考えれば納得っスかね』

　男の、お世辞にも痩せているとは言い難い腹回りへ、つい視線が移る。「何だよ」と毒づかれ、凛は慌てて目を逸《そ》らした。

「上半身を吊るすだけなら、両手を縛る必要はねえだろ」

　男の指摘に凛は首を振った。

「両腕を重ねて持ち上げた状態なら、壁と腕の間に頭部を挟んで固定できる。私が目を覚ましたときもそんな状態だった。……両脇に紐を通すだけのやり方だと、頭が傾いて、床と顔の距離が近付いてしまうと思うから」

手首を縛られ吊り上げられたといっても、横座りなら完全に身動きが取れなくなるわけではない。立ち上がればフックと手首の間の紐が緩む。緩めば、歯で手首の紐を噛み切ることもできる。——男の襲撃を凌《しの》いだ後、凛自身がまさにそうしたように。

凛の手首を縛るビニール紐が、結び目もなくただ巻き付けられただけだったのは、一箇所を噛《か》みちぎれば簡単に解けるよう、京一郎が配慮したからだ。

壁際《かべぎわ》のビニール紐の束へ目を移す。先端が粗くちぎれている。京一郎が同じように歯で切ったに違いない。

遺体の口元を確認したとき、前歯の表面に出っ張りのようなものが見えた。あれは歯石ではなく、ビニール紐を噛み切った際にわずかな繊維の断片が生じ、歯に貼《は》り付いていたのだ。

顔を焼かれた痛みと苦しみは、尋常なものではなかったはずだ。視界も、軽傷だった左目を細く開けるのが精一杯だったろう。にもかかわらず、京一郎は自分を守ろうとし、男をも救おうとした。……嗚咽《おえつ》が込み上げ、凛は口元を押さえた。

「……外へ助けを呼ぼうとは思わなかったのかよ。

テーブルの上へ担ぎ上げたり紐で吊るしたりしたんだ、俺や三廻部のポケットにスマホが入っていることくらい気付いたはずだろう。命が危ないってときにためらってる場合かよ」

『アンタ、自分のスマホにパスワードをかけてないんスか？』

うっ、と男が声を上げた。……スマホのパスワードは、最低でも四桁《けた》が標準のはずだ。一万通りの数字を入力で試す余裕はなかったに違いない。

一方、凛のスマホは虹彩《こうさい》認証だ。昏睡している凛の瞼《まぶた》を無理やり開かせてロックを解除するのは難しかっただろう。

代わりに、京一郎は凛のスマホの電源を切った。凛が目覚めるまでの間、少しでもバッテリーを節約するために。

男のスマホの電源をそのままにしたのは——外部からの着信を二つとも断つのはためらいがあったのか、あるいは気付いたときにはテーブルでドアの隙間を塞いだ後で、ドアを開放できなかったからかもしれない。

沈黙が流れた。男の眉間《みけん》に深い皺が刻まれている。

『ですが』

凛のスマホから、『ちりめん』のためらいがちな「声」が響いた。

『リンさんの説では、神崎氏だけが亡《な》くなったことの説明がつかないっス。窒息死っスか？　こう言うのは不謹慎スが、それなら三人とも命はなかったはずっス。全員が命を落とすか、全員生きているか。どちらかの選択肢しかなかったはず』

と、男が不意に喉を鳴らした。

両眼に驚愕が浮かんでいる。指を震わせながら自分のスマホを操作し、「畜生……そういうことだったのか、畜生！」と怨嗟《えんさ》の声を張り上げた。

「麻酔だ。

神崎が『第二の部屋』でお前を吊るし、テーブルでドアを塞いだのを見計らって、犯人は空調を動かし、麻酔ガスを流し込んだんだ」

空調機から、麻酔を⁉

「妄想レベルの話じゃねえよ。ネットニュースで見たことがある。部屋へ麻酔を流して住人を眠らせた強盗事件が、実際に海外であったんだ。

ガスが流し込まれる前、神崎はドアの近くにいて、テーブルを押さえるなりして煙の侵入を防ごうとしていたんだろう。そこへ空調機が動き出し、強烈な睡魔が襲いかかった。

異常を察した神崎は、三廻部の紐を解こうと駆け寄り——だが間に合わず、部屋の真ん中でうつぶせに昏倒した」

『待つっス』

『ちりめん』の「声」は震えているようだった。『だとしたら、リンさんと神崎さんの生死を分けたのは——単純に、床から顔までの高さの差だったというんスか⁉』

「空調が動いたときに、煙はある程度取り除かれただろうがな。

しかし、部屋に麻酔が充満した後、空調を止めて、煙を再び流し込んだらどうなる？　煙を水に喩《たと》えてみろ。そうだな――水深二、三十センチくらいの高さで部屋が浸水したと考えるんだ。

テーブルの上にいた俺や、上半身が持ち上がっていた三廻部は問題ない。だが、床へダイレクトにうつぶせになった神崎はどうなる？

水の張った洗面器へ顔を突っ込むのと同じだ。しかも麻酔で身体は動かない。たかが数十センチの浅瀬でも、人は簡単に溺死《できし》するんだよ。

しかも実際は水じゃなく煙だ。昔、派遣先でレクチャーを受けたことがある。酸素の薄い空気を吸い続けたら、人間は数分もしないうちに死に至るんだ」

床に薄く溜まった煙。そこに顔が被《かぶ》るか被らないかの差で……自分と京一郎の運命が分かれてしまったというのか。

でたらめを言わないで、と叫び返したかった。しかし『ちりめん』の、どこか痛々しい「声」が割り込んだ。

『似た話を思い出したっスよ。古代ローマの「地獄の門」。

聖職者は生きたまま通り抜けられるのに、動物が通ると死んでしまう……ただの伝承だと長いこと思われていたんスが、近年になって、門の地表から二酸化炭素が出ていることが判明したんス。背丈の低い動物はガスを吸って死に、頭の位置の高い人間は吸わずに生き残る。それが「地獄の門」の謎《なぞ》だったんスよ』

……そんな。

「そんな、こと……」

「煙の件を言い出したのはお前だろうが。

けどよ。自分で言うのも何だが、神崎が麻酔で昏倒させられたって部分はかなり信憑《しんぴょう》性《せい》が高いと思うぜ」

『記憶障害、っスか』

「神崎が麻酔を吸ったってことは、俺と三廻部も吸ったってことだ。……俺たちが最初に何の薬を盛られたかは知らないが、そこへ麻酔まで吸わされたら、酔っ払って爆睡しているところへウォッカをストレートで点滴されるようなものだろう」

麻酔を施された患者が、過去二十二年分の記憶を失った。偽《にせ》の『鏑木』が、男に語ったというエピソードだ。男の狼狽《ろうばい》を解消するために教えたのだろうが……空調から麻酔を流し込んだという推測が正しければ、『鏑木』は実に大胆にカードを晒《さら》していたことになる。男が屈辱に憤《いきどお》ったのも無理はない。

自分たちがどれだけ長く麻酔を吸わされたかは解らない。けれど空調を止めて、煙を再び流し込めば、『地獄の門』のような状態が出来上がってもおかしくない。

「ライブや音楽番組で、ステージにスモークを流す演出があるのを、お前もテレビで観《み》たことがあるだろう？　演者の足元にドライアイスの煙が漂って、雲の上を歩いているように見える奴だ。ドライアイスは二酸化炭素だ。同じことが起こる可能性は充分ある。

特に『第二の部屋』は、床とドアの隙間にテーブルの天板が当たっていたんだろう？　煙の侵入はある程度防げるが完璧じゃない。むしろ空気の対流を抑えたまま、煙を静かに流し入れる結果になっちまったんだ」

『どこまでが、犯人の計算の内だったんスかね』

「知らねえよ。だがな、三廻部やお前の指摘ももっともだぜ。

犯人が意図的に麻酔を吸わせて煙を流したのなら、俺も三廻部も、一歩間違えば神崎ともども三途《さんず》の川を渡っていたかもしれねえんだ。

認めたくねえが――三廻部の推測が正しければ、俺たちが生きていたのは神崎が俺たちを床から高い位置へ動かしたからだ。しかし、神崎がそんな都合よく行動してくれる保証があるのかよ？　犯人が俺たちを生かしておきたかったとして、だが」

凛は息を呑んだ。

い、い、い、いか、い、都合よく、人を動かす……？

「『ナッジ』――」

「は？」

「神崎先輩が教えてくれたの。個別の商品と一緒にセット割引の商品を並べれば、多くの人がセット割引を選ぶ。レジ前の床に足跡マークを記せば、客は自然とそこに並ぶ。……

そんな風に、ちょっとした仕掛け――ナッジを施すことで、人の行動を簡単に誘導できるんだ……って」

「何だと」

男が唖然《あぜん》と凛を見返す。『リンさん』スマホの淡々とした合成音声に、『ちりめん』の緊迫が入り交じっているようだった。

『神崎さんの行動も、犯人の仕掛けたナッジで操られたものだったというんスか!』

「大袈裟《おおげさ》な仕掛けなんて要らないの……よく考えたら。

彼の場合は、大きなテーブルひとつあればいい。

私の場合は、四角い小テーブルと、天井際に打ち付けられたフックと、折れたフックと、白いビニール紐の束……それだけ。

後は、彼が言ったように、ステージのスモークみたいに大扉の下から煙を静かに流せば……神崎先輩が、私たちを助けるために動いてくれる」

京一郎の性格と判断力を、犯人は熟知していたに違いない。自分の行動が誘導されていると、京一郎がどこまで察していたかは解らないが――仮に犯人の意図を見抜いたとしても、凛たちを見捨てる行動は取れなかっただろう。彼の左目辺りが比較的軽傷だったのも、恐らくは犯人の意図だ。視界を完全に奪ってしまわないよう調節したのだ。

煙の溜まり具合は、事前に実験して確認できる。空調は二つの部屋の中からは操作できない。入り切りできるのは換気扇と電灯だけだ。

麻酔を流して皆を昏倒させた後、犯人は麻酔を止め、換気し、一旦《いったん》大扉を開けて内部の様子を確認した。京一郎が予想通りに動いてくれたのを確かめ、凛たちが眩《まぶ》しさで目覚めぬよう、二つの部屋の電灯をオフにし——凛のいた部屋の電灯は、男のいた部屋からオンオフできる——大扉を閉じ……死の煙を再び流し込んだ。

『第二の部屋』を外から封じる方法なんてなかった。犯人は京一郎を巧妙に操り、用が済んだ後で始末しただけだった。

後に残るのは、二つの死体と——密閉空間に閉じ込められた二名の男女。ＡＦＰＵの男と『コスモス』の凛。凛は拘束されフックに吊るされている。自分たちが目覚めた後、どんな事態が発生するか、想像するのは容易《たやす》い。

『そうか。神崎さんが顔を焼かれたのは、そういう意味もあったんスね』

『ちりめん』の呟きが、平坦《へいたん》な合成音声となって響いた。

「どういうこった」

『チアノーゼっスよ。

今調べましたが、酸欠死体は皮膚が青紫に変色するらしいんス。もし神崎さんが素顔のままだったら、死因が一発で露呈しかねません』

「身元じゃなく、顔色を解らなくするために焼いたのかよ」

男が呻《うめ》き、次いで愕然としたように、大テーブルの下の黒い死体を振り返った。「なら、あの死体が——鏑木さんが丸焼けになっていた本当の理由は」

『身元を解らなくするためじゃなかった、というのは恐らく同じっス。

煙の臭いをごまかすため。嫌すぎる想像っスが……目覚めたとき、焦《こ》げ臭い匂《にお》いのようなものを感じませんでした？』

思い当たる節があったのだろう、男の顔が歪《ゆが》んだ。

……そんな。

犯行の手口を隠蔽《いんぺい》するだけのために、京一郎の顔を焼き、死者を焼いたというのか。

「畜生！」

男が左手の横腹で壁を叩《たた》く。『ちりめん』はしばし沈黙を保った後、『採決の時間っス』と切り出した。

『ここまでの推論に異論はありますか？　あったらその旨《むね》、発言をお願いするっス』

答える者はなかった。『全会一致で、採択っスね』敢《あ》えておどけた体裁の台詞《せりふ》に、拍手は響かなかった。

「本当の答え」のひとつは見つかった。あまりに残酷な答えが。けれど。

「……誰だよ」

左手を壁に押し付けたまま、男は、地獄の底から噴き上がるような声を放った。

「どこの誰だ。こんなふざけた真似《まね》をしやがったのは。

鏑木さんを殺して、富田を殺して、俺たちを――俺を、将棋の駒《こま》みたいに扱いやがって！」

そうだ。見つけ出したのはあくまで、『自分たちが目覚めるまでの間に、密閉空間で何が起こったか』でしかない。誰がこんな残酷なショーを仕組んだのか。肝心の答えは未《いま》だ闇《やみ》の中だ。

『残念ながら、犯人を名指しできるだけの充分な情報を自分は持っていません。漠然とした犯人像なら浮かぶんスが……。

リンさん、そこのアンタ。ちょっと内密に尋ねたいことがあるっス。どんな些細《ささい》なことでも構いません。教えてほしいんスが――』

ニュアンスを察し、凛はとっさに音声入出力機能をオフにした。

議論に要した時間は十分足らずだった。『ちりめん』が最終的な推測を語った後、男は「嘘だろ」と声を震わせた。

「そんな馬鹿げた話があるかよ……まさか」

凛は声も出せなかった。

まさか、との思いは同じだった。信じたくなかった。よりによって——

『こっちで裏を取ってみるっス。ひとまずそこで待っててもらえますか』

メッセージが表示され、しばらく過ぎたときだった。

鈍い音が響いた。

寮の食堂や大学の教室や、静かな店の中などで聞くともなしに聞く、低い唸《うな》りと風音。

空調機だ。凛が目覚めて以来、完全な沈黙を保っていた天井の空調機が、稼働《かどう》を始めている。

どうして？　このタイミングでなぜ空調が——

「馬鹿野郎！」

怒鳴り声に我に返る。男の顔が青ざめていた。

「ぼけっとしてるんじゃねえ、早くあいつに知らせろ。

いい、犯人だ——どっかから俺たちの会話を聞いていたんだ。畜生！」

鳥肌が立った。本当に監視されていたのか。しかも。

——麻酔だ。

京一郎は、空調機から麻酔を流され、昏倒して命を落とした……とすれば今、空調機が稼働を始めた意味は。

『空調が動き始めました』

震える指で短文を打ち込み、送信ボタンに触れる。それだけの行為に、果てしない時間を要したように感じた。

男もスマホを取り出した。通報するつもりだ。右手の指で画面を叩いている。パスワードを打ち込んでいるようだ。しかし恐怖と緊張のせいか、凜の肘鉄《ひじてつ》を受けた痛みのせいか、指の動きはひどくぎこちない。ミスタッチを繰り返しているらしく、「くそっ……何で解除されねえんだよっ」と焦燥もあらわな怨嗟を吐いた。

どうしよう――どうすれば。

代わりに自分が、と思いつつ、思考だけが空回りして動作が追い付かない。恐慌《きょうこう》が頂点に達しようとした矢先、短い返信がスマホの画面に表示された。

『通報します。逃げてください』

弾《はじ》かれたように叫ぶ。

「彼が通報してくれる。逃げろって！」

男ははっと顔を上げ、振り切るようにスマホをポケットへねじ込んだ。

逃げろ、と言われても――どこから？　どうやって？

「三廻部、手伝え」

「え――」

「ぐずぐずするな。死にてえのか！」

言い捨て、男は隣室へ走った。凛も慌てて後を追う。

黒焦げ死体と大テーブルが視界に飛び込んだ。奥には、恐らく外へ繋がっているのだろう、固く閉ざされた大扉。

「あれをぶち破る」

男は大扉を睨《にら》みつけ、大テーブルの側面、大扉に向かって左手へ回り込んだ。

「そっち側を持て。早くしろ!」

大テーブルを扉にぶつけるつもりだ。男の反対側、扉に向かって右手のテーブルの側面へ凛は飛びついた。

「持ち上げるぞ」

男が掛け声を発する。足元の遺体に構う余裕はなくなっていた。テーブルの端に両手をかけて力を込めたが、見た目以上に重量があり、テーブルの脚が床からわずかに一センチほど浮いただけだった。

「何してる。もっと気合入れろっ」

「無茶言わないで! これでも……全力……なんだから」

凛の細腕では今の高さが限界だ。火事場の馬鹿力とはよく聞くが、都合よく剛力になる奇跡など起こらなかった。

あなたと一緒にしないで、と言いかけ、凛は口を閉ざした。男の顔は歪み、額に汗が滲《にじ》んでいる。右手を負傷しているのだと思い出した。

「一ミリでも浮いてりゃ充分か……行くぞ」

テーブルを持ち上げたまま、男が扉へ向けて身体《からだ》を動かした。凛も必死にタイミングを合わせる。

小走りほどの速度をつけ、大テーブルが扉に激突した。銅鑼《どら》に似た音と同時に反発力が返り、両腕から力が抜ける。テーブルが床に落ち、戸棚が倒れたような鈍い音が響いた。

大扉がわずかに歪んでいた。

かすかに――ほんのかすかに、二枚の扉が隙間を空けたように見える。

「もう一度よ。ぼけっとしないで！」

「こっちの台詞だ、馬鹿野郎」

再びテーブルを持ち上げ、遺体の位置まで一旦後退し、扉へ叩きつける。扉の隙間がさらに広がった――ような気がした。

行ける。あと十回、いや、五回もあれば、きっと。

三度目にテーブルの端に手をかけたそのとき――力を抜き取られるような感覚が、全身を急速に侵食し始めた。

視界がぼやける。魂が身体から離れ、甘美な奈落《ならく》へ堕《お》ちていくような睡魔。

テーブルの向かい側に立つ男の瞼が、半ば閉じていた。重い振り子のように身体が揺れている。

凛は必死に頭を振り、声の限り叫んだ。

「何してるの！　早く……」

「うるせえ……この、クソ女——」

テーブルを持ち上げているのか、そうでないのかも解《わか》らなかった。

霞《かす》む視界の中、凛は最後まで扉を睨みつけ。

いつしか、視界も音も感覚も、意識も途切れた。

※

想定外だった、とは言わない。

だが——『コスモス』とＡＦＰＵ、互いに手を取り合えるはずもなく、一旦は性犯罪の加害者と被害者の関係にまで陥った二人が、警察への通報より真相の追求を優先し、互いに情報を共有し、わずかな痕跡から事実に肉薄するという事態は、数ある予想の中でも最悪に近いシナリオだった。

しかも、『コスモス』でもＡＦＰＵでもなく、彼らの親族ですらない第三者がネット越しに介入し、これまた通報もせず彼らに手を貸すに至っては、ほぼありえないことと端《はな》から切り捨てていた。

……落ち着け。

屋敷の勝手口から裏庭へ出て、通用門へ向かいながら、胸に手を当てて呼吸を整える。このための仕掛けだ。空調機はすでに作動させた。麻酔薬の溜まったタンクを室外機の外気吸入口へ連結すれば、ボタン一押しで地下室の囚人を眠らせることができる。仕掛けは警察に発見されるだろうが、指紋は残っていない。この家へ来る際も、あらかじめ着替えを済ませ、人目につかぬよう慎重に道を選んだ。自分がここにいたことは誰にも解らない——はずだ。

今はスマホ一台で自宅のエアコンを遠隔操作できる時代だが、地下室の空調機にそれほど高尚な機能は備わっていない。下準備を整えた後はなるべく現場へ舞い戻らずにいるつもりだったが、彼らの失踪《しっそう》が警察へ伝わらないまま、両者が協力して真相を探り始めたとあっては、危険を冒してでも彼らを止めに戻るしかなかった。

敷地の周囲は塀で囲まれている。通用門を少し開け、通行人がいないのを確認し、素早く路地へ出る。早足になりかけるのを抑え、残業帰りの体《てい》を装《よそお》って歩く。

今は現場を離れるのが先決だ。日本の警察のレスポンスタイムは七分と聞いたことがある。空調機を作動させてから一分が過ぎていた。残りの時間でどこまで遠く、しかし不審に思われることなく移動できるか。

とにかく駅だ。あの家から大宮駅まではそれほど遠くない。かといって真っ直《す》ぐ向かうのも、警察に出くわす危険がある。迂回《うかい》しつつ線路にぶつかるまで歩き、そこから線路沿いに駅まで進むのが最善だろう。駅周辺の道は頭の中に入っている。

リードタイムよりやや遅れた八分後、線路の高架が見えたところで、サイレンの音がかすかに耳に届いた。

ようやくか。いや、「いよいよ」と言うべきか。

カウントダウンが始まった。どの陣営がどんな破滅を迎えるか、予測はできても予断は許されない。自分はこれから、破滅に巻き込まれることのない道を見極め、一歩たりとも踏み外さず進まねばならない。

当初の目論見《もくろみ》では容易な道程のはずだった。が、地下室の真実を二人に知られてしまった今、足場がどこで崩れ落ちるか知れたものではない。

……大丈夫だ。

自分ならできる。何食わぬ顔をして人を欺《あざむ》き、思い通りの方向へ誘導する。今までやってきたことではないか――

と、スーツのポケットから振動音が響いた。

危うく声を発しかけ、すんでのところで飲み込む。プライベート用のスマホに着信が入っている。

よりによってこんなときに。無視しようかと思ったが、このスマホの電話番号を知っているのは近しい知人だけだ。ポケットからスマホを取り出し、送信者を確認する。

『非通知』とだけ表示されている。見知らぬ何者かからの電話。

背筋が粟立《あわだ》つ。……こんなタイミングで、誰から。

振動が止《や》む気配はない。脳内で鳴り響く警告を無視し、指が勝手に応答ボタンを押した。

「……もしもし」

『やあ。初めましてっス、富田さん。

いえ、それとも本名でお呼びした方がよろしいっスか、加納由梨乃さん？』

今度こそ背筋が凍りついた。

電話口の相手は、今、自分を何と呼んだ。『富田』？　なぜその名で。

いや、この口調。この飄々《ひょうひょう》とした語り口は。

「お前――！」

『おっと、あまり大きな声を出さない方がいいっスよ』

変声機《ボイスチェンジャー》を通しているのか、相手の声色は甲高く機械的だ。が、不自然さを一切感じさせない抑揚の付き方は、合成音声でなく生身の人間のそれだった。

「何で、この番号を」

今すぐ通話を叩き切って逃げるべきだ——理性が大声で警告する。だが身体が動かなかった。コンクリートで固められたように、高架の陰で足を止めていた。

『リンさんから教えてもらったに決まってるじゃないスか』

顔も知らぬ部外者がいともあっさり明かす。

いつの間に——いや、自分が見聞きできたのは、空調機の中に仕掛けたカメラとマイクからの、地下室の粗い映像と音声だけだ。スマホの画面内で凛とこいつがどんなやり取りをしたか、一文字漏らさず追えたわけではない。

だが、なぜ。

『なぜアンタが犯人だと解ったか、っスか？

恥ずかしながら、自分も土壇場《どたんば》までアンタの名前すら知らなかったっスよ。リンさんや鴨川さんの証言がなかったら、ただの漠然とした妄想で終わっていたかもしれないっス』

忍——⁉

『鴨川さんによれば、リンさんの寮に駆けつけたとき、アンタのスマホに着信らしきものがあったらしいっスね。

そのときアンタは、鴨川さんに背を向け、スマホをポシェットから取り出して確認したそうじゃないスか。
なぜです？　いつもは、ジーンズの後ろにスマホを突っ込み、呑《の》み会の場でも人目を気にせず電話に応じたアンタが、今日に限ってなぜ、ポシェットにスマホを隠し、鴨川さんの目に触れぬよう背を向けなきゃいけなかったんスか』

　答えられない。……いや、こいつは答えを知っている。

『理由は簡単。着信があったのは、アンタのスマホじゃなかったからっス。

　鏑木圭を殺して奪い取ったスマホを――いつもの銀色じゃない色違いのスマホを、鴨川さんの目に触れさせるわけにはいかなかった。そうスよね？

　ＡＦＰＵの彼に確認を取りました。ちょうど同じ時間帯、彼は「鏑木圭」のアカウントへダイレクトメッセージを送っていました。アンタが鴨川さんの前で受けたのはその着信だったんスよ』

　言葉が出ない。

　そんなところまで聞き出されていたのか。ほんの些細な、無意識の防衛反応に近い動作を。

　いや、落ち着け。まだだ。

「何、それ？」

演技力を総動員し、努めて自然に返す。「キミがどこの誰だか知らないけれど、いきなり訳の解らないことまくし立てられても、お姉さん困っちゃうわ」

『証拠ならあるっスよ。鏑木圭のスマホ、まだ処分できてないでしょう？　「鏑木圭」のふりをして、ＡＦＰＵの彼とやり取りしなきゃいけなかったでしょうし、全世界に公開されてる鏑木のＳＮＳアカウントを迂闊《うかつ》に消すこともできない。けどそうなると、鏑木とアンタのやり取りも残ったままになる。かといって、放り捨てたら誰に拾われるか解らない。確実に処分できるまで手元に隠すしかなかったはずっス。

鴨川さんと別れた後、アンタは大宮に取って返した。鴨川さんと会った時に持っていたポシェットを、そのまま持ち歩くわけにはいかないっスよね。駅のコインロッカーかどこかにしまってあるんじゃないスか？　鏑木圭のスマホを入れたまま』

スマホを握る手が震えた。

『そもそも、アンタ今どこにいるっスか。まさか大宮駅周辺じゃないっスよね。スマホのＧＰＳ機能はオフになってるっスか。警察に見つかったとき、こんな時間に何の用があって来たか、きちんと説明できるんスか？

観念してください。警察はアンタを追っています。駅周辺にも張り込んでいるでしょう。沿線のコインロッカーも片っ端から調べ始めているはずっス。アンタの指紋のべったりついたポシェットと、鏑木圭のスマホがそのうち見つかるでしょう。

これ以上あがいても意味はありません。アンタの目的はもう果たされたようなものじゃないスか』

全《すべ》てを見透かしたような、それでいて諭すような、労《いた》わりすら感じさせる抑揚だった。

由梨乃は目を閉じ――長い沈黙の後、口を開いた。

「キミ、どこまで知っているの」

『アンタを油断させるために、リンさんたちには伏せてましたが――あの家の前の前の住人が、和田要吾の――いえ、現首相秘書官、高柳文博の愛人だったらしいところまでは突き止めました』

……私を油断させるために、か。

隠しマイクが仕掛けられているであろうことに彼は気付いていた。音声読み上げ機能で自らの「声」を敢えて聞かせたのは、こちらの動揺を誘い、ボロを出させるためだったのだ。

『後は臆測《おくそく》っス。アンタは――』

「もういいわ。……たぶん、キミの予想通りよ」

言い置き、相手の返事を待たず通話を切る。

パトライトらしき赤い光が、住宅街の家々の陰で明滅している。制服姿の警察官が二人、高架沿いの道の先、駅の改札口の側からやって来る。

右手のスマホへ、再び電話がかかってくることはなかった。

※

コスモスの主要メンバーらが死傷
首都圏住宅街の一角　内紛・拉致《らち》監禁か

十七日夜、「人が死体とともに監禁されている」との通報が大宮署にあり、警察官が駆けつけたところ、大宮区の住宅の地下で四名の男女が閉じ込められているのを発見した。大宮署によれば、四名のうち二名は死亡、二名は意識不明だが命に別状はなかったという。

関係者によれば、政治活動団体「コスモス」のメンバー二名が、十六日夜から連絡が取れなくなっていたといい、監禁されていた男女の中にその二名が含まれると見られている。警察では四名の身元の確認を急ぐとともに、内紛による拉致監禁および殺人事件の可能性があると見て捜査を開始。コスモス関係者のひとりから任意で事情聴取を行っている。

（S新聞　二〇一九年六月十八日朝刊）

コスモス監禁死傷事件　被害者に右派政治団体メンバーも
様相一変、深まる謎　両派のメンバーがなぜ

十七日までに発生した大宮の監禁死傷事件について、被害者のうち二名が、右派政治運動団体「ＡＦＰＵ」のメンバーであることが当紙の調べで解った。

身元が判明したのは、ＡＦＰＵ代表者の鏑木圭さん（27）および会員の男性。鏑木さんは発見当時すでに死亡していた。

当初、事件の被害者および重要参考人に左派政治運動団体「コスモス」のメンバーが含まれていたことから、事件は同団体の内紛の可能性があると見られていた。被害者にＡＦＰＵのメンバーが含まれていたことで事件の様相は一変。混迷が深まっている。

（Ａ新聞　二〇一九年六月十八日夕刊）


容疑者は「首相秘書官の愛人の子」！

左右政治団体の「二重スパイ」疑惑　反政権運動潰《つぶ》しか

大宮区で発生した「コスモス・ＡＦＰＵ監禁死傷事件」の容疑者として逮捕された加

納由梨乃容疑者（22）が、首相秘書官の愛人の子であることが本誌の取材で判明した。

本誌は以前、新人時代の和田首相の不倫疑惑を報じた（一九九四年五月二十六日号）。事件の発生した大宮の住宅は、和田首相の愛人と噂《うわさ》された女性宅であったことも判明している。加納容疑者が監禁場所を大宮の住宅地に選んだのは、かつての自宅であり土地勘があったためではないかと推測できる。

加納容疑者はまた、コスモスおよびＡＦＰＵの双方に入り込んでいた。いわば「二重スパイ」として両団体の主宰者へ接触を図っていたと見られる。大宮署によれば、容疑者は事件の動機を黙秘しているとのことだが、ここに来て、事件の目的が政権による「政治運動潰し」である可能性が浮上した。

十七日未明に秋葉原で発生した女性殺害事件も、加納容疑者が関与しているとの情報があり……


（週刊Ｂ誌　二〇一九年六月二十七日号［六月二十日発売］）

第６章　残された命題について

（『リン@コスモス』アカウントへの書き込み）

『皆様、ご心配をおかけしました。診察および事情聴取が一段落し、ようやく更新を再開できる状態となりました』

『事件について、ほとんどの皆様はすでに一連の報道でご存じかと思います。コスモスにとって非常に痛ましく悲しい事件となってしまいました』

『また、事件そのものが複雑なこともあってか、事実とは異なる情報がネット上に拡散しているようです』

『そのため、私は事件の当事者として、そしてコスモスの一員として、この場で伝えられる限りの事実を皆様へお伝えします。偉そうな物言いとなってしまうかと思いますがご容赦ください。また、気持ちの整理が充分にできていないので、関係者の実名を書くことは差し控えます』

『まず、容疑者がコスモスの活動に関わっていたのは事実です。私に親しく声をかけてくれた人でもありました。被害に遭われた方々やご家族、ご友人の皆様へ、彼女の友人として、コスモスの一員として、深くお詫《わ》び申し上げます』

『ですが、「AFPUに被害が及んだことはコスモスの総意である」といった趣旨の主張は事実ではありません。この点ははっきり申し上げます』

『たとえ思想的に対立する相手であっても、暴力で言論を封じることを、コスモスは絶対に認めません。すでに公式アカウントで公表しましたが、容疑者が犯行を認めた旨《むね》の報道が行われた当日をもって、コスモスは彼女を除名処分としました』

『同様に、事件が「コスモスの内輪もめである」との見解も事実ではありません。言い訳に受け取られかねないことを覚悟で書きますが、容疑者は裏方的な仕事を手掛ける一方、コスモス本来の政治運動的な活動に関しては距離を置いていました。私と創立者がコスモスを去ったとしても、彼女がコスモスの全権を握ることはなかったと断言します』

『「痴情のもつれ」という噂《うわさ》もあるようですが、これも事実ではありません。私と創立者は恋愛関係になく、一部で言われる三角関係など生じようがありませんでした』

『関係者の身体検査がなっていない、という指摘は甘んじてお受けします。恥を晒《さら》すことになりますが、メンバー全員に対して出自調査や思想調査を行うだけの資金や体力をコスモスは持っていません。そもそも、個人を尊重するコスモスの方針に反します』

『ただこれは、メンバーの反社会的言動を放置するという意味ではありません。そのような言動が行われたと確認された時点で、直ちに該当者へしかるべき処分を行うことを、この場を借りて改めてお約束します』

『一方で、容疑者がＡＦＰＵの一員でもあり、彼らの活動に参加していたのは事実のようです。「ようです」というのは、警察やＡＦＰＵの関係者からそのように聞いた、という意味であり、私自身が容疑者に確認を取ったわけではないからです』

『容疑者が首相秘書官の隠し子であるとの報道の真偽、また、容疑者が二重スパイであり、事件の動機が政権による政治運動潰《つぶ》しであるとの推測について、現時点で私からは「解《わか》らない」としか申し上げられません。政権に臆《おく》したわけではなく、単純に、確かな情報を知らされていないからです』

『しかし、仮に「政権による政治運動潰し」が事実であった場合、私は、そしてコスモスは、断固としてこれに抵抗し、政権退陣を要求し続けることを宣言します。また捜査機関に対しては、政権に忖度《そんたく》することなく、正当な捜査を行うよう要求します』

『続いて、「三廻部凛がＡＦＰＵの男性から性的暴行を受けた」との噂について。事件の詳細はＳＮＳでなく、裁判にて改めて証言するつもりです（警察には証言済みです）』

『ここでは一点だけ。フォロワーの方々がご心配されたような大事には至っていない、と申し上げます。ご安心ください』

『最後に、「コスモスは世間を騒がせた責任を取って解散すべきだ」との見解について。コスモスの総意として申し上げます。そのような理由でコスモスが解散することはありません』

『コスモスが解散するのは、和田政権、連立与党、ひいては日本の民主主義の行く末に何らかの区切りがついたときであり、「世間」に対して責任をとることはない、と重ねて申し上げます』

『なぜなら、コスモスが目指すのは、全《すべ》ての人々が「個人」として互いに尊重される社会であって、「世間」や「ムラ」「空気」に代表される集団の論理や、「お国」「お上」といった一部の権力者を、個人の尊厳より上位に置く社会ではないからです』

『先程書き込んだ「反社会的言動」とは、あくまで個人を尊重しない言動のことであって、決して「コスモスというムラ社会の掟《おきて》に反する行為」ではありません』

『長くなりました。今日はここで筆を置きます（本当はスマホで打ち込んでいますが）。書き足りなかった部分の追記、いただいたコメントへの返信は後日とさせてください。ここまでお読みいただきありがとうございました』

「『お読みいただきありがとうございました』……」

※

打ち込みを終え、凛はスマホから目を離した。

長い間画面を見つめていたせいで、眼球の裏が痛い。顔を上に向け、強めにまばたきを繰り返す。蛍光灯の光が目に染《し》みる。

時計を見る。十七時半、出発の予定時刻ぎりぎりだった。凛は慌《あわ》てて部屋を出た。

待ち合わせの前に一通りのことを記してしまおうと、余裕をもって書き込み始めたつもりが、思いのほか時間を取られてしまった。着替えを先に済ませておいてよかった。

最寄り駅の改札を大急ぎで潜《くぐ》り抜け、電車に乗り込む。

窓に映るのは、茶髪のウィッグに伊達《だて》眼鏡、派手な柄のTシャツにショートパンツを纏《まと》った、原宿帰りの中高生といった体《てい》の少女。我ながら、世間や政局を未《いま》だ揺るがし続ける事件の当事者とは思えない。電車内はそれなりに混んでいたが、誰も凛の正体に気付いていないようだ。マスコミ対策に、とコーディネートしてくれた忍に感謝した。

事件の発覚から、一週間近くが経《た》とうとしていた。

救助されたときのことは覚えていない。目覚めたのは病院のベッドの上だった。半日近く眠っていたと看護師から聞かされた。

精密検査を受け、事情聴取を受け、忍をはじめとした『コスモス』のメンバーたちから見舞いを受け……退院できたのは救助から三日後。主宰者を喪《うしな》い、由梨乃が逮捕され、『コスモス』はかつてない嵐《あらし》に見舞われた。

それでも何とか崩壊から踏みとどまれたのは、凜が生きていてくれたからだ――と忍は語った。

「リンさんを悲しませちゃいけない、って。……『コスモス』が潰れたら、リンさんはきっと、自分のせいだと一生思い詰めちゃう……それだけはさせちゃいけない、って……その気持ちは、みんな、同じで」

声を詰まらせて泣きじゃくる後輩に、凜も「ありがとう、ごめんね」と月並みな言葉を紡《つむ》ぐことしかできなかった。自分の性格を寸分違《たが》わず読み取られ、胸の詰まる思いと気恥ずかしさが同時に押し寄せた。

折しも、国会では国民投票法の審議が天王山を迎えようとしていた。凜はメンバーを集め、当面の活動方針を話し合った。議論は紛糾したが、最終的に『由梨乃を除名処分にする』『解散はしない』『予定通り活動を続ける』ことで皆の意見が一致した。

事件の背後に和田政権があるのなら、意地でも屈するわけにはいかない。京一郎の弔い合戦だ――そんな思いが、皆の胸中に少なからずあったに違いなかった。

『コスモス』へのバッシングがこれまで以上に増すのは覚悟していた。実際、公式SNSアカウントには『反日犯罪集団！』『解散しろ』といったコメントが殺到した。

一方で予想外だったのは、励ましのメッセージも少なからず寄せられたことだった。『頑張って』『負けんな！』『応援しています』——そんなコメントが、批判コメントの合間を縫って書き込まれた。

きっかけはスクープ記事だった。事件発覚のわずか三日後、ある週刊誌が、和田政権と事件を繋《つな》ぐ記事を掲載した。

警察から情報が流れず、メディアも『コスモス』叩《たた》き一色になりかけた矢先のスクープだった。取材を受けたメンバーからの又聞きによると、元々予定されていた和田政権批判の記事の一部を、発売前の土壇場《どたんば》で差し替えたという。

週刊誌はほぼ完売状態となり、ワイドショーの論調は陰謀論を滲《にじ》ませたものに変わった。当初は無視を決め込んでいた公共放送も、事件と和田政権の関連に触れざるをえなくなった。

国会は、火種の舞い込んだ火薬庫のような有様となった。

野党は連日、和田要吾と秘書官を追及した。和田陣営は、事件に関して一切無関係であるとの立場を貫いたが、そんな中で和田の口から「私は犯罪者集団に屈しない」という発言が飛び出し、野党から批判の集中砲火を浴びた。

凛の見聞きした限り、街角でもネット上でも、事件に対する評価は割れている。しかし全体的には、単なる左右政治運動団体の対立や内部紛争では片付けられない、という認識で固まりつつあるようだ。

その「左右政治運動団体」のもう一方、AFPUは――『コスモス』と対照的に、沈黙の底へ沈んでいる。

事件をきっかけに、AFPUの名と活動内容は一般にも広く知られるようになった。が、AFPUを名乗って自らの主張を叫ぶ者は、少なくとも今、凛の知る限りでは皆無に近い。創立者である鏑木圭の喪に服しているのか、団体自体が機能停止状態に陥っているのか、部外者には解らないままだ。

唯一《ゆいいつ》、顔を知るあの青年――『渕大輝』という本名を警察から聞かされた――とも、救出されて以降、顔を合わせていない。

彼の過去の言動や、凛が受けた身体的行為を許すことはできない。ただ、同じ事件に巻き込まれた当事者として、彼とはもう一度、裁判とは違う場で話さなければならないと感じていた。

とはいえ、連絡先が解らないのでは――警察もさすがに教えてはくれなかった――どうしようもない。地下室での議論の中で、彼のSNSのアカウント名らしきものを知ったが、検索しても似た名のアカウントがずらりと並ぶばかりで、どれが彼のものかを探し当てることはできなかった。彼の件は当面、脇《わき》に置くしかなかった。

一方、ある意味もうひとりの当事者とも言える『ちりめん』とは、これまで通り、相互フォロワーのひとりとして交流を続けている。

事件の際、やり取りに使われた裏アカウントは、すでに削除されていた。

あの場に彼が介入した直接的な証拠は残っていない。警察も通報者の身元を把握できていないようだ。犯人自身が一一〇番したと見ている節さえあった。

空調機が動き出す前、『ちりめん』は凛たちに『自分のことは秘密にしてもらえると助かるっス』と請《こ》うた。その約束を凛は忘れなかった。『ちりめん』の介入の件は、『コスモス』のメンバーにも、警察にも語っていない。

真実の一部を隠すことに一抹の良心の痛みを感じたが、「身元を暴露されたくない」という願いを凛は受け入れた。『ちりめん』は悪行を働いたわけではない。むしろ命の恩人と言っていい。その彼が自らの行為を伏せることを望むなら、できる限りその通りにしたいと思った。

とはいえ、ひやりとした場面がなかったわけじゃない。警察からは、スマホを持ちながらすぐ通報しなかった点を突かれた。

『コスモス』のことを考えるとためらわれたし、サマーセーターの血痕《けっこん》や大輝の件もあって迂《う》闊《かつ》な行動を取れなかったし、何かの罠《わな》かもしれないと思った——教師からカンニングを疑われているような気持ちで凜は答えた。俯《うつむ》き、声を落としながらの返答は、しかし嘘《うそ》というより、反政権運動団体に特有の、警察への不信感と受け取られたらしい。事情聴取に当たった刑事は顔をしかめながらも、割合あっさりと引き下がった。

彼の存在を知る人間は、凜を除けば二人だけだ。

大輝がどんな証言をしたのか凜は知らない。が、警察から特に何も訊《き》かれなかったところをみると、大輝も彼については何も喋《しゃべ》っていないようだ。少々意外だったが、大輝は大輝なりに義理を感じているのかもしれなかった。

もうひとり、由梨乃は——未だ黙秘を続けている。

彼女が犯人だったという事実を、凜は受け止めきれずにいる。『ちりめん』から「漠然とした犯人像」を知らされたときから、今もなお。

※

『犯人は、鏑木圭のスマホを奪うことができた人物っス』

空調機が動き出す前、『ちりめん』は恐るべき速度でメッセージを書き込んだ。『ただ奪うだけじゃありません。鏑木は曲がりなりにも政治団体の創立者。盗難や紛失に備えてスマホにロックをかけるくらいのことはしていたはずっス。それを解除できたということは、犯人は彼の傍らに四六時中寄り添って、パスワードを盗み見ることができるほど親密な仲にあったことを示唆《しさ》するっス。

それでいて犯人は、鏑木がそこのアンタを「ディフ」でなく「デフ」と呼んでいることを知らなかった。毎回のようにAFPUの打ち上げに参加し、鏑木と言葉を交わしていたはずのアンタの呼び名を。そんな人物に心当たりはないっスか』

大輝の顔が凍り付いた。凛のスマホをひったくり、震える指で打ち込んだ。

『冗談はよせ。富田は殺されたんだぞ。彼女が犯人なわけねえだろ！』

鏑木が大輝の名を——ハンドルネームのもじりで——呼ぶのは、打ち上げの場だけだったらしい。だが富田は、打ち上げに一度も出席したことがなかったという。鏑木以外の人間に素顔を晒したくなかったからだろう。なおも否定しようとする大輝へ、『ちりめん』がとどめを刺した。

『アンタの知る「富田」という女性と、秋葉原で殺された富田比呂美が同一人物である証拠は何もないんスよ。

何でも構いません。「富田」女史の特徴を教えてもらえないっスか』

大輝は呻《うめ》き、次いで歯を食いしばりながら、富田の身体的特徴を伝えた。……大輝と二、三センチしか背丈の差がなく、女性らしい身体《からだ》つき。大輝の記憶に残っていた、富田と思《おぼ》しき女の容貌《ようぼう》。

『さてリンさん。今の特徴に当てはまる人物に心当たりはないっスか。リンさんの推測が正しければ、犯人は神崎さんの性格を熟知しています。鏑木圭に近い人間であると同時に、「コスモス」の関係者でもある可能性が極めて濃厚なんス。全てが同一人物の仕業である保証はない、と先刻《さっき》は申し上げたっスが、鏑木のスマホを奪い取るという重要な任務を共犯者任せにしたとは思えません。裏切られて偽物《にせもの》を渡される可能性もゼロじゃないっスから。

神崎さんの場合も同様っス。犯人は自分の手で確実に、神崎さんのスマホを処分したはずっス。犯人は、鏑木にも神崎さんにも近い人間だった、と考えるしかないんスよ』

今度は凛が愕然《がくぜん》とする番だった。思い当たる人物はひとりしかいなかった。

百七十センチほどの大輝と数センチしか違わない――女性としては上背のある人物。女性らしい豊かな胸元。そして顔立ち。

由梨乃――

まさかと思いつつ、凛は『ちりめん』へ彼女の電話番号を伝えた。

その後、『ちりめん』が由梨乃とどんな会話を交わしたか、凛は知らない。表のアカウントで、事件の当事者しか知りえない詳細を語り合うことは暗黙のタブーになっていた。

……だから。

ここから先は、凛自身の手で確かめなければならない。

湘南新宿ラインに揺られ、ＪＲ大船駅で降りる。改札を出て、指定のファミリーレストランに着いたのは、待ち合わせ時刻の五分前だった。

空は夕闇《ゆうやみ》に覆《おお》われていた。相手はすでにレストランの前に立っていた。

「ごめん。待った？」

凛の声に、相手はぎょっとした表情を浮かべる。派手な衣服の少女に馴《な》れ馴れしく話しかけられたせいか、その少女がよりによって凛だと気付いたせいかは解らない。何秒かの無言の後、相手はぶっきらぼうに呟《つぶや》いた。

「らしくないよ、その格好」

「うん、自分でもそう思う」

苦笑が零《こぼ》れた。

——店員に案内され、窓際《まどぎわ》の二人席に向かい合わせで座る。

注文を済ませ、店員が去ると、相手は苛立《いらだ》たしげに、しかし怯《おび》えたように問いを投げた。

「で、用事って何」

「思い出したの。あの日のこと」

凛は呼吸を整え、真向かいの相手を見つめた。「私に睡眠薬を飲ませたのはあなただったんだね。和記くん」

※

「俺に一服盛ったのはお前だったんだな。藍里」

大輝の問いに、七歳下の妹は答えない。

だが、蒼白《そうはく》に歪《ゆが》んだ表情が、何より雄弁に藍里の返事を伝えていた。

大輝は奥歯を噛《か》み締めた。……当たりかよ、畜生。

——自宅のリビングだった。

壁時計の針は夜七時過ぎを指している。両親はどちらも仕事で帰りが遅くなるとかで、家には戻っていない。テーブルを挟んで座っているのは、大輝と藍里の二人だけだ。

空調機が動き出す直前、あいつの語った推測が思い出された。

『それと、あなたたちのどちらかを個人的に憎んでいる人に心当たりは？　今度は「二人とも」でなく「どちらか」で結構です。「コスモス」やＡＦＰＵの活動との関係ありなしも問いません。

そうっスね、例えば家族や親族の方々とか。

事件前、リンさんが神崎さんへメッセージを送って以降、外部とのやり取りが途絶えたのは、リンさんが薬を盛られたのがほぼそのタイミングだったからと考えられるっス。で、薬を盛ったのが神崎さんでないとしたら、残る可能性はひとつ。リンさんの顔見知りが、偶然を装《よそお》って接触したとしか考えられません。赤の他人なら、薬を盛るどころかどこかの店へ誘い込むこともできなかったはずっスから。

加納由梨乃本人ではないでしょう。リンさんの記憶に残ってしまうかもしれないっスからね。共犯者を使ったはずっス。リンさんを陥《おとしい》れる計画に手を貸すほど、強い恨みを持つ共犯者を。

そこのアンタに対しても、同じ手が使われたはずっス。どうスか？』

真っ先に大輝の脳裏に浮かんだのは、他ならぬ実の妹だった。凜も心当たりがあったのだろう、顔から血の気が引いていた。

「何の話」

長い沈黙を破り、絞り出すような声で藍里が返す。普段の潑剌《はつらつ》さの欠片《かけら》もない声だった。

「とぼけるのはやめろ。もう思い出してるんだよ、こっちは。記憶障害について犯人から何か吹き込まれたか？　あいにくだな。記憶を一時的に失っても、時間が経てばまた思い出す。そういう事例だってあるんだよ」

偽の『鏑木』から教えられた例がまさにそうだった。患者は過去二十二年間の記憶を失ったが、四日後には再び思い出したのだ。

とはいえ、地下室へ連れ込まれるまでの記憶は、実のところほとんど戻っていない。わずかな断片が蘇《よみがえ》っただけだ。歯抜けどころかピースを大量に失ったジグソーパズルに等しかった。


——何ぼけっと突っ立ってるの、クソ兄貴。

——あたし？　部活の打ち上げ。帰りにヨドバシでスマホを見てただけ。

——喉《のど》渇いた。おごってよ。


「お前は偶然を装い、秋葉原で俺に声をかけた。『喉が渇いた』と言って二人分の飲み物を買わせ、目を盗んで俺の分に睡眠薬を混ぜた。効果が表れる頃合いを見計らい、俺を秋葉原駅まで連れ——『先に帰ってるから』と俺を置き去りにし、ひとりで家へ帰った」

ここから先はあいつの臆測だ。が、それほど外れてはいないだろうと大輝も認めざるをえなかった。

犯人——『富田』こと加納由梨乃は、やはり偶然を装い、藍里の去ったすぐ後、意識の朦朧《もうろう》とした大輝へ声をかけたのだ。

鏑木も一緒だったに違いない。傍からは酔い潰れたようにしか見えなかっただろう大輝を前に、『富田』は鏑木へ「家へ連れていってあげましょう」と、あたかも親切心からのごとく提案した。会員に親身なところのある鏑木は、迷いなく了解した。

が、行先は大輝の自宅でなく、大宮のあの家だった。

――以前教えてくれたことがあるんです。凄《すご》い豪邸で居心地が悪い、って。

そんな風に嘘を告げ、『富田』は鏑木に手伝わせ、人目に付きにくい道を選びながら、大輝を例の家まで運び――隙《すき》を突いて鏑木を殺害した。監禁されていたときは確認する暇もなかったが、刺殺だったらしい。腹部に刺傷があったという。

眠りこけた大輝と、物言わぬ死体となった鏑木を、『富田』は家の中へ運び、鏑木を浴室で焼いた。

ワイドショーや週刊誌によれば、バーナーが浴室に残されていたという。また、浴室から地下室の扉まで、煙を流すためと思われる太いチューブが這《は》わされていた。

鏑木の表皮を炭にした後、『富田』は大輝を黒焦《くろこ》げ死体もろとも地下室へ放り込んだ。運ぶ際は背に担《かつ》いだりせず、丸太を下ろすがごとく階段を引きずったようだ。目覚めたとき、背中がやけに痛んだのはそのせいだった。

凛の側は、事情がやや違ったはずだ――とあいつは語った。

『富田』——こちらでは由梨乃と呼ぶべきか——は、神崎を通じて凛を大宮駅へ呼び出した。「気晴らしにコンサートにでも誘ってあげましょう」とか「いい店を知っている」などと言葉巧みに神崎を促したのだろう。

だがこのとき、神崎はすでに由梨乃の手で一服盛られていた。

凛によれば、記憶の途切れた当日は、午後から『コスモス』のミーティングがあったらしい。由梨乃は、『富田』として川崎の集会へ参加した後、大急ぎで渋谷へ戻りながら、ミーティングの終わったタイミングで神崎を呼び出し、睡眠薬を飲ませた。ファーストフード店などで持ち帰りのソフトドリンクを買ったに違いない。ペットボトルと違って、薬を混ぜる際に蓋《ふた》を開けても元通りに戻せる。

頃合いを見て神崎に凛を呼び出させ、自分のクルマに乗せ——神崎が眠りに落ちたのを確認し、クルマで大宮へ向かった。凛は以前、神崎と二人だけで深夜近くまで話し込んだことがあったらしい。由梨乃はその事実を密《ひそ》かに知るなどして——あるいは『コスモス』での両者のやり取りから——神崎の誘いなら凛は断らない、と確信していたのだろう。

一方、凛も大宮駅に到着する。そこへ凛の側の共犯者が偶然を装い現れる。

そいつの素性や凛との関係は知らない。サークルの帰りだったとか友人に誘われたとか、理由はどうとでもひねり出せる。共犯者は「話がしたい、相手が来るまででいい」

などと告げ、凛をどこかの店へ連れて行き、睡眠薬を盛った。

居酒屋へ連れ込んだのではないか、とあいつは当初言っていたが、恐らく違うと大輝は踏んでいた。外見の幼い凛がそんなところへ入ったら誰かの記憶に残りかねない。普通のファミリーレストランかファーストフード店だったはずだ。

凛も神崎のことが気になっただろうが、「到着したら向こうから連絡がある」などと諭され、納得してしまった。

後は、薬の効き目が現れるタイミングで、凛を由梨乃へ引き渡すだけだ。

凛の瞼《まぶた》が落ちてきた辺りで、共犯者は「具合が悪いなら外の空気に当たろうか」と連れ出し、ベンチか植え込みの縁に座らせ、「薬を買って来る」と場を離れ――そのまま立ち去った。

入れ替わりで由梨乃が現れ、凛を自分のクルマへ乗せる。

共犯者が由梨乃と直接対面して凛を引き渡す、といった手順は踏まなかったはずだ。人目に付く危険があるし、そもそも共犯者は――藍里も――由梨乃の顔さえ知らなかったかもしれない。

このときの凛はもう、かろうじて歩く程度のことしかできなかった。自分がどこを歩いているかも、誰に手を引かれているかも解らなかっただろう。程なく凛は完全に意識を失い、すでに意識のない神崎とともにクルマに揺られ、例の家へ運び込まれた。

由梨乃は凛のサマーセーターを脱がせ、地下室へ閉じ込め、神崎の身体をロープなどで拘束し――今度は『富田』として秋葉原へ取って返し、大輝と鏑木を罠に陥れた。『富田』は肩にトートバッグをかけていた。あの中に、凛のサマーセーターが入っていたのかもしれない。

そこから先は恐らく、あの場で推論した通り。

由梨乃は、証拠隠滅のため神崎と鏑木のスマホを奪い、神崎の顔を――想像しただけでぞっとするが――生きたままバーナーで焼いた。

神崎もさすがに激痛で目を覚ましたはずだ。が、ろくに抵抗できなかった。身体を拘束されていただろうし、そもそも自分の身に何が起こったかさえ、理解の埒外《らちがい》だったに違いない。激痛に悶《もだ》える神崎を、由梨乃は地下室へと運び入れ、出入口の近くに転がして大扉を閉ざした。

神崎を拘束したロープは、あらかじめ先端を長めに取り、大扉と床の隙間から外に出し、回収した。先端を引っぱれば結び目が解けるようにしていたのだろう。細いものを引きずった跡が、大扉近くの床の埃《ほこり》に残っていたのを大輝は思い出した。

彼女と鏑木が、いつからそういう仲になったかは知らない。

週刊誌によれば、何年も前から秘密の恋愛が始まっていたようだ。あの鏑木が女に籠《ろう》絡《らく》されるなど信じたくなかったが——『富田』の演じる従順な雰囲気が、鏑木の好みに嵌《は》まってしまったのかもしれない。かく言う自分も、『富田』にどんな感情を抱いていたか……それを思うと、鏑木を責める切っ先はどうしても鈍った。

　鏑木と神崎京一郎が同じ時計をしていたのは、血縁関係があったからでも何でもなく、単に、神崎がしていたのと同じ時計を——恐らく、後で大輝たちを混乱させるために——『富田』が鏑木へプレゼントしたからに過ぎなかった。

　あの夜、『富田』が鏑木とともに大輝の前に現れたのも偶然ではない。秋葉原での大輝の行動パターンを『富田』は調べ上げていた。大輝が二人の後を追うであろうことを見越した上で、仲睦《なかむつ》まじい姿を見せつけ、秋葉原駅へ誘導し、藍里と遭遇させた。

　睡眠薬を共犯者に盛らせたのは、あいつの推測通り、自分の姿が凛と大輝の記憶に残るのを避けるためだ。二人とも自らの手で眠らせたのでは、「『富田』＝由梨乃」の図式を見破られかねない。睡眠薬はネットオークション経由で引き渡せる。事前にユーザーＩＤを教え合い、ダミーの競売を行い、取引成立後に、薬を競売品に紛れ込ませればいい。

　秋葉原のホテルでの死亡事件。

　こちらもあいつの指摘通りだ。遺体で発見された富田比呂美は、大輝の知る『富田』

ではなかった。

ネットニュースによれば、本物の富田比呂美は就職に失敗し、何年も前から自殺願望者の集うサイトにアクセスしていたという。由梨乃は彼女を身代わりとして見繕い、彼女の名でＡＦＰＵに入った。本物の富田はもしかしたら、ＡＦＰＵの存在さえ知らなかったかもしれない。

彼女の死は、厳密な意味では殺人ですらなかった。

鏑木と合流する前に、由梨乃は富田比呂美を秋葉原のホテルへ泊まらせておき、刃物を渡して死を選ばせた。もし由梨乃が、大輝と遭遇した後で富田比呂美を死に至らしめたなら、刃物は大輝のハンカチで拭《ぬぐ》われたはずだ。そうでなかったということは、富田比呂美の死が、大輝と由梨乃の遭遇より前に生じた証左だった。

富田比呂美をどうやって自死させたのか。由梨乃＝『富田』の台詞《せりふ》が、大輝には耳元に聞こえる気がする。……スクールカーストの最下層に落とされ、幾度となく死を考えたことのある自分には。

――ここで自分を殺せなかったら、あなたは一生自分を殺せない。

――暗い絶望の中、ずるずると苦しみ生き続けるだけ。それでもいいの？

恐らくはそんな台詞で。

後は、凛のサマーセーターを着て刃物を引き抜き、富田のハンカチで血を拭って持ち去り、それを大輝の胸ポケットに突っ込めば——大輝自身さえ、自らの犯行を疑わざるをえなくなる。

　とはいえ——

　富田比呂美はともかく、藍里のような存在をどうやって都合よく探り当て、共犯者へ引き込めたのか。

　……いや、逆だ。

「大輝や凛を憎む人間が都合よく見つかった」のではない。「誰かから恨みを持たれている人間を、『富田』＝由梨乃が選定した」のだ。

　ＡＦＰＵと『コスモス』に入り込み、各々《おのおの》のメンバーからそれとなく話を聞き出し——大輝と凛に白羽の矢を立てた。二人の身辺を調査し、それぞれに恨みを持つ該当者を探り当て、ＳＮＳを通じて何食わぬ顔で接触した。

　だが——

「そんなに俺が憎かったのか」

　押し黙ったままの妹へ、大輝は問いを投げた。「下手をしたら俺も死にかねない。そんな計画に手を貸すほど、俺のことが憎かったのか」

　沈黙が流れた。藍里は長いこと唇を噛み締め、「あたしだって、こんな……」と小さな呟きを漏らし、やがて「何を」と顔を上げた。

「何を今さら、そんなこと言ってんだよ！」

憎悪《ぞうお》に満ちた形相だった。潑溂とした外見からは想像もつかない、乱暴な言葉遣いだった。「お前のおかげで、あたしたち家族が周りからどれだけ白い目で見られてきたと思ってんだよ。このクズ野郎！

大体、お前、家の外で何やってきたんだよ。コンサートとかじゃない。知ってるんだよあたしは。事件前の川崎駅前のことも、全部この目で見たんだから」

藍里の台詞が、大輝の心臓を撃ち抜いた。

……見ていた？　集会の現場を、藍里に見られていた？

スピーチの間、カウンター連中から向けられた視線の中に――妹のそれが交っていたというのか。

「あの人に教えられた。『お兄さんが外で何をしているか、直に見てみればいい』って。何だよあれ。最悪なんてもんじゃねえよ！

そりゃ、最初は、どっちもどっちって思った。ＡＦＰＵも気持ち悪かったけど、より大人数で取り囲んで責め立てる『カウンター』とかいう人たちも、いじめ集団みたいで怖かった。

けど――ロータリーでうちわを配ってる人たちがいて、話を聞いたら、ＡＦＰＵはこれまで何度も、外国籍の人たちに罵詈《ばり》雑言を浴びせてきたって……集会の演説に耳を澄ましたら、本当に、悪口しか聞こえてこなくて――そんな連中を、大勢の警官がずらっと守っていて……めちゃめちゃ薄気味悪くて――

お前もそうだ！　何が『言論の自由』だよ。偉そうにわめき散らす姿が、遠目にどれだけ醜く見えたか……あたしがどんな気持ちになったか、お前に理解できるのかよ！

外だけじゃない。部屋の中でだってそうだ。知ってるんだよ、お前がネトウヨだってこと。川崎で吐いてたようなひどい言葉を、ネットのあちこちへ書き散らしてること。お前、いつもパソコンを点《つ》けっぱなしにしてるだろ、パスワードもかけずにさ。自分の部屋に誰も入らないって――パソコンを覗《のぞ》き見ないって思ってたのかよ⁉」

言葉を返せなかった。

声を荒らげながら、妹の両頰は濡《ぬ》れていた。

※

「当たり前じゃないか。

凜姉さんのおかげで、僕たちがどれだけ辛《つら》い目に遭ったと思ってるのさ」

他の客の視線を気にしてか、和記の声は低く小さい。

けれど、嗚咽《おえつ》に似た声の震えが、煮えたぎるような怨嗟《えんさ》を凛へ否応《いやおう》なく伝えていた。

「僕が学校でどれだけいじめられたか……母さんがどれだけひどい言葉を投げられたか。僕たちの家を潰しておいて、呑気《のんき》に善人面《ぜんにんづら》して政治ごっこしてる凛姉さんには、一生解らないだろうと思った。

だから罰を与えたかった。思い知らせたかった、自分がただの偽善者だってことを、凛姉さんに。……あの人が、その方法を教えてくれた」

言葉が出なかった。

幼い頃、あれほど仲の良かった従弟《いとこ》から――あまりに深い憎悪を向けられている。

思い出の場所を親族に破壊され、クラスメイトや周囲の人間から虐《しいた》げられ、歳《とし》の近い従姉《わたし》から火に油を注ぐ真似《まね》をされ……彼の受けてきたあらゆる苦しみを、業火《ごうか》で煮詰めて浴びせられたようだった。

いや、凛への恨みだけじゃない。

社会とか政治とかいう、漠然と摑《つか》みどころがなく、しかし苦痛だけを与える曖昧模糊《あいまいもこ》としたもの全てに対する憎悪。

唐突に悟った。

――由梨乃も、同じだったのではないか？

愛人の子として生まれ、周囲から忌避され、父親からはろくに愛情を与えられなかった。週刊誌によれば、和田要吾の愛人疑惑の際、彼女の母親は和田から高柳へ、ババ抜きのジョーカーのように渡されたという。

やがて母親が命を落とし、父親に捨てられ家を追われたものの、美術の才能を武器に、財務官僚夫人の絵画の家庭教師として、元の生家へ入り込んだらしい。

否が応でも社会や政治に触れざるをえず——しかし実際に目にしたのは、保身に走り人々を食い物にする政権、少数派に罵声を浴びせる集団、高みから綺麗事《きれいごと》を並べて何もしない正義漢気取り。そんなものばかりだった。

全部壊れてしまえばいい、と思ったのではないか。

自身の知恵や身体、伝手《つて》や金。使えるものを全部使って、社会やら政治やらに関わる者たちを役者に仕立て上げ、手のひらで踊らせて、弄《もてあそ》べるだけ弄んで破壊する。そんな暗い愉悦に自らのめり込んでいったのではないか。

左右二つの政治運動団体の中核人物を排除し、それぞれの信奉者を肉体的、精神的に苦しめる。犯行現場は和田政権と関わりの深い場所。何がどう転んでも、あらゆる陣営に深刻なダメージが及ぶ。仮に自身の犯行が露見しても、それさえ父親への復讐《ふくしゅう》となる。

地下室で凛が拘束されたのもそうだ。

凛を大輝に襲わせるだけなら、由梨乃自身の手で縛れば済む話だ。面倒な手順を踏んで京一郎を操る必要はない。

——後輩を救うための行為が、後輩を辱《はずかし》める手助けになったのよ、どう思う？

そんな皮肉を、死後の京一郎に浴びせてやりたかったのではないか。

大輝の側も同じだ。

『鏑木』を騙《かた》って凛を襲わせることで、「批判を恐れず不正を糾弾する」先導者を、欲望にまみれたただの人間へと貶《おとし》めたかったのではないか。

京一郎と鏑木が同じ腕時計をしていたのも、身元を錯誤させるためだけではなく——『コスモス』もAFPUもしょせん同じ穴の狢だという、由梨乃なりの皮肉を込めて、どちらかが身に着けていたのと同じものを他方へプレゼントしたのではないか。

……全部、想像だ。

本当のことなんて解らない。凛の知る由梨乃は、馴れ馴れしいところもあるけれどいつも明るく、どんなラフな服装でも、お酒を呑《の》む姿が絵になるムードメーカーだった。

それが単なる仮面でしかなかったのかどうか、凛に知る術《すべ》はない。由梨乃の口から語られる保証もない。

なら、自分はどうする。

先の想像が、正しかったとしてもそうでなかったとしても。

『コスモス』の顔としての、あるいは個人としての三廻部凛は、どこへ進むべきなのか——

「見たよ。凛姉さんの新しい書き込み」

和記の言葉は続いた。

「あんな目に遭ってまだやめないの？　僕と母さんのことを知って……僕のことを知って、それでもまだ、あんなお遊びを続ける気なの？

黙ってないで答えてよ」

凛は瞼を閉じ——

胸の中で答えを反芻《はんすう》し、再び従弟の瞳《ひとみ》を見つめた。

「やめない」

「どうして！」

何人かの客や店員が、凛たちのいるテーブルを振り返る。が、ただの痴話喧嘩《げんか》と思ったのか、やがて興味を失ったように視線を外していった。

「『僕や母さんにこれ以上迷惑をかける気か』——だよね。

そうなっちゃうと思う。和記くんや叔母さんには謝ることしかできない。許してなんて言う資格もない。

でもね。偉そうな言い方になっちゃうけど——和記くんの考え方は少し違うと思うんだ」

「和記くんや叔母さんに直接ひどいことを言っているのは、和記くんたちの周りの人たちでしょう?」

「違うって、何が」

和記が息を呑んだ。

「私は、そういう人たちの行為を当然だと思いたくない。皆とちょっとでも違ったらいじめられるのが当たり前だなんて、絶対に思いたくない。

だから、和記くんや叔母さんの周りの人たちが、私を口実にこれからもひどいことを言い続けるなら、私はその人たちのところへ行く。

どうしてそういうことをするのかって訊く。二度とそんなことはしないでって言う。和記くんたちがひどいことを言われなくなるまで、何回でも話し続ける。でないと、結局何も変わらないもの。

そういう世界を変えたくて――立場の弱い人たちが苦しむのを許せなくて、私は『コスモス』に入ったんだよ。

だから、和記くんも、ちょっとだけでいいから、勇気を出してくれると嬉《うれ》しい」

和記の両眼が大きく開かれる。

長い沈黙が流れた。店員が遠慮がちに「お待たせしました」と声をかけ、二人分のソフトドリンクとデザートをおずおずとテーブルに並べ、去っていく。

やがて、「……できもしないこと、言わないでよ」と、かすかな呟きが和記の唇からこぼれ落ちた。

「みんながみんな、凛姉さんみたいに強くて馬鹿真面目《ばかまじめ》に生きられるわけじゃないんだよ。偉そうなこと言わないでよ」

「解ってる。今は、解ってるつもりだから。

でもね。これだけは信じて。私は和記くんから、『そんなことやめろ』じゃなくて『助けてほしい』と言われたい。言われるようになりたいの」

和記は俯いた。歯を噛み締め、右手の甲で目の辺りを擦《こす》り、視線を落としたまま口を開く。

「僕のこと、どうするの。警察には、何て言うつもりなのさ」

「言わないよ、何も」

え、と和記が顔を跳ね上げる。凛は目を伏せた。

「ごめん、『思い出した』のは嘘。あの日、和記くんに会ったかどうか、本当は全然覚えてないの」

思い出したのは、京一郎の呼び出しを受けて大宮駅へ向かう場面と、朦朧としながら誰かに手を引かれる場面だけだ。他の空白は埋まっていない。恐らく、二度と埋まることはないだろう。

「だから、和記くんの告白が本当か嘘か私には解らない。解らないから何も言えない。どうするかは和記くんに全部任せるよ。それで私に迷惑がかかる結果になっても、私は恨んだりしない」

和記は唇を噛み、「……卑怯《ひきょう》だ」と呟く。だよね、と凛は苦笑を向け、オレンジジュースの入ったグラスを手に取った。

「そういえば、エスプレッソ頼んだの？　凄いね。私、苦くて飲めないよ」

和記はぽかんとした表情を浮かべ、やがて「……凛姉さんの舌がお子様なだけだろ」と、泣き笑いの声を漏らした。

※

「言えよ。言えばいいだろ警察に。お前が今までやってきたみたいに、言いたい放題わめいて、あたしもこの家も全部ぶっ壊してみろよ！」

藍里が悲痛な声を放つ。

妹の涙を大輝は無言で見つめ、やがて視線を横へ向けた。

「誰がするか、そんなこと。

ただでさえ面倒なことになってるのに、これ以上厄介事を増やしてたまるか。お前が言いたきゃ勝手にしろ。それでお前の気が済むなら」

椅子《いす》を立つ。「……兄貴？」藍里の当惑した声を背に、大輝はリビングを出た。

自室の扉を閉め、パソコンの前に座る。マウスを動かし、ディスプレイを点灯させる。パソコンを操作できる程度には、右手の痛みは引いていた。

ブラウザを立ち上げ、ＳＮＳのタイムラインを眺め——しかし大輝の手がキーボードに伸びることはなかった。

事件以後、ＡＦＰＵ関係者による書き込みの頻度は極端に減っていた。

鏑木の死後、幹部の間で何度か話し合いが持たれたようだが、次の代表者が決まったというアナウンスはまだない。

誰が後任に就いたところで、鏑木ほどの求心力は恐らく望めない。活動が再開したとして、鏑木がいた頃の活気と歓喜が戻るかどうかは解らない。

大輝の中の、ＡＦＰＵに対する熱意も、以前より明らかに小さくなっていた。

「目が覚めた」わけでも「正気に返った」わけでもない。これまでの自分が間違っていたとは微塵《みじん》も思わない。在日外国人の犯罪は糾弾すべきだし、左翼連中の無能ぶりには呆《あき》れるばかりだ。しかし。

——偉そうにわめき散らす姿が、遠目にどれだけ醜く見えたか。

――あたしがどんな気持ちになったか、お前に理解できるのかよ！

これまでのように、駆り立てられるまま集会へ出向くほどの熱意が、少なくとも今は湧《わ》いてこなかった。

身元《身バレ》の露見が怖い、という側面はもちろんある。事件のほとぼりも冷めぬうちに下手を打つのはリスクが大きすぎる。

奇跡的に、というべきか、大輝の素性は今のところ、ネットに拡散してはいないようだ。個人情報の漏洩《ろうえい》に対する目が昔より厳しくなったのと、大輝が「被害者」である点が配慮されているのかもしれない。

『カウンター』の連中も、今回の事件に関してはどう反応したものか図りかねているのか、それとも単にいい子ぶっているのか、『ざまあみろ』だとか『天罰だ』といった声はほとんど出てこない。

だが――単なる保身とは別の次元で、自分の人生航路が微妙に向きを変えていく感覚があった。

逡巡《しゅんじゅん》の末、キーボードに手を伸ばし、検索をかけて目的のアカウントへ飛ぶ。

『リン@コスモス』――あの地下室で、互いに望まない対面と災難を味わった相手、三廻部凛のタイムラインが、久しぶりに更新されている。

『皆様、ご心配をおかけしました。診察および事情聴取が一段落し、ようやく更新を再開できる状態となりました』

『……コスモスの総意として申し上げます。そのような理由でコスモスが解散することはありません』

こっちは相変わらずだ。綺麗事ばかり並べ立てている。伝えられる限りの事実を伝えると言いながら、いくつかの部分はぼかされたままだ。集団の論理より個人の尊厳を、と言うが、皆がわがまま好き放題に走る社会など簡単に破綻《はたん》する。この女はそれを解っているのだろうか。

いつものように批判のコメントを書きかけ、大輝は指を止めた。

――サングラスやネットの匿名性《とくめい》で顔を隠して。

――国家権力に守ってもらえると安心できなきゃ言えないことが、本当に正しいことだと思っているの？

「うるせえよ、このクソ女」

ぼやき、別の左派系アカウントを検索する。これだから嫌なのだ。現実世界《リアル》で対面してしまった相手というのは。

……藍里《あいつ》は、どうするだろう。

現実世界で嫌というほど顔を合わせてきた妹の顔が、不意に脳裏をよぎる。

確信めいた予感があった。あいつが自首することは恐らくない。自分の重荷を下ろすためだけに家族を悲しませるくらいなら、あいつは自分ひとりで罪悪感を抱え続ける。長い付き合いだ。妹の性格はよく知っている。

『富田』＝由梨乃が黙秘を続ける理由の一端も、藍里は察しているだろう。警察の捜査の手がなぜ、未だ自分に及んでいないかを。『富田』の意思を藍里は無下にできない。その点は、凛の側の共犯者も恐らく同じはずだ。

もっとも――

事件の捜査自体が、官邸の圧力で止められているらしい。そんな噂をネットで目にした。

状況次第では『証拠不十分』で不起訴になるかもしれない、という話さえ上がっている。本当かどうかは解らない。仮に現実になったら左翼連中が大騒ぎするだろう。あるいはそこまで、『富田』＝由梨乃は計算していたのだろうか。

まあいい。藍里のことは藍里自身が決めることだ。そうしなければならない。

……それより、自分はこれからどうする。

変わらないといえば変わらない。捜査や裁判の行方がどうあれ――ネットサポートの仕事を続けながら、今まで通り秋葉原《アキバ》へ通い、漫画やアニメやゲームに浸る。『Diamond Feathers』の大型アップデートも間近に迫っている。ＡＦＰＵが活動を再開し、集会に参加する気力が戻るまでは、余った時間を他のバイトで埋める。かつての自分に近付くだけだ。

椅子から立ち上がり、壁際の本棚へ目を走らせる。漫画やライトノベルで埋め尽くされている。気晴らしに何を読むかぼんやり考えていたそのとき、本棚の脇で視線が止まった。

参考書だ。

高校へ進学したとき、両親から強制的に買わされた参考書が、棚の脇に何冊か積まれている。背表紙はすっかり色褪《いろあ》せていた。漫画を入れるスペースが無くなったので棚から引っこ抜いたものの、ゴミへ出すのも面倒で床に置いたままになっていた。

上に積んである大判漫画の山を崩さぬよう、一冊――数学の参考書を引き抜き、気まぐれに広げる。

問題文に目を通す。計算問題は楽勝だったが、上級レベルの証明問題になると、一目見ただけでは解き方さえ解らなかった。

あいつなら――

自分と凜の間に割り込んだ、表のアカウント名さえ知らないあいつなら、こういう問題も鼻歌交じりで解いてしまうのだろうか。

『三廻部凛のフォロワー』という手がかりを元に、正体を探ってみたことがある。語尾にやたら『っス』をつけるユーザーがひとり見つかった。こいつかと一瞬思ったが、単に特徴あるフォロワーを真似しただけかもしれない。あいつならその程度の偽装をしかねない。万一外れていたら目も当てられない。

「……暇潰しだ、暇潰し」

大輝は首を振り、参考書を手に机へ向かった。

※

誰かへ

あなたが何者か、今が西暦何年何月何日か、私がどうなったか。これを書いている時点では解らない。この文書ファイルの保存先であるオンラインストレージサービスが、いつまで運営を続けるかも未知数だ。ファイルにかけたパスワードは、長すぎて私自身さえ覚えていない。

何が言いたいかというと、もしあなたがこれを読んでいるとしたら、それはよほどの偶然か、あるいはとてつもない努力か執念の産物ということだ。

ここに記すのは、ある事件に関するごく私的な記憶の断章だ。万一全てが露見しても、私の口からは直接語られることのないであろう、些細《ささい》な心象風景だ。

祖母が亡《な》くなった後、私は東京の美大へ進んだ。友人もなく、部屋にひとり籠《こも》って絵描きや粘土細工にふけっていた私を、祖母は密《ひそ》かに案じていたのか、いくらかの額の資産を遺《のこ》してくれた。しかしそれも、受験費用と一年分の学費だけで消えて無くなってしまった。

「芸術の道を進む人間には二種類いる。自分でその道を選んだ馬鹿か、英才教育という名の洗脳を受けた裕福なお坊ちゃまお嬢ちゃまだ」――と語ったのは、学科の同期のひとりだ。私は少なくとも後者ではなかった。

だから、自分の生家がとある官僚一家の住居になっていることを知ったとき、私はサークルや学園祭を通じて「お坊ちゃまお嬢ちゃま」に伝手を作り――件《くだん》の官僚の妻が、絵画の家庭教師を探していることを耳にした。

ＡＦＰＵという集団を知ったのは、官僚夫人の家庭教師となってしばらくした頃、川崎へ遊びに行った折だった。

大勢の警察官にＶＩＰのごとく守られながら、駅前のロータリーの近くで幟旗《のぼりばた》を立てて演説を行う集団。お偉い政治家の街頭演説を思い起こさせる、ろくでもない光景だった。

政治に関わる人間にろくな奴《やつ》はいない。和田要吾の愛人にされ、疑惑が表沙汰《おもてざた》になった途端に捨てられ、和田の付き人だった父へお下がりのように当てがわれ、愛人という名の奴隷《どれい》として扱われ、再び捨てられて死んだ母を、私は間近で見てきた。父にとって私は、性奴隷が勝手に産んだ子供でしかなかった。

ＡＦＰＵが演説している横を通り過ぎようとして、私は足を止めた。

――この国には、救われるべき人々へ与えられるはずの援助を、不当に掠《かす》め取る輩《やから》がいます。

壇上で朗々と語り上げる男――鏑木圭の名を、当時の私はまだ知らなかった。

本名で政治団体に加わるのは強い抵抗があった。

代わりの身分が必要だった。自殺願望者のネットコミュニティから『富田比呂美』の住所氏名を調べ上げ――官僚一家からの家庭教師の月謝が、素行調査の資金源になってくれた――私はＡＦＰＵに入り込んだ。鏑木圭と密かな関係を築くのに、さほどの時間はかからなかった。

が――

皮肉にも、鏑木との仲が深まるにつれ、彼とＡＦＰＵへの期待めいた感情は幻滅へ変わっていった。

真に救われるべき人々を救済せよ、とお題目を掲げつつ、彼らが実際に行っているのは政権への抗議行動でなく在日外国人の排斥運動だった。

どこかの団体のように行政機関へ働きかけないんですか、と尋ねたことがある。鏑木は気分を害したように、歯切れの悪い答えを返した。

——あんな悠長な連中と一緒にすんな。俺らが目指すのは……もっと市民に根差した、実効性と即効性のある活動や。

ごめんなさい、そうですよね、と仮面の微笑《ほほえ》みを返しながら——胸の中を、冷たい憤《ふん》怒《ぬ》が侵食した。

何だ。あなたもか。

あなたもしょせん、上級国民の顔色を窺《うかが》い、下等人種には容赦せず、高邁《こうまい》ぶりながら肉欲に溺《おぼ》れる、父と同じ人種だったのか。

この時点で鏑木やＡＦＰＵとの関係を切ることもできた。

そうしなかったのは、心の奥底にひとつの感情が萌芽《ほうが》したからに他ならなかった。

——罰を与えてやるのだ、と。

偉そうな顔で政治を語り、他者を見下し踏みにじってはばからないろくでなしどもに。それは、鏑木が「悠長な連中」と蔑視《べっし》した反和田政権運動団体――『クローバー』や後釜《あとがま》の『コスモス』に対しても同じだった。

神崎京一郎から、アルバイト先のひとつである下北沢の劇団を通じて勧誘を受けたのは、『コスモス』が立ち上がって間もない二年前だった。『クローバー』時代にフライヤーを手掛けていた人間が去り、代わりのデザイナーを探していたという。京一郎は演劇鑑賞が趣味で、私の作ったポスターに惚《ほ》れ込んだということだった。

断ることもできたが、AFPUとほぼ正反対のベクトルを持つ団体への――正確には、その裏の顔への――興味が先に立った。

もっとも、相手から直に接触を図られては偽名を使うこともできず、万一テレビやネット動画に映って鏑木に知られるわけにもいかなかったため、私は『コスモス』の表舞台にはなるべく立たず、正規のミーティングからも距離を置き、ひたすら裏方に徹した。

その代わり、AFPUの場合とは逆に、打ち上げには積極的に参加した。肩肘《かたひじ》張ったミーティングより、酒宴の方が人は本性を出しやすいものだ。

そこで見た『コスモス』の実態は、私に言わせれば「インテリ学生の政治遊び」だった。

個人尊重のお題目の下でサボりや遅刻が横行し、実現するはずもない空虚な政治談議に花を咲かせ――「和田政権の悪政に目を覚まさない馬鹿な市民たち」への上から目線に満ちた、どうしようもない学級委員たちの集まり。

創立者である京一郎も、根底の部分は同じだった。

鏑木と違って、私の色香に惑わされることはなかったが――政治に関心を持たずメディアコントロールに簡単に操られる一般市民への彼の視線には、冷ややかな諦念《ていねん》が満ちていた。

その態度は、私に対しても同様だった。

デザイナーとしての私の仕事を評価しつつも、京一郎は決して、私に政治談議を振ろうとしなかった。ただの一度も。

お前に政治の話など解るはずがない、とでも言うように。

ええ、その通り。

小難しい民主主義談議や法理論なんて私には解らない。けれどひとつ、骨の髄まで身に浸《し》みていることがある。

お前たちはろくでなしだ。ＡＦＰＵも『コスモス』も、父も、和田要吾も。

自分たちこそが正義だと――人より一段高い存在だと思い込み、一段下の人間の苦しみに目を向けすらしない、ろくでなしどもだ。

家庭教師として通っていた官僚一家の破局をきっかけに、私は、突き動かされるように計画へのめり込んでいった。

AFPUと『コスモス』を徹底的に弄び、父や和田要吾に破滅への一歩を踏ませうる計画。ただの奸計《かんけい》では意味がない。人を高台から見下ろす者たちをさらに見下ろし、駒《こま》として操る。そんな計画でなければならなかった。劇団のアルバイトを通じて得た知識や経験を総動員し、私は計画を作り上げていった。

最大の困難のひとつが、AFPUと『コスモス』の両陣営から共犯者を引き入れることだった。

彼らの名と役割は記さないでおく。人選は比較的早く決まったが、彼らとの関係構築には慎重を要した。SNSを介し、彼らの「親族の友人」という怪しげな立場から接触を始め、一年近くかけて信頼を勝ち取り、AFPUと『コスモス』に対する彼らの憎しみを――共犯者としての道を踏み出すに足る動機を煽《あお》り立てていった。

罪の意識がなかったわけではない。

鏑木圭と神崎京一郎はともかく、彼らの死体とともに生きて閉じ込められることになる二人はただ、各々のリーダーや教義を信じていただけだった。

それに——政治を語る連中がろくでなしなら、私は何なのか。壇上から見下ろされ、苦しみを味わう愚昧な市民——なのか。方向性や態度はどうあれ、世の中を変えようとする者たちの活動を——ただ観客席から眺め、好き勝手に論評し、「どっちもどっち」と冷笑するだけの見物人と似たようなものではないのか。

私の母について無責任な噂を言い合い、追い詰めていった「世間」とやらと、本質的に何が異なるのか。

これを記している今も、答えは出ない。

だからこの文章は、私の自己告発であり、懺悔《ざんげ》だ。

事件がどんな結末を迎えるか、希望的観測は持てても予知はできない。計画は練り上げたつもりだが、あくまで机上の計算でしかない。知りうるのはそれこそ、神か予知能力者だけだ。

あるいは、神のごとき名探偵が現れて、私の計画を余すことなく暴《あば》き立てるのだろうか。

そんな人間がいるとしたら、私の計画の側面を——人を駒のように操り配役を演じさせる芝居としての側面を――肌で感じ取ることができる者だけだろう。AFPUにも『コスモス』にも、そのような人間はいない。
そのはずだ。

詮《せん》ないことを記してしまった。
幕は上がる。願わくは私の舞台が、私の望む結末を迎えることを。

Y・K

※

国民投票法改定案は、通常国会の会期終了間際、連立与党の賛成多数で可決された。怒号飛び交う中での強行採決だった。大手新聞の一面に『国民投票法可決』『監禁事件　関与疑惑晴れぬまま』の見出しが躍った。
左派系の論者たちは揃《そろ》って「日本の民主主義の終わり」「独裁の到来」を嘆いたが、和田政権も少なからぬ代償を払っていた。一連の疑惑で野党の追及をかわすのに手間を取られ、会期内の改憲発議は事実上不可能となった。

多くの火種を抱えたまま通常国会は閉会。参議院の選挙戦へ突入した。

投票日は約一ヶ月後。『三分の二ライン』を巡る与野党の攻防が焦点だが、連立与党が議席を維持できるかどうかは『不透明な情勢』と、一部の報道機関は伝えている。

エピローグ

彼女の存在を初めて知ったのは、受験を控えた夏休みの終わり。祖父と祖母が連れ立って「イベント」に出かけた日のことだった。

夕食の時間が近付いた頃、祖母と共に戻ってきた祖父は、開口一番興奮気味に語った。

——お前と同じくらいの女の子がいたぞ。可愛《かわい》らしい娘《こ》だったなぁ、母さん？

——ええ、本当に。

そのときは、へえ、くらいにしか思わなかった。

自分にとって、社会問題とは学校のテストのために覚えるものか、テレビのニュースで何となく流れているものであって、祖父母のように自ら出向いてあれこれする類《たぐい》のものではなかった。

当時の祖父母は口癖のように語っていた。

——あれは駄目よ。このままじゃ日本は悪くなる一方だわ。

——確かになぁ。

あれ、というのが日本の総理大臣を指しているらしいことは何となく理解できたが、当時は名前もよく知らなかった。日本で一番偉い人、くらいの認識しかなかった。そんなことより、自作パソコンのマザーボードとグラフィックボードのどちらを新調するかの方が重要な問題だったし、仕事の面接も控えていた。

祖父母は根っからの活動家だったわけではない。

趣味のラジコンに没頭したり、近所の老婦人仲間とお喋《しゃべ》りしながら散歩したり――少し厳しいところもあるけれど孫には甘い、ごく普通の老夫婦だったと思う。政治家の後援会や政治団体にも縁がなかった。

その祖父母がなぜ、二〇一五年八月末の安保法制反対デモに参加しようと思ったのか。直接訊《たず》ねてはいない。ただ、家に帰った後、テレビを観《み》ながらの、

――何よ、ちっとも流さないじゃない。受信料返しなさいよ。

――民放の方がよほどしっかり取材しているなぁ。

という会話が耳に残った。両親はやや困惑気味だったが、結局何も言わなかった。

自分には関係ない、と、そのときは思った。

思いながら、祖父の語った「女の子」の件が、なぜか心の奥底に引っかかった。

私と同じくらい、ということは十四、五歳辺りだろうか。夏休みの終わりに宿題もせず遊びにも行かずそんなところに出向くなんて、随分変わっている。それとも、同人誌

即売会の帰りに気まぐれで見物に行ったのだろうか。

顔も名前も知らない少女の姿を戯《たわむ》れに想像し、休暇の終わりを惜しみつつその日は眠りに就いた。


思いがけない形で彼女との邂逅《かいこう》を果たしたのは二年後だった。

――おい母さん。この子、もしかしてあのときの子じゃないか？

――あら、本当だわ。

仕事で遅くなった夜、リビングを覗《のぞ》くと、祖父母がノートパソコンの前で興奮気味に話していた。

動画サイトを観ていたようだ。街頭演説らしき映像がディスプレイに流れている。何とはなしに祖父母の背後から覗き込み――瞳《ひとみ》を釘付《くぎづ》けにされた。

――二年前、安保法制を強行採決した和田政権が、今また団体犯罪計画罪を創設しようとしています。

――友達同士の愚痴の言い合いやネットでのやり取りが、捜査機関のさじ加減ひとつで犯罪にされかねない。そんな法律が現実のものになろうとしているんです。

――妄想だ、とお思いですか？　お前らに都合が悪いだけだろう、自分には関係ない、とお考えでしょうか。でも、戦前の治安維持法は、一九二五年の公布から三年後、そして十六年後と、期間を置いて二度改悪されました。改悪されるたびに、逮捕できる人の対象がぐんと広がって、稀代《きたい》の悪法と呼ばれるまでになったんです。

――十六年です。今年生まれたお子さんが高校生になるまでの年月です。その間に、法が悪用されたり改悪されたりすることが決してないと、本当に断言できますか?

額に汗をにじませ、時にどもり、緊張に顔をこわばらせながら、懸命にスピーチする小柄な少女が、画面の中にいた。

見た目の年齢は自分と同じか、少し年下。ちょっと愛らしい顔立ちの、どこにでもいるような女の子が、渋谷の駅前と思《おぼ》しき広場で、街行く大勢の人々に訴えていた。

目を離すことができなかった。

彼女の喋った内容を、一文字残らず理解できたわけではない。けれど、壇上でマイクを握り締めながら必死に口を動かす姿は――一緒に仕事をしてきた誰よりも、眩《まぶ》しく輝いていた。

彼女の素性はすぐに解《わか》った。

三廻部凛、都内の高校に通う三年生。驚いたことに年上だった。大学生主体の政治運動団体『コスモス』に、高校生ながらメンバー入り。家族からは猛反対を受けた――と、新聞のインタビュー記事に書かれていた。

――自分には関係ない、とお考えでしょうか。

図星を射抜かれた思いだった。無関心を気取っていた自分が無性に恥ずかしく、小さな存在に思えた。羞恥《しゅうち》はいつしか、彼女への憧憬《しょうけい》へと形を変えた。

それまで興味の欠片《かけら》もなかった人文社会系の本を、祖父母の本棚や図書館などで、少しずつ手に取るようになった。

けれど、表立って凜に会うことはできなかった。

抗議集会に参加して「国会前で祖父母がお世話になりました」と話しかければ、彼女も当時を思い出し、親しくなるきっかけを作れたかもしれない。

だが、自分には仕事があった。思想の区別なく、あらゆる人々に向き合わねばならない仕事が。

分不相応な要職を任され、プレッシャーを感じていた時期でもあった。祖父譲りの機械いじりと並んで、幼い頃から興味があったとはいえ、いざ足を踏み入れてみると様々な制約が多く、政治運動になどとても足を運べなかった。

仮想世界にもうひとりの自分を作り、職場や学校では決して口にできないことを語るようになったのは、この頃からだった。

素性が露見しないよう、キャラ作りは慎重に、四、五十代男性の雰囲気を醸《かも》し出すよう心掛けた。『彼』専用のアクセス端末を用意し、プライベートや仕事で使っているスマホからは決して書き込まないようにした。表の自分と時間が重ならないよう、ＳＮＳ

予約投稿プログラムを自作で組んだりもした。

そこまでして正体を隠したのは、自分のいる業界が、政治思想を語ることに強烈な拒絶反応のある場所だったためだ。ネット上で大勢の他者からやり玉に挙げられる、いわゆる「炎上」の厄介さは決して他人事《ひとごと》ではない。職場からも強く念を押されていた。

それに――もし凛に素性を知られたら、彼女に避けられてしまうのではないか。そんな恐れもあった。

進学先には彼女と同じ大学を選んだが、学年も学科も違う上に、仕事でキャンパスに行けないことも多かった。顔を見る機会など皆無に等しかった。

だから、かりそめの自分として作ったアカウントが、少しずつ界隈《かいわい》で名を知られ、いつの間にか多くのフォロワーを得て、凛本人とも相互フォローし合うようになるなど、当初は思いもしなかったし――

凛があのような、命に関わる恐ろしい事件に巻き込まれ、自分が彼女の命綱として、安楽椅子《いす》探偵まがいの役回りを演じることになるのも、全く想像の埒外《らちがい》だった。

凛の身に異変が起きたと気付いたときは、心臓が凍る思いだった。

全《すべ》てをかなぐり捨てて助けに行きたかったが、できることはたかが知れていた。凛と神崎京一郎に、ぎりぎり怪しまれない程度のダイレクトメッセージを出すのが精一杯だった。露骨に探り回るには、仮想世界の仮面は大きく重くなりすぎていた。

凛から返信が来たときは、膝《ひざ》の力が抜けそうになった。

が、安堵《あんど》も束《つか》の間《ま》だった。凛がただならぬ状況に置かれているらしいことは、短いやり取りの中で容易に察せられた――このまま対話を続けていれば、いずれ捜査機関の手が自分に伸びるであろうことも。仮面は剝《は》ぎ取られ、素性が世間に知れ渡ってしまう。

非常手段を取らざるをえなかった。

重くなった仮面のさらにかりそめとして、密《ひそ》かに準備していたもうひとつの裏アカウントに、怪しまれるのを覚悟の上で凛を誘導した。以後の対話は、ジャンク品を改造したモバイルパソコン経由で行った。

SNS越しの会話の中で明らかになった彼女の状況は、予想以上に危険なものだった。自分が犠牲になっても関係者を破滅させるわけにはいかない、と言われたときは、キャラ作りを忘れて本気でたしなめてしまった。

出し惜しみはできなかった。変声機と緊急用のSIMフリー端末を引っ張り出し、凛がAFPUの男と交渉している間に電車へ飛び乗った。現場から離れすぎていると、一一〇番通報の際に却《かえ》って足がつきかねない。

不幸中の幸いと言うべきか、彼女の監禁場所は遠くなかった。大宮近郊には土地勘もあった。電車の中で、下車後はカフェの隅で、モバイルパソコン越しに対話を続けた。目立たぬよう変装は済ませていた。

凛とAFPUの男との議論を経て、加納由梨乃の電話番号を受け取った後、すぐさま公衆電話へ向かい、まず鴨川忍へ、由梨乃のバイト仲間のふりをして電話をかけた。公衆電話の場所は、人目に付きにくいところを検索で事前にピックアップしてあった。

クラスが一緒だった縁で、忍の連絡先は事前に知っていた。なぜか彼女からは目の敵にされているようだったが、同じ凛を慕う者同士、きっと忍も動いているに違いないという確信があった。

『由梨乃っち、仲間のスマホ間違えて持ってっちゃったみたいなの。本人には繫《つな》がらなくて、それで今、知り合いらしい番号に片っ端からかけてるところで――』

仕事上、声色を変えるのは造作なかった。スマホを話に挙げたのは、由梨乃が鏑木のスマホを持っているはずだと当たりを付けてのことだった。

忍も最初は訝《いぶか》しんだ様子だったが、「スマホ」という単語が彼女の記憶を呼び覚ましたのか、決定的な証言を得ることができた。

『空調が動き始めました』と凛からメッセージが届いたのは、そのさなかだった。

とどめを刺しに来た。一刻の猶予《ゆうよ》もなかった。逃げろと凛に伝え、SIMフリー端末から変声機越しに通報し、再び公衆電話から、今度は由梨乃のスマホへ通話を試みた。

彼女が着信に応じるかどうかは賭《か》けだったが――数十秒後、由梨乃の声が受話器から聞こえた。

……人生で最も焦燥と危機感を味わったその夜の記録《ログ》は、裏の裏の裏のアカウントもろとも消去済みだ。

凛のアカウントと、自分の本来の裏アカウントには、通り一遍の挨拶《あいさつ》を交わしたダイレクトメッセージしか残っていない。当夜の対話に使用したパソコンは、ハードディスクをフォーマットし、ＳＩＭフリー端末ともども分解してジャンクパーツ入りの箱に放り込んである。凛が口を割らなければ、自分たちの対話が表に出ることはない。

忍への偽《にせ》電話の件も、警察には伝わっていないようだ。藪《やぶ》をつつかぬよう忍が口をつぐんでくれたらしい。あるいは凛には話したかもしれないが、自分が忍の電話番号を知っていることを凛は知らない。臆測《おくそく》を抱かれても確信には至らないはずだ。

残る懸念《けねん》は、凛と一緒に閉じ込められていた彼だが——万一こちらに火の粉がかかることがあれば、実名を探し当ててばらす、と釘を刺してある。

それに、対話を通じて感じたが、彼は彼なりに仁義を通すタイプの人間だ。信じることにしよう。

『ちりめんさん、ご心配おかけしました。お気遣いありがとうございます』

『いえ、大変な思いをされましたね。決して無理しないで欲しいっス。何かありましたら、電波の届く範囲で力になるっス』

『ありがとうございます』

本来の裏アカウント――自分の半身とも呼べるキャラクターの特技『千里眼』をもじって付けた名前だ――へ目を通し、アプリを終了させる。

あの夜の、激しく濃密な時間の痕跡《こんせき》は、ネット上のどこにも残っていない。

自分は卑怯《ひきょう》な人間だ。

凛や彼を矢面に立たせ、自分は陰に隠れて保身に走っている。

けれど、いつか自分の世界でも、気兼ねなく胸の内の声を語れるようになれたら。

自分の胸には、あの日の会話が消えることなく鮮烈に刻まれている。今はそれを大事に抱えながら、少しずつでも進んでいこう。

「――あ、いたいた」

僚友のひとりが、休憩室のドアから顔を覗かせた。「何してるの、みんな集まってるよ。ほら、急いで」

「ごめん、すぐ行くね」

鷲水花月はスマホを閉じ、廊下へ向かった。『Diamond Feathers』のボイス収録が、あと十分ほどで始まろうとしていた。

※

「――ご存じの通り、和田政権は先の通常国会で、憲法九十六条への明らかな違反である国民投票法改悪案を強行採決してしまいました。法案の阻止はかないませんでしたが、まだ実行に移されたわけじゃありません。野党議員の皆さんの頑張りのおかげで、改憲の発議は食い止められました」

手に汗をにじませながら、凛はマイクを握り締める。

――JR渋谷駅、ハチ公前広場。

約ひと月前と同じ場所に特設ステージが組まれ、同じように聴衆が集まっている。いつにも増して鼓動が速い。事件後、初めてとなる大きな集会ということもあるが――心の支えだった京一郎と、ムードメーカーだった由梨乃が、今はいない。二人の存在の大きさが、そのまま凛の肩にのしかかるようだった。

「……ですが……私たちも無傷ではいられませんでした。ご承知の通り、国会審議のさなか、『コスモス』は大切なメンバーを失いました。今、私がこうしてマイクを握ることさえ、不謹慎だと思われる方がいらっしゃるかもしれません。実際、そのようなご意見をすでにもらっています」

聴衆の間に沈黙が満ちる。

「それでも、私は今日、ここに立つことを選びました。事件のことを長々と話すためでも、話題作りのためでもありません。

ただ、ひとりの個人として――不祥事や捏造《ねつぞう》や改竄《かいざん》を繰り返し、ごく一部の人間にだけ利益を誘導し、一所懸命に生きている大勢の人たちに重荷を強いる和田政権へ、『ふざけるな』と叫ばずにいられなかったから。そうでない社会にしなくちゃいけないと思ったから。それ以外の理由なんてありません！」

そうだ。

私はやめない。いつか力尽きるまで、声を上げることをやめたりしない。

たとえ七十億人に叫んで、一人にしか届かなかったとしても。

その一人が二人を動かし、二人が四人を動かして……いつしか大きな波を生み出すことだって、あるかもしれない。

ただのひとりにさえ届かないかもしれない。けれど声を上げなければ、水面はひと揺れすらしないままだ。

自分だけの声で世の中を変えようなんて思わない。私の声はさざなみだ。岩を砕くほどの大それた力はない。大きな波が生まれるとしたら、それは声を聞いてくれた人たちが、それぞれの思いを抱いて動いてくれるからだ。自分はただ、叫ばずにいられないから叫ぶ。誰かに届くと信じて叫ぶ。それだけだ。

聴衆から喝采《かっさい》が湧《わ》き起こった。何人かの通行人が足を止め、好奇や忌避のまなざしを向けた。

……届いたのだろうか。たとえどんな形でも。

顔も素性も未《いま》だに知らない恩人の言葉を、凛は思い出した。

『自分の声は届いてないいんじゃないか、優等生の小言にしか受け取られてないんじゃないか——って、思ってなかったスか？

大丈夫。少なくともここにひとり、リンさんの声に動かされた人間がいます。それだけは忘れないでもらえると嬉《うれ》しいっス』

——そして。

声を聞く。

叫んだのと同じくらい、たくさんの声を聞き続ける。

叫ばなければ声は届かない。けれど世界には、声を上げない人、声を上げることさえできない人たちの方がずっと多いのだと知った。日々生きるので精一杯だったり、周囲のしがらみに縛られていたり、大きな力に抑えつけられていたり、あるいは無関心や臆病さや諦《あきら》めや絶望からだったり。「声を上げる」こと自体、多くの幸運に恵まれなければできない、特権的なものなのだと知った。

なら、声を上げられる自分は、声を上げられない人たちの声を、ひとつでも多く聞きに行く。

代弁者として偉ぶるためじゃない。たくさんの声なき声が、大きな波となって自分を揺り動かしていくはずだから。

最後まで思想的に相容《あいい》れなかったあの青年の、罵声《ばせい》に込められた内なる叫びが、自分を打ちのめし、変えていったように。

従弟《いとこ》の憎悪《ぞうお》の声から、彼の苦しみを教えられたように。

和記が自首した、という話はまだ聞かない。

それが彼の決断なら、自分は、従弟の苦しみを含めて受け止める。今はそれだけだ。


とはいえ、決意するだけなら簡単だ。

どんな理想も、手段を介さなければ実現できない。そして手段が理想を真に体現したものでなければ、手段の方が理想に取って代わってしまう――京一郎から教えられたことだ。人が虚構に流されやすい存在だということも。

なら、私たちは、虚構をひとつひとつ消していく。

権力者が天から虚構をばら撒《ま》くなら、自分たちは地上を歩き、ひとりひとりの人たちと生身で言葉を交わしていく。虚構を打ち消せるのは現実だけだ。

そのための試みを、『コスモス』では始めている。

大きな街宣を期間を空けて行うだけでなく、小さな街宣の回数を増やした。

学食や、アルバイトで伝手《つて》のある飲食店などの一角を借りて、政治に関心のない人々も肩肘《かたひじ》張らず参加できるような企画をいくつか立ち上げた。

予想外に受けたのが『国会再放送』で、過去の委員会や本会議の中継動画を編集無しで再生するだけ、というものだったが、支離滅裂な答弁が繰り返されたり速記が頻繁に止まったりする様子が、ニュースでの国会中継しか知らない人々には新鮮だったらしく、「おいおいまたかよ」「うちの会社の会議かよ」などと、店内のあちこちから突っ込みの声が上がった。

権力者のメディアコントロールに比べれば、ひとつひとつは些細《ささい》なものでしかない。けれど、始めないより始めた方が、少しずつでも何かが変わっていくはずだ。『民主主義が終わった』のなら、また始めればいい――かつて『クローバー』のメンバーがそう言っていたと、あの夜、京一郎は語ってくれた。

喫茶店での最後の会話を、凛は思い返した。

――神崎先輩の考える『神様の答え』って、何ですか?

――決まっている。『誰もが、誰からも、理不尽な不幸を味わわされない世界』だ。

「次は私たちの番です。

次の参院選で私たちの未来を決めるのは、他の誰でもありません、私たちです。ここに立つ私であり、この場に集まってくださった皆さんであり、そして、通り過ぎながらこの声を耳にしてくださっているあなたです。

私は、和田政権による全ての悪政に反対し、和田首相の退陣を何度だって要求し――ひと握りの強者のための世界ではなく、弱い立場に立たされた人たちが踏みにじられず、誰もが誰かに手を差し伸べられる世界を選んで、進んでいくことを宣言します！

西暦二〇一九年七月六日、三廻部凛。ありがとうございました」

拍手と歓声の中、聴衆に一礼し、ステージを降りた直後だった。

「偉そうに喋ってんじゃねえぞ。この犯罪者がっ」

人ごみの中から罵声が飛んだ。

サングラスをかけた、やや白髪の交じった四十代と思しき男性が、向かって右手から凛に近付いてくる。凶器の類は持っていないようだが、剣呑《けんのん》な雰囲気だ。酒も少々入っている様子だった。

ざわめきが湧いた。足を踏み出しかけたメンバーたちを、凛は「いいから」と制した。

「リンさん、でも」

不安げな忍へ「大丈夫」と微笑《ほほえ》み、男の胸元へマイクの持ち手を向けた。

「な――何だ」

「仰《おっしゃ》りたいことがあるんですよね。聞かせていただけませんか。

せっかくですから、こんなところじゃなくて、あちらへ」

啞然《あぜん》とする男にマイクを握らせ、背中に軽く触れて壇上へ促す。凛の行動があまりに予想外だったのか、男は呆気《あっけ》に取られたまま、凛と並んでステージへ上がっていた。

「皆さん、飛び入りゲストの方です。拍手でお迎えください」

喝采の中、凛は予備のマイクを握り、男へ話しかけた。「あなたは、黎明党の支持者の方ですか？」

「おい、どういうつもりだお前」

ようやく我に返ったのか、男が声を張り上げる。「黎明党の支持者の方ですか？」と凛が繰り返すと、男はやや気まずげに聴衆を一瞥《いちべつ》し、開き直ったように「何が悪い」と言い放った。

「いえ、悪いことなんて全然ないです。――ということは、和田首相も支持されている、ということでしょうか。よろしければ理由を聞かせていただけませんか」

「理由？　色々あるだろう、実績が。経済政策とか外交とか」

「その和田首相の実績の中で、あなたの暮らしを良くしてくれたものを、具体的に教えていただけますか？」

「求人倍率が上がっただろう。株価も、お前ら野党政権時代よりずっと上じゃないか」

「そうですね。ただ、求人は低賃金のものが大半で、株価も日銀が買い支えているだけ、という指摘があるようですが」

「それでもお花畑のお前ら左翼よりましだろう。和田首相以外に政権を任せられる人間がいるか」

「和田首相を支持するというより、野党が情けない、ということでしょうか」

回答を待ちながら——凛の視界の片隅に、見覚えのある人影が映った。

色白で小太りの青年——渕大輝が、スクランブル交差点の前に立っている。

つい先日、『D・i・F』を名乗るアカウントからフォローを受け、『久しぶりだな』とダイレクトメッセージを受けたときはさすがに驚いた。

が、続けて『大検に合格して政治家を目指す』と宣言された際は、スマホを見つめたまま大きく口を開けてしまった。

『政治家？　あなたが？』

『馬鹿《ばか》にするならしろ。お前らの活動が茶番だってことを必ず思い知らせてやる。口先だけのインテリがいくらわめいたところで、現実の政治を動かすことなんかできやしないってな』

『……それって、私たちが活動する必要のない政治を目指す、ってこと？』

『勝手に解釈してんじゃねえよ』

相手の苦々しげな顔が浮かぶようだった。凛も苦笑し、メッセージを返した。

『そうね。万一あなたが立候補したら、あなたの対立候補を全力で支援するから』

『やかましい』

短いやり取りの中で、ＡＦＰＵが活動を再開するらしいと知らされた。鏑木圭の後任が決まり、街宣も計画されているという。『参加するの？』との問いに、彼は答えなかった。

今、大輝がどんな表情をしているか、遠目には解らない。

しかし一瞬、彼の口許《くちもと》に笑みが浮かんだように見えた。――せいぜい足掻《あが》いてみるんだな、とでも言いたげな不敵な笑み。

当たり前よ。言われるまでもないんだから。

胸の中で呟《つぶや》き、わずかな間だけ笑みを返し――凛は白髪交じりの男との会話に戻った。

数を増していく聴衆の中、小太りの青年は背を向け、横断歩道を歩いていった。

主要参考文献

『社会契約論／ジュネーヴ草稿』
（ジャン＝ジャック・ルソー　中山元訳／光文社古典新訳文庫）
『多数決を疑う　社会的選択理論とは何か』（坂井豊貴／岩波新書）
『民主主義の死に方　二極化する政治が招く独裁への道』
（スティーブン・レビツキー、ダニエル・ジブラット　濱野大道訳／新潮社）
『民主主義ってなんだ？』（高橋源一郎、SEALDs／河出書房新社）
『予想どおりに不合理　行動経済学が明かす「あなたがそれを選ぶわけ」』
（ダン・アリエリー　熊谷淳子訳／ハヤカワ・ノンフィクション文庫）
『裁判所の正体　法服を着た役人たち』（瀬木比呂志、清水潔／新潮社）
『ネットと愛国　在特会の「闇」を追いかけて』（安田浩一／講談社）
『テクノロジーは貧困を救わない』（外山健太郎　松本裕訳／みすず書房）
『空想哲学読本』（富増章成／洋泉社）
『ちょっと面白い話』（マーク・トウェイン　大久保博編訳／旺文社文庫）
『教室《スクール》内カースト』（鈴木翔／光文社新書）
『銀河英雄伝説』（田中芳樹／創元ＳＦ文庫）
『ニーチェ全集　第十二巻』（原佑訳／理想社）
「新潮45」二〇一八年八月号、十月号

解説

千街晶之

密室の端と端に監禁された二人の人間。そして彼らのあいだに横たわる死体……と書けば、オーストラリア出身の映画監督ジェームズ・ワンのデビュー作『ソウ』(二〇〇四年)を思い出すひとが多いだろう。密室状態のバスルームの対角線上に、鎖で繋《つな》がれたまま目覚めた二人の男性。彼らのあいだには死体が横たわっていて……というシチュエーションで始まるこの作品は、結末に用意された飛び切りのサプライズによって、低予算映画ながら世界的に大ヒットした。

市川憂人の長篇ミステリ『神とさざなみの密室』(二〇一九年九月、新潮社から書き下ろしで刊行)が、『ソウ』から影響を受けたことは想像に難くない。この小説も、意識を失っているあいだに監禁された二人の人間が隣接する密室で目を醒《さ》ますところから始まるのだから。しかし、本書に登場する二人は、それぞれ左翼系と右翼系の政治運動団体に属しており、その意味で本書はポリティカル・サスペンスの様相を呈している。市川憂人がこのような作品を執筆したということに、意外な印象を受けた読者も多いだろう。

一九七六年生まれの著者は、二〇一六年、『ジェリーフィッシュは凍らない』で第二十六回鮎川哲也《あゆかわてつや》賞を受賞してデビューした。詳しい経歴は同書の創元推理文庫版解説に記したのでそちらを参照していただきたいが、このデビュー作に続いて、同じくU国A州フラッグスタッフ署のマリア・ソールズベリー警部と九条漣《クジョウレン》刑事が探偵役を務める『ブルーローズは眠らない』（二〇一七年）、『グラスバードは還《かえ》らない』（二〇一八年）を立て続けに発表しており、特殊設定（このシリーズの場合は、現実とは異なる発展を遂げたテクノロジーが出てくるパラレルワールド）に基づく本格ミステリの書き手というイメージが強かった。そんな著者が、第四長篇として政治色の強い作品を世に問うとは、恐らく誰も予想しなかった筈《はず》である。

しかし、著者の中には、このタイミングで本書を発表しなければならない内的必然性が存在していたようだ。それが何かは、本書を読むことで明らかになるだろう。

ドアひとつで繋がった二つの部屋のそれぞれに監禁された状態で目覚めたのは、左翼系政治運動団体「コスモス」のメンバーである大学生の三廻部《みくるべ》凛《りん》と、右翼系政治運動団体「AFPU」のメンバーの渕大輝《ふちたいき》だ。前者は、憲法改正を唱える和田要吾《わだようご》首相の政権を打倒すべく活動しており、後者は彼らの活動を嘲笑《ちょうしょう》し、在日外国人排斥を唱えていた。思想的に絶対に相容《あいい》れない者同士が、密室内に監禁されたのだ。しかも、凛の部屋には顔を焼かれた死体が横たわっていた。

凛は、監禁される前に「コスモス」のリーダーである神崎京一郎《かんざききょういちろう》から呼び出しを受けていたが、その後のことは記憶に残っていない。一方、大輝は、「ＡＦＰＵ」の代表・鏑木圭《かぶらきけい》が女連れで歩いているのを目撃したあと、やはり記憶を失っている。対立する両組織のメンバーを監禁することで、誰が利益を得られるのか？

物語は凛と大輝の視点でパラレルに語られるので、この二人がどちらも犯人でないことは読者には明白である。しかし、監禁されている二人にとってはそうではないので、互いに相手が犯人ではないかと疑う流れになる。埋めようがない不信を出発点として、彼らはいかにして密室からの解放へと至るのか。

本書は『ソウ』風のソリッド・シチュエーション・サスペンスであり、密室からの脱出と犯人探しを主眼としていることは言うまでもないが、本格ミステリとしての読みどころはそれらだけではない。ミステリにおいて顔のない死体が出てくる場合、普通ならば身元をわからなくさせるためと相場が決まっている。本書の場合、そのような効果を狙《ねら》ったという面もあるにせよ（顔が焼かれている程度なら通常は警察の捜査ですぐに身元は割れる筈だけれども、監禁されて警察に頼れない状態の主人公二人は死体の衣服などから身元を推定するしかない）、犯人が死体の顔を焼いた理由のユニークさはちょっと類例が思い浮かばないし、それがこのシチュエーションと密接に関連している点も高く評価したい。他にも、わざわざ監禁しておきながら二人のスマホは取り上げなかった理由の説得力など、本書は本格ミステリとして多くの美点を具《そな》えているのだ。

　一方で本書において、民主主義の現状をめぐる考察がもうひとつの主眼であることも明らかだ。作中の年代は二〇一九年六月に設定されているが、作中の和田要吾首相に現実世界で該当するのは安倍《あべ》晋三《しんぞう》首相（当時）だ。実際には子供がいない安倍に対して和田には妻子がいるなど、首相の個人的属性は意図的に変えてあるものの、作中の和田の政治的行為や主張は、安倍のそれをほぼ重ねている（森友《もりとも》学園問題などをモデルにしたと思《おぼ》しいエピソードも出てくる）。冒頭のデモのシーンに登場する「ワダ政治を許さない」というプラカードの文句は、安倍政権が左派によってしばしば「アベ政権」とカタカナ表記されるのを踏まえているし、「コスモス」も「ＡＦＰＵ」も、実際の左右両派の政治運動団体の主張をある程度なぞっていると思われる。物語の展開上で重要な役割を果たす左派のネット論客『ちりめん』については、モデルらしきTwitterのアカウントに思い当たる読者もいるかも知れない。

　序盤における三廻部凛と神崎京一郎の対話は、現在の日本において、選挙制度が民主主義を体現する機能を果たしていない現実を炙《あぶ》り出している。これは恐らく、現在の日本に限った問題ではなく、民主主義と代表制度の本質的な齟齬《そご》自体に起因するものだ。

　選挙というと民主主義国家固有の制度であると誤解されがちだが、神聖ローマ帝国の皇帝が選帝侯による投票で選ばれたり（一五世紀頃からはほぼハプスブルク家の世襲となる）、現代の全体主義的国家でも建前上の選挙が行われているなどの例を考えれば、必ずしもそうは言えないことは明らかである。藤井達夫『代表制民主主義はなぜ失敗したのか』（二〇二一年）などの記述を参考にすると——古代ギリシアの都市国家アテナイに誕生したとされる民主主義は、一八世紀、絶対王政末期のフランスにおいて復活するが、『社会契約論』（一七六二年）の著者ジャン＝ジャック・ルソーは、人民の主権は譲渡不可であるが故に他者に代表させることは出来ないという立場であり、従って選挙のような代表制民主主義は否定されるべきものであった。だが、当時のフランス王国のような人口の多い大国において、人民の代表を選ばずに政治を行うというのはどう考えても現実的ではない。それより後、『第三身分とは何か』（一七八九年）を著わしたフランス革命の理論的指導者エマニュエル＝ジョゼフ・シエイエス（シィエス）は、巨大な国家の統治は代表制民主主義でなければ不可能だという前提から論を出発させた。

その後、代表制と民主主義の理想的な関係については、数多い論者によって追究されることになるが、現実問題として、代表制民主主義が民意の反映であり得た時期というのは、一般に思われているより意外と短いのではないか。二〇一〇年代から二〇二〇年代にかけて、安倍政権とそれに続く菅義偉《すがよしひで》政権における政治の私物化と自浄作用の欠如の急速な進行、アメリカでのドナルド・トランプの大統領就任（二〇一七年）をはじめとするポピュリスト政権の各国での誕生など、世界各地で代表制と民主主義の関係が金属疲労を起こしているのは明らかだ。そのため、左派も右派も、デモや街頭宣伝、草の根活動、あるいはSNSでの勢力拡大などに可能性を見出《みいだ》そうとしている——本書における「コスモス」と「AFPU」のモデルになった実際の運動団体がそうであったように。しかし、そうした活動も、それぞれエコーチェンバー現象（同一の価値観を持つ閉鎖的空間内でのコミュニケーションの繰り返しによって、特定の信念が強化されてしまう状況）に呑《の》み込まれる可能性が大きい。

この歪《ひず》みを前提として、凛と大輝は謎解きバトルと並行して政治論バトルを繰り広げてゆくことになる。両者の描き方は、粗暴な大輝より正義感の強い凛に感情移入しやすいし、著者自身の政治的立場はどちらかといえば凛に近いと思われるのだが、彼女に対して過度の肩入れはしていない。正しい筈の左派が大衆の支持を得られない理由も冷静に分析されているし、まるで在日外国人排斥を唱える右派の鏡像のように、オタクをひとまとめに敵扱いして蔑視《べっし》する左派の悪弊も見逃さず書き込まれている（残念ながら二〇二一年現在、この傾向はますますエスカレートしている）。また、凛と大輝それぞれに、彼らの政治活動を快く思わない親族を用意することで、左右を問わず政治活動に関わる人間が陥りがちな「上から目線」にも言及している。デリケートな取り扱いを要するテーマを描きつつ、全体にフラットな視座で貫かれていると言っていいだろう。

かといって、著者は二人の主人公を冷ややかに突き放しているわけではない。思想において真っ向から対立する二人は、密室からの脱出のために知恵を出し合うのか、あくまで互いを「敵」と見なして協力を拒むのか。彼らがそれぞれの情報を提示し合い、ある協力者の導きのもとで真相に到達してゆくプロセスは、ただ単に彼らが幽閉された密室からの脱出方法を描いたにとどまるものではない。左派と右派がそれぞれ党派性に囚《とら》われて罵《ののし》り合う場と化した現代日本の政治状況と、世界中で老朽化が進みつつある「民主主義」という密室からの脱出の試みでもあるのだ（代表制民主主義の弱点を克服しようとする熟議民主主義と、推理と討論によって真実への道を辿《たど》ってゆく本格ミステリのスタイルとを巧妙に重ねたとも言える）。本書が、約三十年かけて政治状況が劣化の一途を辿った平成が終わり、その負の遺産を背負わされたまま令和という時代が始まった二〇一九年に発表されたことには象徴的な意義があるし、主人公二人の青春小説として読めることからは、新たな民主主義の実現を若い世代に託そうとする著者の思いが滲《にじ》み出ているのではないか。その思いは、本書の読者にさざなみのように伝わってゆくのだろうか。

更に言えば、本書は新潮社という版元から刊行されたことにも意義があると思う。作中には「国会議員の『LGBTに生産性はない』という問題発言を、『何が悪いのか』と擁護する文章を掲載したのは何という雑誌だったか」という記述があるが、これは明らかに、自由民主党の国会議員である杉田水脈《すぎたみお》が、新潮社から刊行されていた雑誌《新潮45》の二〇一八年八月号に、「『LGBT』支援の度が過ぎる」と題して「LGBTのカップルのために税金を使うことに賛同が得られるものでしょうか。彼ら彼女らは子供を作らない、つまり『生産性』がないのです」などと主張した文章を寄稿し、各方面から批判を浴びた件を指している（同年十月号の《新潮45》は杉田論文を擁護する複数の文章を掲載したものの再炎上し、同誌はこの号をもって休刊した）。恐らく著者は、新潮社から出す本だからこそ、この一文を入れておかなければならないと思ったのではないか。

昭和期の反体制運動とその失墜が笠井潔《かさいきよし》の『バイバイ、エンジェル』（一九七九年）を生んだように、平成期の分断に満ちた政治状況は本書を誕生させた。ひとつの時代の象徴として、本書が読み継がれることを期待する。

（二〇二一年十二月、ミステリ評論家）

この作品は令和元年九月新潮社より刊行された。

北村　薫著
スキップ
目覚めた時、17歳の一ノ瀬真理子は、25年を飛んで、42歳の桜木真理子になっていた。人生の時間の謎に果敢に挑む、強く輝く心を描く。

北村　薫著
ターン
29歳の版画家真希は、夏の日の交通事故の瞬間を境に、同じ日をたった一人で、延々繰り返す。ターン。ターン。私はずっとこのまま？

北村　薫著
リセット
昭和二十年、神戸。ひかれあう16歳の真澄と修一は、再会翌日無情な運命に引き裂かれる。巡り合う二つの《時》。想いは時を超えるのか。

北村　薫著
おーなり由子絵
月の砂漠をさばさばと
9歳のさきちゃんと作家のお母さんのすごす、宝物のような日常の時々。やさしく美しい文章とイラストで贈る、12のいとしい物語。

北村　薫著
飲めば都
本に酔い、酒に酔う文芸編集者「都」の恋の行方は？　本好き、酒好き女子必読、酔っぱらい体験もリアルな、ワーキングガール小説。

北村　薫著
ヴェネツィア便り
変わること、変わらないこと。そして、得体の知れないものへの怖れ……。〈時と人〉を描いた、懐かしくも色鮮やかな15の短篇小説。

近藤史恵著
サクリファイス
大藪春彦賞受賞

自転車ロードレースチームに所属する、白石誓。欧州遠征中、彼の目の前で悲劇は起きた！ 青春小説×サスペンス、奇跡の二重奏。

近藤史恵著
エデン

ツール・ド・フランスに挑む白石誓。波乱のレースで友情が招いた惨劇とは——自転車競技の魅力疾走、『サクリファイス』感動続編。

近藤史恵著
サヴァイヴ

興奮度No.1自転車小説『サクリファイス』シリーズで明かされなかった、彼らの過去と未来——。感涙必至のストーリー全6編。

近藤史恵著
キアズマ

メンバー不足の自転車部に勧誘された正樹。走る楽しさに目覚める一方、つらい記憶が蘇り……青春が爆走する、ロードレース小説。

近藤史恵著
スティグマータ

ドーピングで墜ちた元王者がツール・ド・フランスに復帰！ 白石誓はその嵐に巻き込まれる。「サクリファイス」シリーズ第四弾。

麻見和史著
水葬の迷宮
—警視庁特捜7—

警官はなぜ殺されて両腕を切断されたのか。一課のエースと、変わり者の女性刑事が奇怪な事件に挑む。本格捜査ミステリーの傑作！

宮部みゆき著

荒神

時は元禄、東北の小藩の山村が一夜にして壊滅した。二藩の思惑が交錯する地で起きた〝厄災〟とは。宮部みゆき時代小説の到達点。

結城真一郎著

名もなき星の哀歌

新潮ミステリー大賞受賞

記憶を取引する店で働く青年二人が、謎の歌姫と出会った。謎が謎をよぶ予測不能の展開の果てに美しくも残酷な真相が浮かび上がる。

早坂　吝著

探偵AIのリアル・ディープラーニング

天才研究者が密室で怪死した。「探偵」と「犯人」、対をなすAI少女を遺して。現代のホームズVS.モリアーティ、本格推理バトル勃発!!

古野まほろ著

新任巡査（上・下）

上原頼音《ライト》、22歳。職業、今日から警察官。新任巡査の目を通して警察組織と、組織で働く人間の哀感を描いた究極のお仕事ミステリ。

白河三兎著

冬の朝、そっと担任を突き落とす

校舎の窓から飛び降り自殺した担任教師。追い詰めたのは、このクラスの誰？　痛みを乗り越え成長する高校生たちの罪と贖罪の物語。

片岡　翔著

ひとでちゃんに殺される

怪死事件の相次ぐ呪われた教室に謎の転校生「縦島ひとで」がやって来た。悪魔のように美しい彼女の正体は!?　学園サスペンスホラー。

神《かみ》とさざなみの密室《みっしつ》

新潮文庫　い－144－1

令和四年三月一日発行

著者　市《いち》川《かわ》憂《ゆう》人《と》

発行者　佐藤隆信

発行所　株式会社新潮社

郵便番号　一六二—八七一一
東京都新宿区矢来町七一
電話　編集部(〇三)三二六六—五四四〇
読者係(〇三)三二六六—五一一一
https://www.shinchosha.co.jp

価格はカバーに表示してあります。

乱丁・落丁本は、ご面倒ですが小社読者係宛ご送付ください。送料小社負担にてお取替えいたします。

印刷・株式会社三秀舎　製本・株式会社植木製本所

ISBN978-4-10-103781-3 C0193